Les vents du temps

J'AI LU

CHAD OLIVER

Ombres sur le soleil
Les vents du temps | *J'ai lu* 1116/**3**

CHAD OLIVER

Les vents du temps

TRADUIT DE L'AMÉRICAIN
PAR MICHEL LEDERER

ÉDITIONS J'AI LU

Collection créée et dirigée
par Jacques Sadoul

Titre original :

THE WINDS OF TIME

1

Le chalet constituait un excellent compromis. Pour l'homme, profondément dégoûté des puanteurs de la ville et affligé du virus annuel de retour-à-la-nature, il avait des cloisons de pin brut ombrées de gros nœuds rustiques. Pour la femme résignée à se voir abandonnée une nouvelle saison par son mari au profit de truites aux yeux vitreux, le chalet offrait un réfrigérateur électrique, une cuisinière à gaz relativement efficace, une douche avec eau chaude, et des matelas à ressorts sur les lits.

Weston Chase, agréablement réchauffé par des œufs au bacon et trois tasses de café, n'avait qu'un but immédiat dans l'existence : sortir du chalet. Il était assis sur le lit défait, attachant les lacets de ses vieilles chaussures de tennis. Il posa ensuite sur sa tête un informe chapeau de toile d'un vague gris souris et enfila une veste supposée imperméable. Il fourra des tablettes de chocolat et des cigarettes dans ses poches, puis empoigna l'étui de sa canne à pêche et son panier à truites.

Et maintenant, si seulement...

– Chéri, tu seras long ?

« Trop tard, pensa-t-il. Voici venir le Dialogue. » Il savait ce qu'il allait répondre, et également ce que sa femme, Joan, dirait. Toute la scène avait le caractère inéluctable du Destin.

– Je serai de retour dès que possible, Jo.

– Où vas-tu ?

– Vers le Gunnison, je pense. C'est d'un accès plutôt difficile. Tu es sûre de ne pas vouloir venir ?

– Mais il n'y a vraiment *rien* à faire, là-haut, Wes !

Weston Chase se dirigea vers la porte.

Joan soupira profondément, repoussa sa quatrième tasse de café noir et reposa le journal d'un geste théâtral (c'était le *Los Angeles Times,* qui leur parvenait avec deux jours de retard).

– Sauve-toi, mon chéri, dit-elle. Ne fais pas attendre les truites.

Il hésita un instant, étouffant le sentiment de culpabilité qu'il éprouvait. Ce n'était pas très chouette pour Jo, songeait-il. Il la regarda. Avec ses cheveux blonds décoiffés, et sans maquillage, le poids des ans commençait à se faire sentir. Elle avait refusé d'avoir des enfants et sa silhouette était encore intacte mais, imperceptiblement, l'empâtement posait une touche de flou sur les parties les plus agréables de son corps.

– Je reviendrai de bonne heure, affirma-t-il. Ce soir nous pourrons peut-être aller voir Carter et Helen, faire une partie de poker, de bridge ou d'autre chose.

– Très bien, dit Joan d'un ton tout à fait neutre.

Elle jouait son rôle de parfaite épouse, mais sans prétendre en être spécialement ravie.

Wes lui posa sur les lèvres un baiser rapide. La bouche de Joan avait goût de sommeil et de café.

Il ouvrit la porte, fit un pas dehors. Il était libre.

L'air frais, pur, le fouetta comme un tonique. Il était tôt et le soleil du Colorado se battait encore avec les nuages gris de l'aube. Les bouffées que Wes inspirait pleinement sentaient la nuit, les étoiles et le silence. Le moteur de sa voiture démarra à la troisième tentative – le carburateur n'avait pas été réglé pour la montagne – et Wes alluma le chauffage.

Il sortit de l'allée du Pine Motel, vaguement ennuyé

par la présence des deux roues de chariot à l'entrée, puis il se dirigea vers Lake City. Cette ville n'avait rien de passionnant mais, comme toujours, elle éveillait en lui une envie diffuse, le rêve estival d'en finir avec le smog, les embouteillages, et de s'installer dans un endroit où l'air était encore vierge. Ses yeux ne pouvaient cependant pas ignorer la réalité : Lake City n'était pas encore une ville fantôme, mais le cercueil était déjà prêt, et le trou creusé. Ce n'était plus qu'un pâle alignement de magasins en bois et de maisons au pied la Passe de Slumgullion, vivant plus ou moins grâce au tourisme, maintenant que les mines d'argent avaient disparu. Le panneau à l'entrée de la ville indiquait près d'un millier d'habitants, mais la plupart d'entre eux devaient être du genre invisible.

Wes contempla les volutes de fumées azurées qui s'élevaient dans l'air, et il devina la chaleur qui régnait derrière les vitres du « Chuck Wagon » où une fille fatiguée posait des plats d'œufs au bacon sur un comptoir éraillé. Il vit également trois vieillards qui bavardaient déjà devant le bâtiment du bureau de poste, et il fut assez honnête avec lui-même pour leur envier leur mode de vie.

Il traversa la ville, franchit le pont et fonça dans le matin le long du fleuve, le Gunnison. Les eaux étaient bleues, attirantes, encadrées de montagnes aux sommets enneigés, bordées de broussailles denses, verdoyantes, et de passages de rocailles tirant sur le rouge. Il descendit sa vitre, laissant pénétrer dans la voiture le bruit de l'eau glacée jouant entre les rochers, tout près de l'asphalte. Il connaissait bien le cours du Gunnison : il était rapide, profond et déchiqueté. Wes quitta la route principale à un peu plus d'un kilomètre de Lake City et s'engagea dans un sentier boueux qu'il suivit jusqu'à un torrent sinueux qui dévalait des montagnes. Il amena la voiture aussi loin que possible, puis la gara dans les broussailles. Il ouvrit sa portière et sortit.

Un seul signe indiquait qu'un homme avait déjà posé le pied à cet endroit : un pot vide, recouvert de poussière, qui avait contenu des œufs de saumon, gisait près d'un rocher. Il l'avait lui-même jeté là une semaine auparavant.

Il sourit, sentant les années s'effondrer comme un château de cartes. Son cœur battait allégrement dans sa poitrine, et son esprit revivait des images chaudes, lointaines : un petit garçon qui donnait des coups de pied dans des boîtes de conserve au bord du Little Miami dans l'Ohio, qui construisait des barrages de pierres et d'argile sur de petits torrents, qui attrapait un poisson-chat ensommeillé, pêchant au bord d'une île verdoyante du fleuve...

Il verrouilla les portières, ramassa son équipement et s'engagea dans le sentier d'un pas alerte. Il salua joyeusement un geai qui cajolait dans le ciel, aperçut l'éclair d'une daine qui disparut dans les buissons devant lui. Le chemin empruntait une vallée de vert et d'or, étouffée d'herbe et de fleurs, puis s'élançait dans les montagnes le long du courant frangé d'écume.

La piste était grossièrement tracée car peu utilisée, mais il parvenait à la suivre. Il laissa presque toujours la rivière sur sa droite mais, deux fois, bloqué par des rochers et d'épaisses broussailles, il dut la traverser. L'eau était glacée et, maintenant, il pataugeait dans ses tennis trempées. Il savait qu'il y avait des truites dans le torrent, fendant les remous de leurs nageoires, reposant dans les trous d'eau noirs et ombragés. Il y en avait suffisamment pour qu'il puisse, en y passant la journée, en ramener sept ou huit, dont deux au moins seraient de belles arc-en-ciel. Mais, aujourd'hui, il voulait mieux que cela. Il y avait, au-dessus de la ligne d'arbres, un petit lac nourri de glace fondue, et là, les truites dorées étaient minces et affamées, rien à voir avec ces poissons d'élevage désorientés dont on abreuvait les flots les plus abordables et qui se laissaient prendre avant même de savoir où ils étaient.

Le lac se trouvait à près de quatre mille mètres d'altitude et inaccessible aux pêcheurs munis d'équipements bidons.

Wes grimpait à pas soutenus, sachant qu'il serait brisé de fatigue avant même de redescendre, mais ne s'en souciant aucunement. Son esprit de médecin lui soufflait que son corps était dans une forme parfaite, et il s'en trouvait rassuré. Le soleil jouait encore à cache-cache avec des traînées de nuages gris, mais l'homme sentait son visage brûler dans l'atmosphère déjà raréfiée.

Tout autour de lui, il savait, sans avoir à le regarder, que se peignait un tableau féerique : des pins se dressaient, impériaux, et de gracieux trembles offraient leurs troncs élancés aux rayons du soleil. Une jungle miniature – fougères et insectes invisibles – jacassait, un vent léger bruissait au travers des arbres. Le hurlement désespéré d'un loup s'éleva dans le lointain.

Si seulement il pouvait venir vivre ici, pensa Wes. Oublier la sécurité que lui offrait sa position et le défilé de nez qui coulent que constituait sa clientèle.

Puis vint le murmure, le piège de la raison : « En hiver tu gèlerais, Jo détesterait cela. Et, si tu avais des enfants, où iraient-ils à l'école ? »

Il était 11 heures lorsqu'il franchit la ligne d'arbres, laissant derrière lui les majestueux sapins. Le sentier se glissait entre les rochers et les sombres massifs de buissons aux feuilles étonnamment vertes. A cet endroit, le torrent n'avait qu'un mètre de large, mais il bondissait, s'élançant du lac, froid et rapide, dans un étrange sifflement.

Le lac, quant à lui, lorsqu'enfin il l'atteignit à 11 h 20,

n'offrait rien de remarquable, sauf pour un pêcheur. C'était un bassin calme, presque circulaire, d'un diamètre de quelque cinquante mètres. Le soleil était presque au zénith, et l'eau paraissait d'un beau vert foncé, les quelques endroits où se miraient les rochers semblant noirs. Il y avait encore de la neige sur le pic qui se dressait au-dessus du lac, lançant des éclairs aveuglants sous les rayons de l'astre du jour.

Le silence régnait, comme si le monde venait d'être créé, un monde frais, pur, neuf.

Wes s'assit sur un rocher. Il tremblait un peu. Il souhaitait voir les nuages se dissiper pour de bon, même si la pêche devait être un peu moins bonne sous un soleil éclatant. Il n'était pas fatigué, cela viendrait plus tard, mais il avait faim. Il dévora deux tablettes de chocolat et, comme d'habitude, des fragments de noisettes restèrent coincés entre ses dents. Il but un peu d'eau fraîche qu'il puisa dans le torrent, à l'endroit où il prenait sa source.

Il sortit la canne télescopique de son étui et l'assembla. Il prit ensuite le moulinet dans le panier et le monta. Puis il étudia attentivement l'avançon, vit que tout était en ordre, et il choisit deux mouches sèches. Les œufs de saumon seraient probablement mieux adaptés aux eaux profondes, mais il avait tout le temps.

Il se leva, alluma une cigarette et se mit en position : protégé d'un côté par les rochers, mais avec, derrière lui, un espace dégagé pour le lancer.

Le monde retint son souffle.

Wes expédia les mouches d'un mouvement souple du poignet, et elles frappèrent l'eau sur sa droite, à seulement deux mètres du bord. Il les laissa un moment, taches rouges et brunes sur la verte surface du lac. Un vent léger ridait l'onde; sinon, tout était silencieux.

Il essaya à nouveau, laissant plus de fil et lançant

droit devant lui. Rien. Il ramena la ligne, les mouches jouant dans l'eau...

Une touche !

Éclair de nageoires pourpres, ombre puissante sous la surface; et les mouches disparurent. Le fil se tendit, la canne s'arqua et tressauta, animée d'une vie propre.

Wes, tout excité, murmura un chapelet de jurons bien choisis, destinés à rien ni personne en particulier, et se recula. Un endroit plutôt mauvais pour utiliser l'épuisette. Il faudrait l'amener sur les rochers...

Là ! La truite jaillit hors de l'onde, essaya de se débarrasser de la ligne contre une grosse pierre. Wes garda le fil tendu, attendit que le poisson se relâchât juste un instant, puis enroula.

Il la tenait ! La truite frétillait sur les rochers, la mouche se décrocha...

Wes empoigna son chapeau de la main gauche et plongea vers le poisson, l'emprisonnant sous le couvre-chef. Puis, avec précaution, il glissa la main sous le chapeau, saisit la truite et lui brisa la nuque d'un mouvement sec.

Il s'assit sur les rochers, aux lèvres un sourire stupide, admirant sa prise. C'était une belle truite, elle faisait bien quarante centimètres, et lourde, avec une chair ferme. Il la fourra dans le panier, referma le couvercle et lança à nouveau sa ligne.

— Je ne rentrerai pas bredouille, aujourd'hui ! s'écria-t-il à voix haute, avec une exubérance tout à fait hors de proportion avec l'événement.

Que pouvait-il y avoir dans un simple poisson qui lui fasse retrouver un enthousiasme de gosse ? Il chassa aussitôt cette pensée. Peu importait ce qui le rendait heureux. Il était heureux, et c'était tout ce qui comptait.

Il s'avança à nouveau vers le lac avec la certitude absolue que ce jour serait son grand jour. Il oublia tout : la nourriture, la fatigue, ses promesses à Jo. Chaque fibre de son être était tendue vers les truites qui habitaient l'onde. Chaque poisson qu'il prenait l'incitait à vouloir en prendre davantage.

Pour Wes Chase le temps cessa d'exister.

Le panier se fit de plus en plus lourd à sa hanche.

Ses pieds mouillés étaient douloureux, mais il ne les sentait pas.

Il remarqua les nuages noirs qui couvraient le sommet montagneux, uniquement parce que sa pêche était encore meilleure maintenant que l'eau était sombre et agitée.

A 4 heures de l'après-midi, l'orage éclata, violent, brutal. Wes fut totalement pris par surprise lorsque, devant lui, le lac se transforma soudain en une masse ténébreuse et crépitante d'eau furieuse. Il sentait que son poignet était engourdi, là où l'avait heurté quelque chose de froid. Il regarda autour de lui, essayant de reprendre pied dans une réalité qui s'était rappelée à lui aussi brusquement.

De la grêle.

Pas de pluie, mais bien de la grêle, petites sphères de glace qui semblaient se matérialiser de tous côtés, recouvrant les rochers, crevant la surface de l'eau. Il n'y avait pas un souffle de vent.

Il ne fut tout d'abord pas effrayé. Ennuyé, rien de plus. Il se dirigea vers l'endroit où il avait laissé son étui, replia sa canne et la glissa dans le tube. Les grêlons pénétrèrent par l'échancrure de sa chemise, où ils fondirent, traçant des ruisselets glacés le long de son dos.

Il remarqua deux choses : il faisait plus sombre que cela aurait dû être, et il faisait froid. Sa première pensée fut de chercher un abri mais, malheureusement, il n'y en avait pas. Il se trouvait au-dessus de la ligne d'arbres, et il n'y avait même pas un feuillage pour le protéger.

Il resta debout, essayant d'offrir aux grêlons une cible aussi effacée que possible. Il aurait bien voulu que son chapeau ait eu un bord plus large; la grêle crépitait sur la toile qui était déjà détrempée.

Il se souvint d'une cabane de mineur abandonnée, un peu plus bas sur la piste. Le toit était effondré mais, à moins que sa mémoire ne le trompât, les quatre murs étaient plus ou moins intacts. De toute façon, cette cabane était au moins à trois kilomètres, et la grêle tombait si dru qu'il pouvait à peine distinguer le sentier.

L'orage se fit plus violent.

Un vent cinglant se leva, un vent du nord qui rabattit sur son visage le rideau acéré des grêlons. Wes enfouit ses mains rouges et engourdies dans ses poches et serra sous son bras l'étui de sa canne à pêche. Il leva la tête et étudia les environs avec une touche de désespoir.

Il n'y avait rien. Les roches lisses avaient endossé un manteau de grêle, et ce monde, qui lui avait semblé si hospitalier quelques heures plus tôt, prenait maintenant un aspect sinistre. Wes regarda sa montre. 4 h 20. Dans le meilleur des cas, il lui faudrait deux heures pour atteindre sa voiture et il ne se sentait guère disposé à se lancer sur ce sentier dans la pénombre. Il attendit, frissonnant, mais après dix minutes les giboulées ne manifestèrent aucun signe d'accalmie.

Il se tourna, dos au vent, et réussit à allumer une cigarette à la cinquième allumette. Puis, titubant, les yeux écarquillés, il s'avança sur le sentier qui longeait le torrent impétueux. Il se sentait vraiment misérable et tout à fait prêt à admettre qu'après tout, la civilisation avait du bon.

Si toutefois il parvenait à la rejoindre!

La grêle s'abattait avec une violence accrue, et Wes commença à s'inquiéter pour ses lunettes. Si elles se cassaient, il serait dans le pétrin pour dévaler un chemin de montagne. Il essaya de garder la tête baissée, mais il exposait ainsi son cou.

Il s'efforça d'avancer plus vite, mais il dérapa sur le tapis de glace et tomba lourdement sur le dos. Il se releva, sans mal, mais gagné par la panique.

« Doucement, pensa-t-il. Ne t'affole pas. »

Il était difficile de bien voir. Il ne pouvait pas se contenter de suivre le cours d'eau car des pierres et des broussailles lui barraient le chemin. S'il parvenait à se souvenir de quel côté du torrent se trouvait le sentier...

Il ne se le rappelait pas. Il progressa en pataugeant le long de ce qu'il croyait être la piste, et il se trouva face à un mur de rochers. Le vent hurlait, à présent. Cette grêle était pire que toutes celles qu'il avait jamais vues. Il consulta à nouveau sa montre.

5 heures moins le quart.

Dans une heure il ferait nuit, à moins que les nuages ne se soient dissipés.

Wes tenta de revenir sur ses pas et tomba à nouveau, au milieu d'un buisson épineux qui lui égratigna le visage.

« Ce ne serait pas le moment de se casser une jambe. Personne ne sait où je suis. »

Il s'arrêta, se protégea les yeux et essaya de distinguer quelque chose, n'importe quoi.

Là !

Au-dessus de lui.

Serait-ce un abri rocheux, là, cette ombre sous une saillie ?

Il posa son étui et son panier pour escalader les rochers. Il déchira une jambe de son pantalon, mais ne sentit rien. La grêle tombait droit sur lui, lui hachant le visage, et il perdit son chapeau. Il se tortilla pour atteindre un rebord, comme un poisson, pensa-t-il follement, puis il se glissa dans une anfractuosité.

Le vent le cinglait encore. Il se pencha en avant et se

faufila vers le fond de l'abri. Il aperçut une ouverture, pas très grande, mais assez large pour le laisser passer.

Une grotte ?

Peu importe ce que c'était.

Il prit une profonde inspiration, avança la main pour s'assurer qu'il n'y avait pas de faille, puis il pénétra à l'intérieur.

2

Il faisait trop sombre pour qu'il puisse distinguer quoi que ce soit mais, en revanche, c'était parfaitement sec. Il fouilla dans la poche de sa chemise, sous sa veste, sortit une allumette et la gratta. Il la tint au-dessus de sa tête, essayant de situer l'endroit où il se trouvait.

La maigre lueur ne l'y aida guère. Il devait être dans quelque caverne, conclut-il; il n'en apercevait qu'un seul côté, et la voûte était basse. A quatre mètres de lui, environ, quelque chose brillait, dégageant un reflet métallique, une veine de minerai, probablement.

L'allumette s'éteignit.

Il tendit l'oreille, prêt à assimiler le moindre craquement, le moindre grincement, à des loups, des serpents ou tous autres charmants compagnons. Il n'entendit rien. La grotte n'était que silence, profond et poussiéreux.

Wes pensa : « Je dois être le premier homme au monde à avoir pénétré en ce lieu. »

En temps normal, cette idée lui aurait procuré un plaisir considérable mais, dans la situation présente, il se sentait bien trop malheureux pour en être impressionné. Il était mouillé, épuisé et tremblant de froid. Il n'avait rien pour se faire du feu. Dehors, à quelques mètres de lui, la tempête de glace faisait rage.

Et la nuit tombait.

« Pourquoi n'ai-je pas pris de lampe de poche? » Il pensa à ces réconfortants spots publicitaires où les plongeurs sous-marins, les chasseurs d'ours et les jeunes cadres intrépides étaient inévitablement sauvés grâce à des super-piles longue durée. Mais si on n'avait pas de lampe? Pouvait-on utiliser les piles contre un ennemi, comme projectiles, à tout le mieux?

Il éclata de rire et se sentit un peu mieux. Il alluma une cigarette. La fumée lui apportait au moins un peu de chaleur. Ses patients l'abreuvaient toujours de questions sur le cancer du poumon et, toujours, il leur répondait avec un grand sérieux. Ce qui ne l'empêchait pas de continuer à fumer.

Il réfléchit, se déplaçant légèrement pour s'écarter d'une pierre tranchante qui lui mordait le flanc. S'il le fallait, il passerait la nuit ici; l'orage ne durerait pas éternellement. Puis il retournerait à sa voiture, prendrait le chemin du chalet et raconterait à Jo ce qui s'était passé. Une douche brûlante, un petit déjeuner avec du café bouillant et quelques antibiotiques; heureusement qu'il avait pensé à prendre des échantillons médicaux : la pharmacie de Lake City vivait probablement encore à l'ère de la mélasse et du yaourt.

Sa gorge commençait-elle déjà à lui faire mal, ou était-ce son imagination?

« Médecin, soigne-toi toi-même... »

Il fuma encore deux cigarettes, et il fut 6 heures. La nuit était tombée sur l'orage, et la noirceur des ténèbres se glissa dans la grotte, l'enveloppant de son étouffant manteau. Le bruit de la tempête s'était modifié : une espèce de sifflement, de gargouillement, laissait deviner que la grêle s'était changée en pluie. Une pluie serrée, violente. Wes savait par expérience que l'eau allait transformer le sentier de montagne en un torrent de boue ce qui, pour le moins, le rendrait glissant. Il n'arriverait jamais en bas sans une jambe cassée s'il s'y risquait en pleine nuit, et comme partie de plaisir...

Il ouvrit une tablette de chocolat et la mangea lentement. Il décida de garder les deux plaquettes qui lui restaient pour son petit déjeuner, avant d'entreprendre, au matin, sa marche vers la vallée.

Il était déjà tout courbatu, et savait qu'une nuit passée sur le sol rocailleux de la grotte n'arrangerait rien. Mais il était épuisé et, s'il parvenait à sommeiller un peu, le temps passerait plus vite.

Il se tortilla sur les pierres, à la recherche d'une position plus confortable, mais sans résultat. Il prit son mouchoir, le plia pour en faire un semblant d'oreiller, puis ferma les yeux.

Dehors, l'orage éclaboussait la nature de son rugissement de pluie. C'était un bruit continu, presque apaisant...

Wes s'endormit.

Il se tournait, se retournait sur le sol inégal de la caverne, plongé dans le sommeil, mais pourtant conscient de l'écoulement du temps. Il s'accrochait au sommeil, comme si une partie de lui-même savait que c'était préférable à s'éveiller dans le froid.

Et, soudain, il se réveilla. Tout à fait. Intensément. Quelque chose l'avait tiré de son sommeil.

Mais quoi ?

Il reposait, immobile, les sens tendus. La pluie avait cessé, et le monde extérieur s'ébrouait. Un pâle clair de lune filtrait dans la grotte, la baignant d'une lueur argentée, fantomatique.

Il regarda sa montre : 2 heures du matin.

Là ! Un bruit : un cliquetis, étouffé, comme une clenche.

Le bruit était là, dans la caverne, avec lui.

Il retint son souffle, oubliant ses douleurs. Ses yeux fouillèrent l'obscurité...

Un autre bruit. Un crissement aigu, comme une craie sur un tableau noir, venant de derrière lui, là où la paroi brillait faiblement d'un reflet métallique.

Un animal ?

Ses yeux essayaient de percer les ténèbres. Il parvenait presque à voir dans la pâle lueur, mais les détails restaient flous. Une terreur insensée, irrationnelle s'empara de lui. Il n'y avait plus, tout à coup, ni civilisation, ni science, ni connaissance. Il n'y avait plus que lui, seul, plongé dans les ténèbres ancestrales, frémissant d'horreur.

Il roula sur lui-même, aussi vite que possible. Il se redressa et, à quatre pattes, rampa vers l'entrée de la grotte. Il tendit une main dehors, à la recherche d'une prise sur le roc mouillé.

Puis il entendit.

Quelque chose s'ouvrait.

Il regarda derrière lui.

Quelque chose, quelqu'un, sortait d'un trou dans le mur de la caverne. La chose, l'être, était grand, il, elle, dut se courber pour ne pas se cogner à la voûte rocheuse. Un visage cadavérique, d'un blanc crayeux. Et des yeux...

Qui le virent.

Des jambes qui le, la, portèrent vers lui.

Wes Chase, l'esprit paralysé, ne parvenait plus à penser. Mais ses muscles pouvaient encore agir, et c'est ce qu'ils firent. Il se jeta par l'ouverture de la grotte, dégringola le long des rochers. Il tendit l'oreille, repéra le bruit du torrent gonflé par les pluies, et fonça dans cette direction.

Il trouva le courant, presque noir sous le clair de lune argenté. Il repéra le sentier, trace d'encre entre les sombres rochers. Il s'y précipita, le dévala aussi vite qu'il le pouvait. Il glissa, faillit tomber, se rattrapa aux broussailles.

« Doucement, se raisonna-t-il. Tu vas te tuer. »

Il regarda par-dessus son épaule et ne vit rien d'autre qu'un pâle monde lunaire. Il n'entendit rien d'autre que l'eau cascadant. Et le silence. Il reporta son attention sur le chemin, reprenant sa progression aussi prudemment que possible.

« Essaie d'atteindre les arbres et cache-toi. »

Un tremblement incontrôlable agitait son corps. Ce visage, il l'avait vu, aucun doute là-dessus. Il n'avait pas rêvé, et il n'était pas fou. Pas besoin de se pincer pour s'en assurer : il souffrait déjà bien assez.

Il continua d'avancer, aussi rapidement qu'il l'osait. Il dut traverser le torrent; le flot était haut, et l'eau glacée le mouilla jusqu'aux hanches. Il pataugeait dans ses tennis.

« Ne te laisse pas aller, Wes. »

Il ramassa une pierre tranchante et la serra dans sa main. Que pouvait bien être cette chose? Wes n'était pas superstitieux, du moins en temps normal, et il avait vu suffisamment de cadavres pour savoir qu'ils n'avaient pas l'habitude de se balader ainsi. Parfait. Cette chose ressemblait à un homme; elle *devait* donc être un homme. Mais cette chose – il n'arrivait pas à penser à elle comme à un homme – que pouvait-elle bien faire ici? Un autre pêcheur? Il l'aurait vu ou entendu. Un ermite? Ridicule, il ne pourrait pas survivre dans cette région, pas sans un toit et du bois pour faire du feu.

Wes se sentit gagné par la colère. Il avait laissé derrière lui un panier plein de truites dorées sans parler de sa canne à pêche et de son chapeau. Mais il n'avait pas l'intention de faire demi-tour pour revenir sur ses pas. L'homme était grand, peut-être une espèce de fou. Aller chercher de l'aide, et remonter à la lumière du jour pour voir ce qui se passait...

Il entendit un bruit sur sa droite.

Le torrent ?

Un animal ?

Il accéléra son allure, tenant fermement la pierre dans sa main. C'était beaucoup plus facile de descendre que de monter. D'ici une à deux minutes il atteindrait la ligne d'arbres. Devait-il continuer, essayer de rejoindre la voiture ? Il commençait à se réchauffer et à se sentir un peu mieux mais, s'il s'arrêtait, le froid le gagnerait à nouveau et il restait encore trois bonnes heures avant le lever du soleil.

Il décida de regagner la voiture.

Il adopta un pas régulier, souple, presque une allure de trot. Ses pieds trempés glissaient, mais il conservait son équilibre. Le cours du temps atténuait le choc.

« Il doit y avoir une explication naturelle. Un accident d'avion ? J'aurai peut-être dû lui parler, essayer de l'aider... »

Mais il continua à avancer.

Des arbres, encore clairsemés, se dressaient autour de lui, et la riche odeur des pins mouillés assaillit ses narines. Les feuillages laissaient filtrer à présent le clair de lune, et des ombres trompeuses jouaient sur le sentier. Il traversa à nouveau le torrent et poursuivit sa marche.

Le chemin s'incurvait brutalement sur la droite.

Wes s'engagea dans le lacet, courant presque, puis il s'arrêta, comme s'il avait heurté de plein fouet un mur de brique.

L'homme l'attendait là.

Il était debout, immobile, à peine visible sous la lueur glacée du clair de lune. Son visage était d'une pâleur mortelle, comme dans la grotte. Il était grand, plus grand que Wes, et maigre. Ses yeux étaient deux ombres vivantes dans la blancheur de son visage.

— Qui êtes-vous ? s'écria Wes. (Il avait parlé d'une voix forte, plus forte qu'il n'en avait eu l'intention.) Qui êtes-vous ?

L'homme ne répondit pas. Le torrent bouillonnait dans la nuit.

— Répondez, bon sang ! A quoi jouez-vous ?

Pas de réponse.

Wes se reprit, serra la pierre dans sa main. Il n'allait pas gravir à nouveau les pentes de la montagne.

— Écartez-vous de mon chemin ! prévint-il.

L'homme — si homme il y avait — ne bougea pas.

Wes, pendant ses années d'université, avait été un joueur de football tout à fait honorable, et était déjà rentré dans des types plus grands que celui-là. Il enleva ses lunettes et les glissa dans la poche de son pantalon, où elles ne risquaient pas de recevoir de chocs, puis il plissa les yeux, prit une profonde inspiration et fonça sur l'homme planté au milieu du chemin, prêt à lancer la pierre.

L'homme, tranquillement, leva le bras. Il tenait quelque chose dans sa main. L'objet émit un doux sifflement et Wes Chase se retrouva allongé sur le sol, le visage à quelques millimètres des chaussures de l'homme. Il n'avait encore jamais vu de pareilles chaussures.

Il avait toute sa conscience, mais était incapable de faire le moindre geste. Il entendait son cœur battre dans sa poitrine. Il ne sentait pas la terre sous lui. Il était soudain apaisé, apaisé au delà de toute raison. C'était l'atmosphère d'un rêve, où rien n'avait d'importance, car bientôt il se réveillerait et tout s'évanouirait.

Mais rien ne s'évanouit.

L'homme — *il fallait* que ce soit un homme — ne dit rien. Il souleva Wes et le jeta en travers de ses épaules, sans aucune précipitation, mais avec un total manque d'égards. « Comme un sac de pommes de terre », pensa Wes.

L'homme reprit le chemin de la montagne. « Je pèse près de cent kilos; il ne va tout de même pas me porter ainsi jusqu'au sommet! »

Mais c'est bien ce qu'il fit. Tous les cinq cents mètres, il s'arrêtait, posait Wes sur le sol, reprenait son souffle, puis repartait. Wes vit les arbres disparaître pour faire place aux rocs. Il vit la Lune, solitaire, froide et lointaine dans l'air de la nuit.

Lentement, méthodiquement, ils progressèrent vers le lac glaciaire. Ils arrivèrent près de l'abri rocheux. Wes aperçut son panier à truites, reposant à l'endroit où il l'avait laissé et, stupidement, il pensa que le poisson serait encore bon en raison du froid qui régnait. Il vit aussi sa canne à pêche, mais son chapeau, où qu'il fût tombé, échappait à son champ de vision.

L'homme pénétra le premier dans la grotte, puis il tira Wes derrière lui, le faisant glisser sur le sol pendant trois ou quatre mètres, jusqu'à l'emplacement où Wes avait aperçu un reflet métallique qu'il avait pris pour une veine de minerai.

Ce n'était pas une veine. Mais une porte.

Elle ressemblait à une écoutille de sous-marin. L'homme l'ouvrit. Une radiation pâle, guère différente de celle du clair de lune, se déversa dans la grotte. L'homme franchit le seuil de cette espèce de porte puis, se saisissant de Wes, il l'amena à sa suite.

Il referma l'écoutille derrière lui. Wes entendit distinctement le déclic métallique qui marqua le verrouillage.

L'homme installa Wes contre un mur, dans une position vaguement assise, puis il se recula. Le médecin essaya de bouger, mais sans succès. Il ne sentait pas le contact de la pierre contre son corps, ni à l'endroit où il était assis, ni contre le mur auquel il était adossé. Sa chair, de la tête aux pieds, semblait morte.

Mais ses yeux fonctionnaient. Il regarda tout autour de lui, du mieux qu'il put.

Il se trouvait dans une sorte de vaste caveau rocheux, large d'une quarantaine de mètres. C'était apparemment une grotte naturelle qui avait été débarrassée de tous les débris que la nature y avait entreposés, et dont le sol était maintenant presque aplani.

Et qui, bien entendu, était coupée du monde extérieur par cette curieuse écoutille.

Le silence régnait, à l'exception du souffle des respirations, la sienne et celle de l'homme.

La caverne n'était pas vide, et c'était là le plus inquiétant. Wes savait que ses réactions normales avaient été de quelque façon inhibées, mais il ressentit une vague d'appréhension à la vue de ce qui se trouvait dans le mur qui lui faisait face.

Des niches étaient creusées dans le roc.

Cinq niches.

La lumière, dispensée par des ampoules aussi petites que celles de lampes de poche, était faible, mais Wes pouvait distinguer ce qui habitait quatre de ces alcôves : quatre corps. La cinquième était vide, et il n'était pas nécessaire de se livrer à de grands exercices mentaux pour deviner qui l'avait occupée.

Plus question d'accident d'avion.

Ni d'ermites.

Ni de pêcheurs.

L'homme le regarda, son visage livide ne reflétant pas la moindre expression, puis il porta son attention vers les silhouettes logées dans les niches, comme s'il les comptait.

Il s'avança vers Wes. Ses yeux brillaient étrangement. Il tendit les mains.

3

Wes Chase ne pouvait pas bouger.

L'instant pesait, intolérable, avec tout le poids de l'éternité. La grotte, les niches, les mains, tout se découpait dans son esprit avec le tranchant d'une lame de rasoir. Il avait vu mourir nombre d'hommes, et s'était souvent demandé, avec un certain détachement, comment la mort se présenterait à lui. Sa vie ne se déroula pas, en un éclair, devant ses yeux. Mais, à la place, le temps se rétrécit, s'arrêta, et une phrase apprise à l'université déferla sur lui, démentielle, se répétant à l'infini :

« C'est ainsi que finit le monde, c'est ainsi que finit le monde, c'est ainsi... »

Mais ce ne fut pas le cas.

Les mains de l'homme se posèrent sur lui, et elles étaient douces, incroyablement douces; elles ne portaient pas le mal en elles. Wes regarda l'homme dans les yeux. Ils étaient gris clair, et il ne put rien y lire. Le visage était un visage humain, un crâne humain se dissimulait sous cette chair. Wes nota le maxillaire supérieur, le maxillaire inférieur, l'arcade zygomatique, la cavité nasale, les orbites, l'os frontal...

Et pourtant, ce visage restait différent de tous ceux qu'il avait déjà observés. Il était crayeux quant à la texture de la peau, mais ce n'était pas le plus important. Les proportions étaient étranges, sans qu'il parvînt à définir en quoi. Et l'expression! Les yeux brillants, les traits tendus, les lèvres minces entrouvertes, la respiration accélérée...

Haine ?

Faim ?

Espoir ?

Les mains l'explorèrent avec légèreté. Vidèrent ses poches, détachèrent la montre de son poignet, ôtèrent l'alliance en or de son doigt – que les yeux étudièrent – puis la remirent en place. L'homme cherchait quelque chose, Wes en avait la certitude. Mais quoi ?

Le butin n'avait rien de sensationnel. Un portefeuille marron que Jo lui avait offert à Noël, l'année passée. Quelques pièces de monnaie. Un peigne noir, pas très propre, auquel il manquait une dent (Wes avait eu l'intention d'en acheter un nouveau au drugstore). Un porte-clés avec trois clés : une pour la voiture, une pour sa maison de Beverly Glen, non loin de Sunset Boulevard, et la troisième pour son cabinet dc Westwood. Deux paquets de cigarettes, l'un d'eux froissé et presque vide. Une pochette d'allumettes, déjà sérieusement entamée. Deux plaquettes de chocolat enveloppées dans du papier argenté. Quelques mouches à truites et un œuf de saumon oublié, tout ratatiné. Pas de mouchoir – Wes se souvint qu'il s'en était servi comme oreiller; il était probablement resté là-bas, sur la pierre.

L'homme s'assit sur le sol et examina le tout avec intensité. Avec intensité ? C'était bien plus que cela. Il étudiait chaque chose avec une avidité qui frisait le désespoir.

La montre sembla l'intéresser beaucoup. Il la porta à son oreille et écouta le léger tic-tac. Indécis, il la tripota un peu, puis la remonta et tourna les aiguilles. Il secoua la tête, comme désappointé.

« C'est pourtant une bonne montre. Qu'est-ce qu'elle a ? »

L'homme porta ensuite son attention vers le portefeuille. Il en sortit quatre billets d'un dollar qu'il examina. Il passa les doigts dessus, hésita, puis les mit sur un tas, avec les pièces. Il étudia attentivement le contenu du portefeuille, fronçant les sourcils à la vue de l'assortiment de cartes et permis de toutes sortes. Il y avait une photo, en couleurs, de Jo. Wes se rappelait bien cette photo : elle avait été prise trois ans plus tôt, le jour de l'anniversaire de Jo; Jo portait une jupe de tweed et un pull de cachemire beige; elle paraissait fraîche, jeune et belle. Un serrement de cœur étreignit Wes, dissipant un instant le brouillard de la drogue. Mais la sensation disparut, sans qu'il pût la retenir. Il pensa vaguement que c'était mieux ainsi.

L'homme prit une cigarette dans le paquet déjà entamé, la renifla, en déchira le papier et contempla le tabac. Il le goûta, fit une grimace et s'essuya la langue sur son poignet. Il saisit ensuite les allumettes, hocha la tête et en alluma une au premier essai. Il la regarda brûler, presque jusqu'à ses doigts, puis l'éteignit en soufflant dessus.

Il jeta un coup d'œil aux clés et les envoya rejoindre les dollars et les pièces. Puis il ramassa l'une des tablettes de chocolat, qu'il gratta avec un ongle. Ses yeux s'illuminèrent. Avec une excitation fiévreuse, il déchira le papier et fixa avec avidité les carrés bruns parsemés de noisettes. Il hésita, visiblement en proie à une lutte intérieure.

L'homme se leva, arpenta le sol, jouant nerveusement avec la tablette. Par deux fois il esquissa le geste de la porter à sa bouche mais, chaque fois, il hésita, se reprit, et interrompit son mouvement.

« Il ne sait pas si c'est comestible. D'où peut-il bien venir pour n'avoir encore jamais vu de chocolat ? »

L'homme sembla prendre une décision. Il rompit deux carrés de chocolat, s'agenouilla devant Wes et, doucement, lui ouvrit la bouche. Puis il écrasa le chocolat entre ses doigts, écarta une noisette et plaça la mixture sur la langue de Wes, une petite quantité à chaque fois. Le médecin, habité par des haut-le-cœur, était incapable de mâcher mais, en se concentrant, il pouvait avaler. Ce qu'il fit.

« Un cobaye », pensa-t-il. Il se souvenait des petits animaux de laboratoire dans leurs cages, au dernier étage de l'hôpital. Il se souvenait également de l'une des filles du Pr Stuart – elle s'appelait Louise – et du choc qu'elle reçut lorsqu'elle découvrit qu'on inoculait aux cobayes des maladies à virus pour voir ce qui allait arriver...

Le chocolat était bon, après tout.

L'homme s'assit avec un effort évident d'autodiscipline. Il resta calme. Il surveillait et attendait. Il s'écoula probablement plusieurs heures, mais il était maintenant difficile à Wes de mesurer la fuite du temps.

L'homme, enfin, se leva, tâta le front de Wes, examina ses yeux et sa langue. Puis il sourit. L'effet fut surprenant, comme si un monstre de cinéma avait un instant interrompu la chasse obscure qu'il menait à une non moins obscure héroïne pour lancer une ou deux plaisanteries de baladin.

Puis l'homme mangea le chocolat.

Manger ?

En réalité, il l'engloutit, avalant convulsivement, comme un homme prisonnier du désert, assoiffé, doit se jeter sur l'eau.

L'être sourit à nouveau et se frotta les mains dans un geste de satisfaction curieusement déplacé. Un peu de couleur était apparue sur ses joues pâles, et même ses cheveux noirs et plutôt longs semblèrent revenir à un peu de vie.

Encouragé par son énergie retrouvée, l'homme se mit

au travail avec ardeur. Il allongea Wes sur le sol et le déshabilla avec précaution, prenant mentalement note de chaque bouton, de chaque boucle, de chaque fermeture éclair. Il recouvrit le médecin de ses propres vêtements et se battit pour enfiler ses nouveaux habits. Il y réussit, non sans marmonner quelques sons qui pouvaient très bien passer pour des jurons. Wes fut surpris de constater que ses affaires ne lui allaient pas trop mal : l'homme ne devait pas être aussi grand qu'il le paraissait.

L'étranger remplit ses poches, prêtant une attention particulière à l'argent, puis il glissa la montre à son poignet. Il semblait à nouveau nerveux, mais décidé.

« Il va à Lake City, pensa Wes, soudain rempli d'espoir. Il a fait de son mieux, mais il n'a quand même pas l'allure de l'Américain Moyen. Quelqu'un ne manquera pas de le remarquer. De reconnaître ces vêtements. Jo aura averti la police, ils seront sur leurs gardes. »

L'homme ouvrit l'écoutille et s'engagea dans la grotte. L'écoutille se referma avec un bruit métallique.

Wes ne pouvait toujours pas bouger. Il était allongé sur le dos, couvert des vêtements de l'étranger et, du coin de l'œil, il apercevait les niches creusées dans le mur où reposaient quatre corps silencieux.

Il espéra qu'ils n'allaient pas se réveiller.

A travers les brumes de la drogue, les doutes l'assaillirent. L'homme parviendrait-il à Lake City ? Ce serait une longue marche s'il ne trouvait pas la voiture. Et savait-il conduire ? Un homme qui n'avait jamais vu de chocolat aurait-il vu une automobile ?

Et à supposer qu'il atteigne Lake City ? La police rechercherait Wes Chase, et non une personne qu'ils n'avaient jamais vue. Remarqueraient-ils ses vêtements ? Ce n'était, après tout, que l'équipement standard d'un pêcheur. Le pantalon était bien un peu déchiré, mais il n'y avait là rien d'extraordinaire. Et le chapeau qui manquait, à moins que la créature ne l'ait récupéré au passage. La voiture était son seul espoir, la voiture avec les plaques de Californie. S'il la prenait...

A quel point un homme devait-il paraître bizarre pour qu'un commerçant appelle la police ? Si Wes tenait un magasin et que cet homme y fasse irruption, que penserait-il ? Il le classerait probablement parmi les excentriques et n'irait pas plus loin. Souvenez-vous, pendant la guerre, ces deux types en uniforme nazi qui se baladaient dans Times Square, à moins que ce ne soit ailleurs...

Le temps sembla passer rapidement. Wes ne dormait pas vraiment, mais sans être non plus tout à fait éveillé. C'était comme s'il avait eu un peu de fièvre et qu'il soit resté au lit, somnolant, dans l'attente de guérir d'une grippe.

Il savait ce que l'homme était parti chercher en ville, ou du moins, il le supposait. Cet homme mourait de faim. Si Wes s'était trouvé dans une telle situation, il aurait essayé d'acheter de la nourriture, et il semblait raisonnable de penser que l'homme réagirait selon le même schéma. Mais il n'y avait que quatre dollars dans le portefeuille, et si le type croyait qu'il allait ramener un stock de provisions, il se réservait une désagréable surprise.

Wes eut soudain froid. Pas très loin d'ici, à l'époque héroïque, un mineur s'était retrouvé bloqué par la neige, en plein hiver, avec trois compagnons et sans assez de nourriture pour survivre. Au printemps, le mineur ressortit de la cabane, seul, bien nourri, resplendissant. L'histoire raconte qu'il est mort dans un pénitencier, végétarien convaincu...

Si l'homme ne trouvait pas assez de vivres en ville, que se passerait-il ?

Wes s'efforça de diriger ses pensées vers des sujets plus agréables.

Mais ce n'était pas si facile. Où qu'il commençât, ses pensées revenaient toujours vers l'homme, sans parler de ses compagnons endormis. Qui étaient-ils? D'où venaient-ils?

Et surtout, que voulaient-ils?

Malgré lui, Wes ne pouvait s'empêcher d'admirer cet homme. Il était en train d'accomplir quelque chose de brave, de remarquable, et même de fantastique. Cet être semblait totalement étranger, totalement ignorant d'un article aussi commun qu'une tablette de chocolat. Il ne savait pas l'anglais, non plus, à moins qu'il ne se refusât à le parler. Wes lui paraissait probablement aussi étrange qu'il pouvait lui-même le paraître à Wes. Et pourtant il avait endossé les vêtements d'un inconnu et s'efforçait de trouver le chemin d'une ville où il pourrait acheter de la nourriture qu'il n'avait jamais vue, avec de l'argent qu'il ne comprenait vraisemblablement pas.

Cet homme avait, lui aussi, ses propres ennuis.

Wes en fut réconforté.

Il sombra dans un sommeil agité.

Il fut réveillé par le bruit de l'écoutille qui s'ouvrait. L'homme se précipita à l'intérieur et referma derrière lui. Il semblait épuisé, et il tremblait violemment. Wes voulut se lever, mais il était toujours dans l'impossibilité de faire le moindre mouvement.

L'étranger le regarda. Colère? Désespoir? Il posa à terre le carton qu'il portait, puis le déballa. C'était pitoyable, même pour Wes. Quatre pains. Deux boîtes d'asperges. Et environ quarante tablettes de chocolat assorties.

A nouveau très pâle, l'homme s'étendit sur le roc, près de Wes, soupira, puis s'endormit. Il se mit à ronfler.

Il n'y avait rien à regarder. Wes avait le sentiment d'avoir visualisé tous les détails de la caverne, des formes sombres reposant dans les niches aux fissures de la pierre qui l'entourait. Il n'était plus fatigué, et il lui sembla que son esprit devenait plus clair. Étrange, sa terreur l'avait quitté. Il avait encore peur, baignait toujours dans l'incertitude, mais la situation avait pris un tour de rêve diffus, où rien n'était vrai, et où tout, à la fin, reprendrait sa place naturelle.

Il reconnut en lui les symptômes d'un traumatisme.

« Ce qui signifie que les effets de la drogue sont en train de se dissiper. Si je pouvais retrouver mes moyens avant qu'il ne se réveille... »

Il attendit. Il n'y avait rien d'autre à faire.

Il pensa à l'homme dormant à côté de lui. De toute évidence, il avait réussi à atteindre Lake City. A pied ou en voiture ? Il avait acheté plusieurs choses, ce qui impliquait d'avoir fait l'expérience de l'argent. Wes était certain, tout à fait certain qu'il avait créé des remous en ville. Tôt ou tard quelqu'un ferait le rapprochement avec Wes, si ce n'était déjà fait. Et ensuite...

Le trouveraient-ils ?

Et que trouveraient-ils ? Un vivant, ou bien...

Le temps passait très lentement. Wes crut sentir se desserrer l'étau de la drogue, mais pas assez vite. Lorsque l'homme sortit de son sommeil, Wes ne pouvait encore que remuer légèrement la tête.

Et voilà que cela recommençait.

L'étranger s'était levé et l'examinait attentivement. Wes resta immobile, retenant presque son souffle. L'homme sourit et effleura son épaule dans un geste que Wes interpréta comme un signe destiné à le rassurer.

« Ou veut-il s'assurer de la qualité du gigot ? »

L'homme s'étira et mangea deux tablettes de chocolat, sans en manifester un grand plaisir. Puis il se dirigea vers les niches et étudia les formes qui y dormaient toujours. Il les regarda un long moment, puis toucha doucement l'une d'entre elles.

Sans réaction.

Wes en fut heureux.

Il ne savait pas ce qui allait sortir de cette alcôve, et n'était vraiment pas pressé de le découvrir.

L'étranger exhiba un pistolet, le même dont il s'était déjà servi sur Wes. Il le vérifia soigneusement et régla un cadran situé à l'extrémité de la crosse.

Puis il se passa la langue sur les lèvres.

Wes eut soudain très froid, mais il se reprit vite.

« Cesse d'y penser! Ça ne fait qu'aggraver les choses. »

C'est donc avec un état d'esprit tourné vers l'objectivité que Wes comprit ce que l'homme s'apprêtait à faire. C'était suffisamment clair. L'homme, tout étranger qu'il fût, raisonnait selon des processus de pensées qu'il n'était pas impossible de suivre. Puisqu'il ne pouvait pas acheter assez de nourriture pour faire un repas décent, il lui fallait s'en procurer par un autre moyen.

Il partait donc chasser.

Il emprunta à nouveau l'ouverture, emportant son arme avec lui.

Wes, en dépit de sa position, se sentait gagné par la curiosité. Si ce type voulait seulement manger, et que son pistolet puisse lui servir à chasser, alors pourquoi être d'abord allé jusqu'à Lake City? Ces montagnes regorgeaient de gibier, surtout pour quelqu'un qui n'était pas difficile sur le chapitre de l'alimentation. N'aurait-il pas été plus simple d'abattre un daim, ou tout autre animal qui soit passé à portée de tir?

« Mais je ne crois pas qu'il savait que Lake City était si loin. Et peut-être cherchait-il quelque chose de plus important que la nourriture? »

Quoi?

Des informations, naturellement.

« Il essaie de découvrir quelque chose à notre sujet. Je suis absolument persuadé qu'il n'avait encore jamais vu un homme comme moi auparavant. Il est à la poursuite de quelque chose. »

Mais de quoi ? Et pourquoi ?

L'homme resta absent un long moment. Lorsqu'il revint, il apportait de la viande fraîche, déjà dépouillée et vidée, qui ressemblait à un loup. Comme il ramenait également du bois mort et des brindilles, Wes en déduisit qu'il avait été au delà de la ligne d'arbres.

Il prépara un feu, très soigneusement, utilisant des écorces en guise de papier. Il l'alluma avec l'une des allumettes qu'il avait trouvées sur Wes, et le feu prit du premier coup. Ce n'était encore qu'une petite flambée, mais Wes pouvait déjà en sentir la chaleur; il remarqua que la fumée s'échappait par la voûte; il devait y avoir un quelconque appel d'air.

L'homme découpa quatre tranches de viande avec un couteau que Wes n'avait encore jamais vu, et les présenta à la flamme piquées au bout d'un bâton grossièrement taillé. Le sang s'égoutta sur le feu qui crépita.

Wes fut assailli par l'odeur de la viande qui grillait, et il se mit à saliver. Soudain, il avait faim. Désespérément faim.

Lorsque les steaks furent cuits, l'étranger en attaqua un. Il ne restait rien de la précipitation avec laquelle il avait dévoré sa première tablette de chocolat. A présent, il prenait son temps, mâchant consciencieusement chaque bouchée, en savourant chaque parcelle. La pâleur de son visage était bien moins marquée que la première fois où Wes l'avait vu.

Il se leva, et prit le pistolet dans la poche de la veste qu'il avait empruntée à Wes. A nouveau, il régla le cadran de la crosse.

Il visa l'épaule du médecin.

L'arme émit un sifflement chuintant.

Wes se tendit dans l'attente de l'impact. Mais il ne sentit rien.

L'homme attendit.

Alors, lentement, incroyablement, le flot des sensations renaquit dans le corps de Wes. D'abord comme de l'eau glacée. Sa peau le picotait, le démangeait. Il essaya de bouger son bras, et ne fut plus que douleur, comme s'il avait écrasé son membre engourdi contre un mur.

Il se mit à trembler violemment.

Il refaisait surface.

L'homme, lui, regardait, patiemment. Et ne disait rien.

4

C'était comme une renaissance.

Weston Chase sentait la vie s'éveiller en lui, une vie faite de millions de piques de glace coulant dans ses veines. Il est parfois préférable de ne pas avoir toute sa conscience. Lorsque l'on est très malade, on ne sent plus la douleur; mais lorsque l'on a suffisamment récupéré pour souffrir et se souvenir, la situation se fait plus difficile.

Il gisait sur le sol de la grotte et aurait voulu hurler. Peut-être le fit-il, mais il ne s'en rappelait plus. Il était malade, misérable, vidé. Sa bouche avait goût de tabac froid. Des élancements parcouraient sa tête, comme si on y avait plongé un couteau acéré. Son corps était si douloureux qu'il ne pouvait même pas ramper.

Ce n'étaient que des maux physiques.

Il pouvait les supporter.

Mais le reste...

Il se trouvait dans une grotte avec un fou, ou pire encore. Et Jo ne savait pas où il était, *personne* ne savait où il était. Depuis combien de temps se trouvait-il ici ? Que pouvait bien penser Jo ? Elle ne croirait certainement pas qu'il l'avait quittée, ou bien ?...

Une série d'images traversa son cerveau. Jo et sa piscine dans le jardin, dont il s'était tant moqué. Le gamin des voisins qui était tombé de vélo, le sang sur sa tête, et Jo qui l'avait aidé à soigner le gosse. Un gentil garçon, le fils qu'il aurait souhaité avoir. Et Jo cette nuit-là dans sa maison à elle, l'année précédant leur mariage...

Jo.

Il gémit. Il aurait voulu pleurer. Mon Dieu, tout cela était incroyable, un vrai cauchemar, de telles choses ne peuvent pas arriver...

Une main pâle se glissa sous lui.

Il se retrouva en position assise. Le visage livide, étrange, était tout proche du sien.

« Dracula, pensa Wes avec hystérie. Je suis prisonnier d'un foutu film de vampire. L'ail ! Où est l'ail ? »

Il éclata de rire. Lorsqu'il s'entendit, il s'arrêta net.

L'homme au teint de papier mâché accrocha quelque chose derrière les oreilles de Wes. Des lunettes. Ses lunettes. Puis il ouvrit la bouche du médecin et y glissa un corps étranger. Wes s'étrangla à moitié, puis se mit à mâcher. Ses mâchoires ne fonctionnaient pas très bien, mais un suc riche, coloré, coula dans sa gorge, le réchauffant. De la viande. Dure, mais savoureuse.

L'homme le nourrit, et Wes mangea. Il avala un steak, plus une bonne partie d'un autre avant de se sentir rassasié, essayant de se raisonner, de se forcer à ne pas trop manger, mais trop affamé pour réellement s'en soucier. Ensuite, l'homme lui fit boire de l'eau fraîche coulant d'une outre en peau.

— Merci, fit Wes.

Sa voix n'était qu'un rauque croassement.

L'étranger hocha la tête, mais ne dit rien. Puis il se tourna vers son propre repas, mastiquant lentement, consciencieusement, comme s'il voulait rattraper le temps perdu. Wes s'était rallongé sur le sol, sentant ses forces renaître en lui. « Il me faut tenter ma chance, maintenant, pensa-t-il. Me lever, assommer ce type, trouver un moyen de sortir... »

Avant d'avoir pu concevoir le moindre plan d'action, il s'endormit. Il ne rêva pas. Il n'avait aucun moyen de savoir combien de temps il avait dormi mais, lorsqu'il s'éveilla, il se sentit en pleine forme. Il ouvrit un œil.

L'homme l'observait, un petit sourire aux lèvres. Il prit Wes par le bras et l'aida à se lever. Le médecin, bien qu'étourdi, parvint à rester debout. L'étranger, le soutenant, l'amena devant l'ouverture circulaire qui était la seule issue de la grotte. Il le laissa devant, se recula et s'assit par terre.

« Libre ! Je suis libre. Il me laisse partir. »

Désespérément, Wes empoigna les manettes qui bordaient l'écoutille. Il les tira, les poussa, les tordit, les frappa de ses poings. Sans résultat. Il appuya son épaule contre le métal et pesa de toutes ses forces. La porte circulaire ne bougea pas. Il fit quelques pas en arrière, puis fonça, aveuglément.

Il se heurta à un véritable mur de pierre.

Il s'effondra sur le sol en sanglotant.

L'homme le releva et, à nouveau, lui donna à boire. Puis il regarda Wes et secoua la tête. La signification en était évidente : Wes ne pourrait pas sortir tant que l'étranger ne le lui permettrait pas.

Et Wes soupçonna qu'il lui faudrait attendre le Jugement Dernier avant que cela n'arrive.

L'étranger s'assit et tendit à Wes un morceau de viande froide. Le médecin le mangea, sans penser à rien. Son esprit était vide, fermé à la terreur.

Alors l'homme se pencha. Il se montra du doigt.

— Arvon, prononça-t-il, lentement, distinctement.

Sa voix était grave, calme.

Wes hésita. Puis il hocha la tête.

— Wes, fit-il. Wes Chase.

L'homme sourit largement.

Ce fut, d'une certaine façon, le véritable commencement.

Wes Chase ne savait pas ce qu'était un phonème et, s'il avait entendu parler d'un lexique, il l'aurait vaguement associé à quelque législateur romain. La linguistique n'était pas particulièrement à la mode lorsque Wes avait fait ses études préparatoires dans l'État de l'Ohio, et la faculté de médecine de l'université de Cincinnati mettait surtout l'accent sur les sujets pratiques.

Bien sûr, on ne pouvait jamais savoir ce qui se révélerait pratique et ce qui ne l'était pas. Ce n'était pas la première fois que Wes regrettait les pressions d'une vie de fou, une vie qui nous bouffait avec ses horaires, ses coups de téléphone, ses rendez-vous, et ses nez qui coulent. Si seulement il pouvait rester assez de temps pour apprendre, pour lire, pour écouter...

Mais c'était un peu tard, à présent.

Wes savait, souvenir de sa terrible empoignade avec le latin et cette maudite division tripartite de la Gaule, qu'apprendre une langue était une partie perdue d'avance, même dans les plus favorables des circonstances. Et en plus, lorsqu'il n'existait pas de langage commun pour donner des explications, l'éternité n'y suffirait pas.

Et pourtant...

Arvon apprenait avec une incroyable rapidité. Il ne fit aucune tentative pour enseigner son propre langage à Wes, quel qu'il fût, mais se concentra sur la maîtrise de l'anglais. Il commença par les substantifs, les choses qui pouvaient être montrées : grotte, chemise, chaussures, viande, chocolat. Il conservait une liste de ces mots, les inscrivant sur une sorte d'étrange tablette, et Wes s'aperçut bientôt qu'Arvon ne s'intéressait pas tant aux mots eux-mêmes qu'aux sons significatifs qui les composaient. Il utilisait pour cela des symboles que Wes n'avait encore jamais vus, mais il présuma qu'il s'agissait de signes phonétiques. Arvon en utilisa d'abord des centaines, notant chaque accent tonique, chaque flexion mais, rapidement, il ramena son alphabet à un nombre de signes plus réaliste, lorsqu'il découvrit ce qui, en anglais, était important, et ce qui ne l'était pas. Puis il se pencha sur la structure du langage, la construction des phrases. Lorsqu'il eut assimilé la structure sujet-verbe-complément, ses progrès furent très rapides.

Mais cela, néanmoins, demanda du temps.

Le temps de s'ennuyer, même dans cette mystérieuse et invraisemblable caverne creusée dans les montagnes du Colorado. Le temps de manger de la viande fraîche et du poisson jusqu'à en être dégoûté. Le temps de l'impatience, de l'inquiétude et de la peur.

Et le temps, trop de temps, pour se rappeler cette vie qu'il y a si peu il avait chérie, cette vie qui à présent l'attendait au pied d'un sentier sinueux où chuchotait un torrent glacé cascadant vers une vallée de vert et d'or. Une vallée baignée de soleil. Il n'avait pas vu le soleil depuis... depuis combien de jours ?

Chaque détail de son existence passée se découpait sous les rayons brûlants : la chaude clarté du matin avant que le smog ne s'abatte, les traînées d'oxyde de carbone au-dessus de l'autoroute de Hollywood, les pelouses étincelantes sous les jets d'eau, les rouges parterres de géraniums humides, les éclatantes chemises à fleurs près de la mer à Santa Monica...

Il visualisait tout cela.

Et Jo? Où pouvait-elle bien être? Seule dans cette grande maison qu'ils partagaient? Ou bien – cette pensée ne le quittait pas – était-elle heureuse de sa disparition? Elle l'avait déjà trahi de nombreuses façons, mais quelle vie lui avait-il offerte?

Et le temps pour des souvenirs, trop de souvenirs, et pas tous agréables.

Arvon, lui, ne se lassait pas. Avec une assiduité qui ne dissimulait pas l'éclat qui brillait dans ses yeux, il creva la barrière du langage, imparfaitement d'abord, puis, enfin, la grotte fut un peu moins solitude, un peu moins étrangère.

Wes était prisonnier d'une situation qu'il ne contrôlait pas. Il l'admit et réagit en conséquence. Il était aussi désespéré qu'un homme pouvait l'être, mais la plus grande part de sa crainte avait disparu.

Il parvint même à presque oublier les corps dans les niches.

Il commençait à ressentir une pointe d'excitation, une certaine émotion à l'idée de se trouver si proche d'un être qui était si loin au delà de sa compréhension. C'était une sensation qu'il avait éprouvée une fois dans sa vie, lorsqu'il s'était lancé dans la recherche, sur les glandes endocrines, peu après avoir terminé ses études. Il avait petit à petit abandonné, sans savoir pourquoi.

Eh bien, quant à la situation présente, il n'abandonnerait pas.

Il était presque heureux d'en être dans l'impossibilité.

Il s'installa dans cette existence aussi confortablement que possible, conscient de vivre une aventure auprès de laquelle la première bombe atomique ferait figure de ragot de journaliste. L'un dans l'autre, c'était une impression qui était loin d'être désagréable.

Il parla, écouta, et surtout, le plus difficile :
Il essaya de comprendre.

Wes, au fil des ans, avait développé une méthode psychologique que tous les médecins se doivent de posséder. La médecine n'était pas uniquement faite d'urgences de nuit, fonçant pied au plancher, et d'accidents en salle d'opération, surtout lorsque l'on est un spécialiste, un O.R.L. La majeure partie de ses consultations n'était que routine, et d'un ennui mortel. Pendant ces longs après-midi à son cabinet, il jouait à un petit jeu, essayant d'appréhender les nouveaux patients que miss Hill introduisait. Étaient-ils vraiment malades, ou bien, sous un prétexte quelconque, à la recherche de médicaments? Étaient-ils du genre inquiet, ceux qui attrapent une pneumonie chaque fois qu'ils toussent, ou bien étaient-ils vraiment affectés de troubles? Que faisaient-ils pour gagner leur vie? Et parfois, le plus important, qu'auraient-ils aimé faire pour gagner leur vie?

Wes était assez bon à ce petit jeu. Il arrivait souvent à cerner une personnalité en deux minutes, ce qui pouvait être de quelque utilité pour l'établissement du diagnostic. Mais comment évaluer la personnalité d'un homme avec lequel il n'avait absolument rien de commun? Et dans ce qui faisait la personnalité, ou ce qu'il croyait être la personnalité, quelle était la part attachée à la coupe des vêtements, à une certaine façon de parler, à un choix de passe-temps familiers, au style des lectures?

Wes n'était pas idiot. Il savait que la panique et l'hystérie ne lui apporteraient rien, mais il était évident qu'Arvon était un être totalement étranger au cadre de son expérience. D'où qu'il vienne, quoi qu'il soit, il était différent. Comment connaître ses motivations? Le champ était trop vaste. Comment savoir s'il voulait attaquer ou se défendre? Se défendre... contre quelle menace? Comment savoir s'il disait la vérité ou s'il mentait? Et dans quel but cherchait-il des informations?

Et pourtant, Wes se laissait gagner par une certaine confiance, presque un lien de parenté. Si ce n'étaient Jo et l'inconfort de sa position...

– Regardez, dit Arvon. Des tableaux.

– Des photographies, le corrigea Wes.

Il les étudia. Il y avait des plaines ondoyantes couvertes de hautes herbes. Des glaces et des neiges. Des hommes étranges vêtus de peaux. Ils ressemblaient un peu à des Esquimaux. Wes essaya de se souvenir du court-métrage de Walt Disney sur ce peuple, mais les détails ne lui revinrent pas en mémoire. Mais, de toute façon, ce n'étaient pas des Esquimaux, il en avait la certitude. Il y avait des photos d'animaux qu'il n'avait jamais vus : d'énormes fauves à poils rudes ressemblant à des éléphants, des bêtes comparables à des buffles, mais beaucoup plus grandes.

Les paysages se composaient de champs, de verdure, et de glace.

– Votre... euh... monde? demanda Wes, se sentant un peu ridicule.

Arvon eut l'air déconcerté.

Wes lui emprunta sa tablette et l'instrument qui lui servait à écrire. « Voyons, pensa-t-il. Comment font-ils dans les films? »

Il commença par le Soleil, dessinant un cercle au centre de la plaque. Jusqu'à présent, parfait. Mais qu'y avait-il entre le Soleil et la Terre? Wes n'avait jamais eu le temps de s'intéresser à l'astronomie et, sur ce sujet, il n'était ni plus ni moins ignorant que la majorité de ses compatriotes.

Bien, éliminons d'abord les planètes les plus éloignées. La minuscule Pluton, la plus excentrée, oublions-la. Mais les autres ? Et au fait, combien y a-t-il de planètes ? Huit ? Neuf ? Dix ? Il secoua la tête. C'est Mars qu'il voulait : dans les films, les Extraterrestres venaient toujours de là; il y avait certainement de bonnes raisons pour qu'il en soit ainsi. Mais par rapport à la Terre, de quel côté se trouvait Mars ? Tournée vers le Soleil, ou vers Pluton ?

– Merde ! jura-t-il.

Il traça dix planètes disposées en ligne droite à partir du Soleil et tendit la tablette à Arvon. Ce dernier la considéra avec une totale incompréhension. Cela, après tout, ne représentait qu'une série de cercles. Arvon étudia le dessin avec solennité, puis le plia et le mit dans sa poche.

Inutile d'aller plus avant dans cette voie.

Le temps passe lentement dans un espace confiné. Wes avait récupéré sa montre, et pouvait donc tenir le compte des jours qui s'écoulaient, mais avant cela, combien d'heures, combien de mois avaient-ils passé ? Dehors c'était probablement l'automne, avec peut-être l'hiver qui s'annonçait. Il ferait froid dans les montagnes, et la neige rendrait le sentier dangereux – s'il le revoyait un jour.

Il lui fallut deux jours d'efforts répétés pour faire comprendre à Arvon qu'il voulait écrire une lettre à Jo, une simple note indiquant qu'il était en bonne santé, qu'il l'aimait et que, bientôt, il pourrait tout lui expliquer. Il finit par rédiger cette lettre, expliquant la notion d'adresse et passant quelques heures, misérable, à essayer d'expliciter le concept de timbres.

Arvon prit le message et le lut. Plusieurs fois. Il le rangea, le sortit à nouveau, puis il secoua tristement la tête.

– Mais pourquoi ? Ça ne peut pas vous nuire... pas faire de mal. Une si petite chose...

Arvon refusa, fermement.

– Désir aider, dit-il avec lenteur. Désir aider, mais pas pouvoir aider. (Il chercha ses mots.) Risque. Danger. Beaucoup.

Wes sentit la sérénité qu'il affichait le déserter :

– Mais vous n'avez pas le droit de me garder ici ! Vous n'avez rien expliqué, rien fait, rien dit ! Quel diable d'homme êtes-vous donc ?

Arvon, surpris par cet éclat, fronça les sourcils.

« Oh, mon Dieu, ce n'est pas possible ! »

Arvon, de façon inattendue, s'efforça de lui répondre.

– Le droit, dit-il. Mot difficile. Sens difficile. Droit pour vous, ou droit pour moi ?

– Les deux ! s'écria Wes, hurlant presque. Le droit, c'est le droit.

Arvon sourit et hocha la tête.

– J'essaie d'expliquer, dit-il. (Puis, il s'arrêta, et reprit :) Je vais essayer d'expliquer. Vous essayez de comprendre. Je... nous... ne vous voulons pas de mal. Je... nous... faisons ce que nous devons. Comprendre ?

Wes attendit la suite en silence.

Les étranges yeux gris de l'homme se perdirent dans le lointain. Sa langue se battait avec des mots qui n'étaient pas les siens. Il essaya de raconter une histoire qui était au delà de tout ce qui était racontable, franchissant un espace qu'aucun pont ne pourrait jamais franchir.

Et Weston Chase écouta, assis à même le sol d'une grotte nue où un feu de bois projetait ses ombres fantomatiques sur les formes sombres qui dormaient d'un sommeil dont seuls dorment les morts, et où l'atmosphère immobile se feutrait de longs, très longs silences. Il écouta, et il essaya de comprendre.

L'homme parla, parla longtemps, et le feu mourut, et la pâle lueur qui filtrait dans la caverne était comme l'argent glacé de la Lune inaccessible.

5

Le vaisseau était seul.

Il avançait, il avançait vite, mais il n'y avait rien autour de lui qui permît d'apprécier sa vitesse. Il semblait suspendu à un morne univers de grisaille, cloué à un brouillard de vide, au delà de l'espace, au delà du temps, au delà de la compréhension.

Il n'y avait ni étoiles, ni planètes, ni lointaines galaxies pour teinter d'or le noir manteau de l'espace.

Il n'y avait que le vaisseau. Et la grisaille. Rien d'autre.

A l'intérieur de l'astronef, un homme chauve, grassouillet, répondant au nom de Nlesine, indiquait d'un doigt boudiné la paroi de métal bleu qui les isolait de la désolation Extérieure.

— A mon humble avis, dit-il, c'est là la demeure idéale pour l'humanité. Dès le début, nous sommes partis du mauvais pied, comme n'importe quel imbécile, même toi Tsriga, peut s'en rendre compte. L'homme n'est que limon, la puanteur du cosmos. Pourquoi devrait-il vivre sur de vertes planètes baignées de cieux azurés ? S'il existe un organisme qui a mérité sa place dans le Néant, c'est bien l'homme.

Le bourdonnement aigu, irritant des moteurs atomiques alimentant le champ de distorsion, se faisait entendre dans tout le vaisseau. La sensation était comparable à celle d'une bombe qui tombe mais n'explose jamais.

Tsriga, vêtu de vêtements flamboyants qui tranchaient sur le vert tendre de la pièce, était amèrement conscient de sa jeunesse, mais déterminé à vaincre cet obstacle à tout prix. Il savait que Nlesine le harcelait, comme toujours. Eh bien, il n'allait pas se laisser faire.

– Tu as parfaitement compris, rétorqua-t-il. Mais, comme d'habitude, tu es trop optimiste. Je pense que même le Néant est encore trop bien pour nous. Ce qu'il nous faudrait, c'est un Océan de Néant alimenté par les excréments du Néant.

Nlesine éclata de rire. Un rire tout à fait hors de proportion avec la tentative d'humour à laquelle s'était livré Tsriga. Il rit jusqu'à ce que les larmes lui viennent aux yeux.

– Tu es un original, Tsriga ! s'écria-t-il. Tu devrais assurer ce précieux sens de l'humour pour un milliard de crédits, afin que nous ayons toujours un petit rayon de soleil dans nos pauvres existences.

– Va te faire foutre ! répliqua Tsriga.

Et il s'éloigna.

Nlesine cessa de rire et se retourna vers Arvon qui était assis en face de lui, lisant un roman.

– Qu'en penses-tu, beauté ?

Arvon, à contrecœur, reposa son livre.

– Je crois que tu persécutes trop ce gosse.

Nlesine émit un bruit incongru.

– Il faudra bien qu'il finisse par grandir.

– N'est-ce pas le cas pour nous tous ?

Nlesine eut une moue de mépris.

– Quelle magnifique phrase ! On dirait l'un de mes romans. Tu lis trop, Arvon, et tu tournes à l'Intellectuel. Tu devrais aller un peu dans les fermes, respirer l'odeur des étables, apprendre à vivre.

Arvon sourit. Son grand corps était parfaitement détendu dans le fauteuil, et le livre se balançait dans sa large main. Mais ses yeux gris semblaient plus étonnés qu'amusés.

– Je n'ai jamais compris pourquoi tu tenais tant à passer pour le cynique intégral, Nlesine.

– Tu veux dire que je n'ai pas besoin de faire d'efforts pour être désagréable ?

– Je veux simplement dire que ça devient un peu fatigant à la longue, même pour toi.

– Pourquoi ne te lances-tu pas dans un sermon au sujet de l'Age d'Or de l'Humanité, comme le fait Kolraq ? Pourquoi ne me parles-tu pas de l'Unité de la Vie, de l'Harmonie des Sphères, de nos liens privilégiés avec les petites créatures à fourrure...

– Non merci, se défendit Arvon, levant son livre comme un bouclier. Je préfère lire.

Le vaisseau frémit légèrement. Le bourdonnement aigu s'amplifia pour devenir une plainte presque insupportable.

Une porte coulissa et Hafij, le navigateur, pénétra dans la pièce. Il était debout, très calme, ses étranges yeux noirs se posant sur les autres avec une expression qui ressemblait plus à de l'indifférence qu'à du mépris.

– Nous émergeons dans une minute, annonça-t-il. Vous feriez mieux de vous attacher.

– Le champ agit toujours ? s'enquit Arvon.

– En partie, oui.

Tsriga s'essuya les mains sur un mouchoir trop luxueux :

– Il n'y aura pas de... d'ennuis... n'est-ce pas ?

Le navigateur haussa les épaules.

Nlesine sauta sur l'occasion :

– Ça sent le brûlé aux narines de Nlesine, murmura-t-il, utilisant sa formule favorite. Il nous faudra dormir pendant tout le chemin du retour, si toutefois nous arrivons à sortir du champ de distorsion. Tu as préparé la trousse de secours, Hafij ?

– Elle est prête, confirma Hafij qui n'esquissa pas le moindre sourire.

– Eh, attends ! s'écria Nlesine, se redressant dans son siège. Tu veux dire qu'on risque *vraiment* de...

– Vous feriez mieux de vous attacher ! le coupa le navigateur qui se dirigea vers la salle de contrôle.

Les trois hommes se regardèrent fixement, soudain plus proches les uns des autres qu'ils ne l'avaient été depuis quatre ans qu'ils étaient ensemble.

– Ça sent le brûlé aux narines de Nlesine, répéta Nlesine avec une grimace tendue.

– Même aux narines d'Arvon, marmonna Arvon.

Tsriga, très jeune et très effrayé, ajusta les sangles de son siège et ferma les yeux.

Le vaisseau frémit à nouveau. Quelque part, il y eut un court-circuit faisant jaillir des étincelles.

Autour d'eux, le vide de grisaille semblait tout proche, se refermant sur eux, les étouffant...

– Il ne se passe rien, constata Arvon.

Les lumières faiblirent.

Silencieux, ils attendirent.

Le vaisseau émergea.

Cela arrivait d'un seul coup. Sans transition. L'astronef se matérialisait du néant pour pénétrer dans l'espace normal, dans un océan de noir où les étoiles formaient des îlots resplendissants, et où aucun vent jamais ne soufflait. Mais c'était un endroit plus accueillant que celui qu'ils avaient laissé derrière eux. Elle était immense, cette mer où les mondes étaient poussière, et pourtant familière, car elle était l'univers qui avait donné naissance à l'homme; elle pouvait être comprise, même si tous les voiles n'étaient pas levés.

Le vaisseau naviguait dans les profondeurs à une vitesse proche de celle de la lumière, mais il n'y avait aucune impression de mouvement, et les étoiles conservaient leur éloignement glacé.

La nef avait encore un long chemin à parcourir.

– Il semblerait qu'on ait réussi, fit Arvon, débouclant sa ceinture.

– On n'a pas encore atterri, lui rappela Nlesine.

– C'était une sortie plutôt mouvementée, releva Tsriga dont les joues retrouvaient leurs couleurs. Personne ne pourra me soutenir que cette fois-ci nous n'avons pas eu de problèmes.

Le bruit des moteurs atomiques revint à un bourdonnement continu, doux, apaisant, régulier.

La porte de la salle de contrôle s'ouvrit à nouveau et Hafij passa la tête dans la pièce.

– Derryoc est là ? demanda-t-il.

– Ouais, le moqua Nlesine. Il se cache sous mon siège.

– Probablement de retour à la bibliothèque, le renseigna Arvon. Tu as besoin de lui ?

– On devrait se poser dans douze heures. Seyehi tient à ce que les ordinateurs soient prêts pour une première reconnaissance, et il ne voudrait pas avoir à tout recommencer à cause des objections que Derryoc ne manquera pas de soulever.

– Je vais le chercher, proposa Arvon.

Il se leva et longea le couloir central en direction de la bibliothèque. Comme il s'y attendait, Derryoc était là, assis à une longue table, les yeux collés à une visionneuse. L'anthropologue avait éparpillé des bouts de films dans toute la pièce, et avait réussi à accumuler une assez belle collection de verres, vides pour la plupart, quelques-uns contenant encore un peu d'alcool. Arvon pensa que Derryoc n'avait probablement même pas remarqué leur délicate sortie du champ de distorsion. Non parce qu'il était ivre, bien sûr – Arvon ne l'avait jamais vu ivre en dépit du nombre impressionnant de verres que l'anthropologue vidait – mais parce que, lorsqu'il était plongé dans un de ses problèmes, le reste du monde cessait pour lui d'exister. C'était une gymnastique de l'esprit qu'Arvon admettait parfaitement mais qu'il était incapable de comprendre.

– Derryoc ! l'appela-t-il.

L'anthropologue eut un geste irrité.

– Une minute ! s'écria-t-il.

Arvon lui accorda la minute qu'il demandait, puis il essaya à nouveau.

– Nous nous posons dans douze heures. Seyehi veut être prêt pour une reconnaissance.

Derryoc leva la tête. Il avait de larges cernes sous les yeux et ses cheveux étaient décoiffés. C'était un homme de haute taille, avec une légère tendance à l'embonpoint et qui dégageait une impression de compétence. Arvon éprouvait une certaine sympathie pour Derryoc, mais l'anthropologue gardait ses distances ; il avait pour habitude de considérer que les gens qui n'étaient pas des scientifiques, en quelque matière que ce fût, ne valaient pas la peine que l'on s'intéressât à eux. Arvon savait qu'à ses yeux il n'était qu'un rigolo, malgré la zoologie qu'il avait étudiée pour pouvoir participer à l'expédition.

– Douze heures ?

– Oui. Nous sommes à nouveau dans l'espace normal.

– Je me demandais ce qui n'allait pas avec ces foutues lumières.

Il repoussa la visionneuse, se leva et s'étira.

– Tu crois qu'on trouvera quelque chose, ce coup-ci ? demanda Arvon.

L'anthropologue le regarda.

– Non. Et toi ?

Arvon secoua la tête :

– Non, mais je l'espère quand même.

– L'espoir est trompeur. Il ne faut pas s'y reposer. Tu sais combien de planètes nous avons examinées, en comptant tous les vaisseaux que nous avons envoyés ?

– Un millier, je pense.

– Mille deux cent une, en incluant notre dernier

arrêt. Nous avons donc mille deux cent une chances contre une de trouver ce que nous avons toujours trouvé.

– Les statistiques aussi sont trompeuses.

– Pas tant que l'espoir, Arvon. Parie toujours sur les statistiques, et tu en sortiras gagnant.

– Tu vois un inconvénient à ce que je t'accompagne à la salle de contrôle ?

– Non, aucun. (Derryoc sourit.) Que se passe-t-il ? Nlesine te gâche toutes tes espérances ?

– Quelque chose comme ça, admit Arvon.

Les deux hommes quittèrent la bibliothèque, et s'engagèrent dans le couloir. Lentement, ils se dirigèrent vers la salle de contrôle pendant qu'autour d'eux l'astronef naviguait sur la grande nuit, vers un nouveau soleil et de nouveaux mondes et, peut-être, vers un nouvel élément de réponse au problème auquel tous étaient confrontés, au problème qu'il leur fallait résoudre.

Dans la salle de contrôle, l'atmosphère était subtilement différente. Ce n'était pas un changement physique – aucun instrument n'aurait pu mesurer la tension qui régnait dans cet espace. C'était plutôt une question de personnalité. On pouvait sentir cette présence et y répondre, mais c'était impossible à préciser.

Cela tenait en partie à la pièce elle-même. En mer, l'homme à la barre est celui qui vit avec les vagues, avec les courants, avec les sombres profondeurs, et il en est de même avec les vaisseaux qui voguent sur l'immense océan de l'espace.

Il y avait Hafij, aussi. Le navigateur était un homme qui, contrairement aux autres, se sentait chez lui dans l'espace. Son corps mince et ses yeux noirs, aussi inaccessibles que les étoiles, appartenaient à cette pièce, en faisaient partie intégrante. Il ne serait pas exact d'affirmer qu'il aimait les gouffres profonds qui séparaient les mondes, mais il était attiré vers eux comme un homme l'est par une femme et, toujours, il leur revenait.

Il y avait Seyehi, aussi. Rien de remarquable en lui; discret, modeste, il se confondait avec les instruments. Plus précisément, il n'était que l'extension des ordinateurs qu'il nourrissait. Les autres le surnommaient « Feedback », et il en souriait toujours, comme s'il prenait cela pour un compliment. Il connaissait ses petits monstres, vivait avec eux, et il ne serait pas inexact de dire qu'il les aimait.

Et, surtout, il y avait Wyik.

Wyik était leur commandant, leur commandant à tous. Impossible de le définir autrement. Il avait dû exister avant de se lancer dans l'espace, avant d'entamer cette quête qu'il poursuivait avec une obstination de granit qu'aucun des autres ne pouvait égaler. Il avait dû naître, être élevé dans une cellule familiale, grandir, rire et aimer. Oui, il avait dû vivre tout cela, mais personne n'en savait rien. C'était son quatrième voyage, et vingt ans passés dans l'espace marquent un homme, n'importe quel homme. Le commandant était petit, sec et nerveux. Il souriait peu, même lorsqu'il était ivre, ce qui était rare. Il débordait d'énergie, et même ainsi, debout, immobile, les yeux rivés aux cadrans, il semblait chargé d'électricité, tendu, prêt à bondir.

La salle de contrôle était différente du reste du vaisseau. Dans les autres lieux, les hommes pouvaient plaisanter sur ce qui les avait entraînés à des années-lumière de leur monde natal, ironiser sur ce qui les attendait sur chacune des planètes qu'ils visitaient. Ailleurs, les hommes pouvaient se détendre, et même, pour un instant, oublier.

Ici, pas question de se détendre. Pas question d'oublier.

Arvon se tenait à l'écart. Il était étranger à cette

pièce, il n'appartenait pas à cette partie de l'astronef, qu'il le veuille ou non.

– A toi, Derryoc! lança le commandant. (Sa voix admirablement contrôlée laissait passer le souffle de vie qui l'habitait.) Nous y serons dans onze heures.

Derryoc regarda Seyehi :

– L'approche habituelle?

L'homme des ordinateurs acquiesça :

– Nous nous mettrons en orbite autour de la plus favorable des planètes, à une hauteur de huit kilomètres. Nous sommes programmés pour une détection à cette distance : concentrations de populations, ondes radio, émissions d'énergie sous quelque forme que ce soit. Nous décrirons d'abord une orbite autour de l'équateur, puis par les pôles. J'ai aussi programmé les ordinateurs pour une analyse au sol de tout ce que nous ramènerons.

– Il me faudra des cartes, fit l'anthropologue.

– Tu les auras. Rien d'autre?

Derryoc se croisa les mains derrière le dos :

– Eh bien, quand les ordinateurs auront conclu que cette planète est vierge de toute vie dite intelligente...

– Tu veux dire, *si* les ordinateurs, intervint le commandant.

Derryoc haussa les épaules :

– Alors, si, se reprit l'anthropologue sans grande conviction. Donc, *si* les ordinateurs concluent à l'inévitable, je voudrais que Hafij s'approche autant que possible pour que je puisse moi-même me rendre compte. Il existe mathématiquement toujours une chance pour qu'une culture dégageant une faible énergie se soit développée et, dans ce cas, j'aimerais y jeter un coup d'œil avant que nous ne bousculions tout par notre présence.

– C'est tout?

– Pour le moment, oui. (Derryoc se tourna vers le commandant :) Tu dresseras les écrans, Wyik ?

– Je ne veux prendre aucun risque.

– Bien. Tu viens, Arvon ? Allons prendre un verre avant de nous mettre au boulot.

Ils quittèrent la salle de contrôle et se rendirent au bar. Derryoc sortit une bouteille et deux verres, et les deux hommes burent.

Arvon sentit l'alcool le réchauffer, et cela lui fit du bien. Il essaya de ne pas anticiper sur le désespoir qui ne tarderait pas à se manifester, mais le nombre de déconvenues accumulées au fil des années... Il n'était guère difficile de comprendre les idées noires de Nlesine, toutes pénibles qu'elles fussent.

Si seulement toutes ces planètes n'étaient pas habitées par la race humaine !

Ce serait plus facile à supporter.

– Pourquoi as-tu entrepris ce voyage ? demanda soudain Derryoc, se servant un deuxième verre. Tu n'avais rien à faire chez toi ?

Arvon sourit, pris par ses souvenirs. La grande maison à la campagne, les tapisseries, les livres, la chaleur du foyer. Et les villes, les jeux, les femmes...

– J'avais *trop* à faire, répondit-il.

Derryoc vida son verre, cul sec.

– Je ne te comprends pas, fit-il, sincère.

– Ça nous met à égalité, répliqua Arvon.

– Nous ne trouverons jamais, tu sais, insista l'anthropologue.

– *Il faut* que nous trouvions, affirma Arvon. Il n'y a pas d'autre solution.

– Encore de l'espoir, Arvon ?

– L'espoir est le propre de l'homme.

Le vaisseau plongeait dans l'espace. Encadré par les étoiles, il fonçait dans des ténèbres inimaginables, vers la lumière.

Vers un soleil jaune, flanqué de deux autres soleils, l'un proche, l'autre lointain.

Le système d'Alpha du Centaure, à plus de quatre années-lumière d'un monde appelé Terre.

6

Kolraq était seul. Ses pensées accompagnaient le vaisseau dans sa plongée silencieuse vers le monde tout proche. Il n'aimait pas être seul à un tel moment, mais Hafij était occupé, et le navigateur était le seul homme à bord avec lequel il se sentait à l'aise.

« Les étoiles, pensait-il souvent au sujet de Hafij. Il a longtemps contemplé les étoiles, et c'est là le début de la sagesse. »

Il ne partagerait donc pas ses états d'âme avec Hafij.

Il se dit – et ce n'était pas la première fois – qu'un vaisseau spatial était un endroit bizarre pour un prêtre. La plupart de ses compagnons, s'il leur arrivait de penser à lui, le cataloguaient dans le rayon des mystiques et ne cherchaient pas plus loin. Ce n'était pas, à leurs yeux, une condamnation mais, en lui collant l'étiquette de mystique, ils se contentaient de l'exclure de leur monde, ce qui faisait de lui un homme à traiter avec courtoisie, mais qu'il n'était pas nécessaire de prendre au sérieux.

Être prêtre en cette époque était chose étrange. Il y avait eu une période, sur Lortas, où l'Église avait été puissante, mais le siècle dernier l'avait vue se diviser et s'affaiblir. A l'heure actuelle ce n'était plus, au mieux, qu'une philosophie et, au pire...

Si seulement l'homme ne s'était pas lancé dans l'espace! S'il n'avait pas découvert ce qu'il y avait découvert! Mais non, c'étaient des pensées pusillanimes. Dieu n'était pas détruit par la vérité, d'où qu'elle vienne. Il devait y avoir une réponse, une autre réponse que celle que les hommes avaient trouvée tout au long de leur quête, cette réponse qui les narguait sur chaque monde habitable de tous les abysses de l'espace...

Et maintenant, Centaure Quatre!

Il y avait une chance, il y avait *toujours* une chance. S'il y avait une unité à toute vie, comme on le lui avait appris, comme il s'efforçait de le croire avec son cœur, avec son âme, il devait y avoir une autre réponse que celle que les hommes avaient découverte.

Il le fallait. Absolument!

— Ah, Kolraq! (Une voix l'interrompit dans ses méditations.) Quoi de neuf dans ta boule de cristal?

« Lajor, naturellement. Pourquoi le journaliste ne pouvait-il pas le laisser seul à un tel moment? Cet homme bavarderait-il encore au bord de l'éternité? « Mais ce ne sont pas des pensées charitables, Kolraq. Si tu ne trouves pas la charité en toi-même, comment pourrais-tu en attendre des autres? »

— La boule de cristal reste obscure, je le crains.

Lajor s'assit. C'était un homme négligé, négligé dans ses vêtements, dans son travail, et peut-être bien dans ses idées. A la vérité, songea Kolraq, ses récits de voyages étaient plus populaires que les romans de Nlesine, mais ils seraient plus vite oubliés. « Charité, charité! »

Lajor gribouilla sur un bloc.

— Centaure Quatre, prêt à combattre!

Il pouffa, et Kolraq laissa échapper un sourire contraint.

— Tu sais, reprit Lajor, c'est un scoop sensationnel qui se prépare! On va aller se balader autour de ce tas de vieux rochers, accompagnés par les gloussements et les caquètements des petites bêtes de Seyehi, puis on va foncer dessus et laisser Derryoc le nez collé à ses éternels problèmes. Et voici *l'Ange de l'Espoir.* Il se pose... et les hommes en sortent, à quatre pattes ils fouillent la terre. Et moi, qu'est-ce que j'en tire ? Un nouveau chapitre, identique aux autres. Centaure Quatre, tu n'es qu'un mort théâtre !

— Mais il y a toujours une chance ! s'écria le prêtre.

Y en avait-il vraiment une ?

— Bien sûr, bien sûr. (Lajor composa son visage dans une excellente imitation des traits empâtés de Nlesine.) Mais ça sent le brûlé aux narines de Nlesine !

— Nlesine s'est déjà trompé, répliqua Kolraq patiemment.

— Et comment ! Et comment ! Hé, je me souviens, une fois... sur cette bonne vieille Lortas, avant que nous ne voguions vers les étoiles, Nlesine pérorait au sujet...

Kolraq, avec effort, se ferma à ce discours; la voix, à côté de lui, se transforma en un ronronnement, un peu irritant, sans plus. « Mon Dieu, ne sommes-nous pas meilleurs que les autres ? Pourquoi faut-il que nous nous querellions les uns les autres, ici, en ce moment, dans les Ténèbres ? »

Loin devant l'astronef, un monde brun, la quatrième planète d'Alpha du Centaure, tournoyait dans l'espace, orbitant autour de son étoile flamboyante.

Dans la salle de contrôle de *l'Ange de l'Espoir,* Derryoc leva les yeux des bandes d'ordinateur et hocha la tête.

— Tu peux entamer la descente, annonça-t-il au commandant.

Le vaisseau s'était déjà dégagé de la nuit éternelle de l'espace pour voguer sur une mer d'un bleu éthéré. Il courait sur des vagues de nuages blancs, brillait au soleil et s'offrait aux vents, aux horizons.

Il s'approcha de montagnes couronnées de neige auxquelles il parut racler sa coque. Il rugit et tonna, titan resplendissant; il creva vents et pluies, laissant dans son sillage une atmosphère tourmentée par son passage.

Il éclaboussa des continents, des océans furieux. Il projeta son ombre monstrueuse sur des îles perdues. En un éclair, il franchit un désert de sable d'or, soulevant de nouvelles dunes.

Derryoc n'avait pas quitté son poste d'observation, immobile, si ce n'était pour prendre de courtes notes sur un carnet.

Six heures plus tard, épuisé, il se redressa.

– Comme toujours, dit-il à Wyik.

Le commandant ne fit pas un geste. L'expression de son visage ne se modifia pas. Peut-être ses muscles se tendirent-ils un peu plus.

– Pourrais-tu nous suggérer une région pour une exploration sur le terrain ?

L'anthropologue consulta ses notes. Puis il hocha la tête et indiqua à Hafij les coordonnées du site le plus approprié qu'il ait remarqué.

Le désespoir avait maintenant envahi la salle de contrôle, un très vieux désespoir, inexprimé, inexprimable. « Comme toujours, comme toujours. C'était toujours pareil. »

Le vaisseau fonça comme la foudre vers la position indiquée par Derryoc. Il se redressa et projeta dans le ciel une éclatante colonne de flammes, vers le désert de sable qui l'attendait avec une patience intemporelle.

Il se posa, s'immobilisa et se tut.

L'atmosphère fut analysée; elle était irrespirable. Ne voulant pas perdre de temps à assembler le module d'exploration, ils décidèrent de marcher jusqu'au site choisi par l'anthropologue, site qui était d'ailleurs tout proche. Derryoc, Tsriga, Nlesine, Lajor et Arvon fixèrent leurs masques. Les autres restaient dans l'astronef.

La large ouverture du sas se referma derrière eux, et la porte étanche qui donnait sur l'extérieur s'ouvrit. Derryoc sortit le premier, s'engagea sur l'échelle, suivi par Arvon.

Arvon frissonna, bien qu'il ne fît pas froid. Ses bottes s'enfoncèrent dans le sable ocre, et il se tint un instant immobile, écoutant. Les bruits qu'il entendait lui semblaient étranges après les bourdonnements mécaniques du vaisseau.

Le bruit du vent soupirant dans le désert, un vent qui avait connu les océans et qui les connaîtrait à nouveau. Le bruit du sable se soulevant, glissant, retombant.

Comme le bruit de la pluie; mais, au-dessus d'eux, le ciel était d'un bleu pur, sans nuages, et le soleil visible était chaud, paisible. Leurs ombres se projetaient devant eux, nettement dessinées sur le sable ridé.

Et ces bruits étaient ceux de la mort, les murmures glacés qui parlaient d'une vie qui avait été, et n'était plus.

« La mort, pensa Arvon. Salut, vieille amie... »

— Venez! s'écria Derryoc, ses pas crissant sur le sol du désert. Allez, venez, que la nuit ne nous surprenne pas dehors.

Arvon emboîta le pas à ses compagnons et, l'un derrière l'autre, ils reprirent leur progression, faisant voler les grains de sable qui se glissaient dans leurs bottes, dans leurs chemises.

« Un bain nous fera le plus grand bien », pensa Arvon. Et il sourit à l'absurdité de cette idée.

Derrière eux se dressait le vaisseau, au-dessus d'un paysage de désolation.

Et devant eux, nue, étouffant sous le sable, les attendait quelque chose qui, jadis, s'appelait une ville, quelque chose que, jadis, des hommes peuplaient.

Comment décrire la tristesse des siècles enfuis ? Quelle épitaphe inscrire sur le tombeau d'une humanité ?

Arvon regarda Nelsine et Lajor. Quelles phrases allaient-ils griffonner dans leurs carnets, quels mots allaient-ils trouver pour raconter ce qu'ils voyaient ici, sur un monde qui, de retour chez eux, n'aurait même pas de nom ?

Tous ces mots avaient déjà été utilisés tant de fois.

Et il regarda également Derryoc dont la lourde silhouette cheminait parmi les ruines. Comment pouvait-il ne voir ici que des problèmes à résoudre, dans cette cité où même les morts avaient disparu ? Comment pouvait-il ne voir que des types d'habitations et des sources d'énergie, des plans d'urbanisation et des niveaux technologiques ? Quel genre de regard faut-il posséder pour ne pas voir les fantômes ? Quel genre d'oreilles faut-il avoir pour ne pas entendre les murmures, les plaintes, la musique à jamais perdue ?

Comme ils marchaient à présent, d'autres hommes avaient marché, le long de cette même rue. Pas de sable, alors, pas de blocs de béton déchiquetés, pas de délabrements, ni d'effondrements, ni les larges cicatrices d'incendies. Des arbres, peut-être. De l'herbe verte. Le bourdonnement de toute une activité. Une mer de visages : heureux, tristes, beaux, laids. Des écrans lumineux : des nouvelles, des photos de ce monde tout entier. Et quelles informations, si près de la fin ? A quoi avaient-ils pu penser, de quoi avaient-ils pu parler, plaisanter ?

« Le temps demain sera beau et partiellement couvert, avec de légères pluies en fin d'après-midi... Les Verts ont perdu la Coupe à l'issue d'un match... Un homme saisi d'une crise de folie à la sortie de son bureau a poignardé trois chiens avant d'être maîtrisé. Il a expliqué aux policiers que les aboiements l'empêchaient de dormir... La situation en Oceania semble s'aggraver, mais le Conseil précise qu'il n'y a pas lieu de s'alarmer... Le temps demain sera beau et partiellement couvert, avec... »

Des voix, des visages, des rires.

Arvon contourna un mur effondré et suivit Derryoc vers le cœur des ruines. Oh oui, il s'imaginait des choses, des fantômes qui marchaient à ses côtés, des ombres qui jouaient derrière ces trous béants qui, jadis, furent des fenêtres. Mais les fantômes étaient réels, ils l'étaient toujours dans ces cimetières de civilisations, aussi réels que les hommes et les femmes qu'il avait connus sur Lortas, et aussi aveugles...

« Lamentons-nous, car ils ne peuvent plus pleurer.

» Lamentons-nous car ils ont ri et aimé, et ils sont partis. »

– Voici la bibliothèque ! s'écria Derryoc.

– Du moins ce qu'il en reste, précisa Nlesine.

– Quel gâchis ! soupira Tsriga.

Lajor prit une photo.

– Chapitre Mille deux cent deux, murmura-t-il. Pour plus de détails, voir Chapitre Un.

Ils glissèrent à l'intérieur, leurs lampes traçant des faisceaux livides dans les ténèbres. L'écho de leurs pas se répercutait le long de couloirs silencieux. Le sable avait tout envahi, et des nuages de poussière s'élevaient devant eux.

– Aucune trace d'incendie, constata Derryoc, ravi. Recherchez les périodiques; ils auront pu se conserver si cet endroit a toujours été aussi sec. Qu'en penses-tu, Tsriga ?

Tsriga haussa les épaules.

– Pas beaucoup de traces d'humidité. C'est probablement resté ainsi depuis l'explosion.

– Une bonne pêche, prédit Derryoc. Laisse tomber les romans et vois si tu peux trouver des livres d'histoire. Fie-toi aux dessins. On enregistrera au hasard.

— Moi je m'occupe des romans, annonça Nlesine. Qui sait, quelque pauvre type a probablement pensé que son œuvre survivrait au cours des siècles.

Pour la première fois, Arvon ressentit quelque sympathie pour Nlesine.

Quoi prendre dans une bibliothèque appartenant, une fois de plus, au royaume des morts ? Quels mots sélectionner pour être soumis à l'analyse des linguistes, des ordinateurs, des journaux qui en feraient du sensationnel ? Quelles phrases trouver pour être ajoutées à une nouvelle page d'une nouvelle histoire d'une humanité ?

Arvon, plus ou moins au gré de sa fantaisie, piocha dans les casiers scellés sous vide qui avaient préservé les anciens livres. Il avait quelque connaissance en linguistique, assez pour se faire une idée de ce qu'il voyait. Il commettrait quelques erreurs, mais tout ce qu'il sauverait serait unique. De la poésie, assurément. Des romans, bien entendu. Et de l'histoire, des sciences, des œuvres politiques, et des autobiographies... des épitaphes, plutôt...

— Allons-y, fit Derryoc après plusieurs heures qui avaient semblé passer très vite. Il nous reste le temps, avant de repartir, d'explorer encore un peu. Vous avez remarqué cette statue sur la place ? Presque intacte. Si nous pouvions retrouver la tête ?

— Probablement enfouie dans le sable, estima Nlesine. Je ne l'en blâme pas.

Ils poursuivirent leur tâche tandis que le soleil brûlant parcourait le ciel de l'après-midi. C'était un bon soleil, et il accomplissait son travail comme il l'avait toujours fait, indifférent au fait que ses rayons n'éclairaient qu'un monde mort.

Ils possédaient déjà des plans de la ville, établis grâce aux photos prises depuis le vaisseau, et ils passèrent le temps qui leur restait parmi les ruines d'habitations, fixant tout ce qu'ils pouvaient sur la pellicule.

Lorsqu'ils eurent terminé, ils reprirent le même chemin qu'à l'aller, par les rues jonchées de débris, et à nouveau dans les sculptures sablonneuses du désert ocre. Le vent gémit à leurs visages, soufflant sur la ville, pleurant autour des bâtiments déchirés, s'engouffrant dans des trous noirs qui avaient été portes et fenêtres.

La nuit tombait. Ils étaient dans le sas.

L'écoutille extérieure se referma. L'air desséché de Centaure Quatre fut pompé, rendu à un monde qui n'en avait plus besoin. L'atmosphère pure, légèrement humide du vaisseau pénétra dans le sas. L'ouverture intérieure joua. Ils étaient de retour.

Enlever le sable des bottes, prendre un bain.

Mettre des vêtements propres, des vêtements qui ne sentaient pas la poussière des siècles.

– Et voilà, conclut Derryoc. Un autre monde dans la boîte.

– Et maintenant, petits hommes ? s'enquit Nlesine.

Il était difficile de plaisanter, difficile de se souvenir. De tels retours d'expéditions étaient toujours très pénibles. Quelles étaient maintenant les probabilités, les probabilités de survie, de *leur* survie ?

Une chance sur un million ?

Une chance sur un milliard ?

« Ne pas y penser. Faire ton boulot. Pleurer si tu le dois. Rire si tu le peux. »

– Je ne voudrais rien vous cacher, déclara le commandant, les regardant chacun leur tour. Nous avons eu des problèmes à sortir du champ pour cet atterrissage. Il se pourrait que nous en ayons à nouveau.

Personne ne dit rien.

– De toute façon, nous devons prendre le chemin du retour, ajouta le commandant. La seule question qui se pose est de savoir si nous rentrons maintenant, ou si nous faisons une dernière tentative?

Silence.

— C'est à toi de décider, commandant, finit par dire Hafij.

— Vous êtes d'accord?

Qu'ils le soient ou non, personne ne souleva d'objections.

— Alors, c'est parfait, conclut le commandant. (Sa silhouette courte et noueuse se tourna vers les instruments de contrôle.) Nous essaierons donc encore une fois. Hafij, prépare le vaisseau au décollage. Seyehi, programme tes ordinateurs en direction de la plus proche étoile de type G. Mise à feu dans trente minutes.

Ce furent de longues minutes.

Le vaisseau qui avait apporté une illusion de vie sur Centaure Quatre se dressait au-dessus des sables du désert, baigné d'une chaude nuit d'été. Une ville qui avait perdu ses rêves gisait, sombre et silencieuse, à la faible clarté des étoiles.

Le vent gémissait à travers les dunes, lançant sans cesse son appel désespéré.

Un jet de flammes incandescentes.

Un coup de tonnerre qui fit trembler le silence, qui roula, et décrut, hurlant vers les étoiles.

Le silence des siècles s'abattit. Reprit sa place.

L'astronef était parti.

7

Les étoiles disparurent, et la nuit vacilla, s'éteignit, comme si elle n'avait jamais existé. Le vaisseau effectua, sans difficulté apparente, la violente transition qui l'amena dans le champ de distorsion; le bourdonnement aigu emplit à nouveau l'astronef et la grise désolation du non-espace l'entoura.

Même au sein de ce champ, qui avait pour effet de raccourcir la distance entre deux points de l'espace normal en « courbant » l'espace autour du vaisseau, il fallait du temps pour franchir un peu plus de quatre années-lumière.

Assez de temps pour penser.

Les hommes dans le vaisseau – que tous appelaient le « Bocal », et non *l'Ange de l'Espoir,* à l'exception du prêtre – restaient face à eux-mêmes, endossant par rapport aux autres un personnage social, comme autant d'armures différentes. Pas un parmi eux, aussi légères que puissent être ses paroles, qui ne portait, enfoui au plus profond de lui-même, un noyau de désespoir glacé qu'aucune nova ne pouvait faire fondre, qu'aucun soleil ne pouvait réchauffer.

Car l'astronef cherchait, fouillait une galaxie comme d'autres l'avaient fait avant lui, et comme d'autres le feraient après lui.

Il était en quête d'espérance, et il n'y avait pas d'espérance. L'homme avait trouvé beaucoup de choses dans l'espace : de nouveaux mondes, de nouvelles solitudes, de nouvelles merveilles.

Mais il n'y avait pas trouvé l'espoir. Sur aucun des mondes d'aucuns soleils, ces soleils qui sous le nom d'étoiles criblaient le ciel d'une chaude nuit d'été.

« Il aurait mieux valu, pensait Arvon, qu'ils n'aient pas trouvé d'hommes comme eux dans l'univers connu. » Si les vaisseaux lancés de Lortas n'avaient rencontré que roc, océans déserts et lave en fusion, ils n'en auraient pas tant souffert, car cela aurait seulement signifié que, après tout, ils étaient seuls.

Ou encore, s'ils avaient trouvé toutes ces horreurs en carton-pâte décrites avec tant de complaisance par des générations d'auteurs d'histoires spatiales pour adolescents, cela aurait été merveilleux, gai, excitant ! Arvon aurait accueilli à bras ouverts ce défilé de monstres : hideux reptiles poursuivant les belles jeunes filles, mutants sans émotions complotant l'extermination du Bon Citoyen Moyen, planètes affamées qui n'étaient que d'énormes systèmes digestifs, tapies dans l'attente des vaisseaux interplanétaires avec la même intensité qu'un homme mourant de faim attend une boîte de conserve...

Et encore mieux, s'ils avaient pu rencontrer le prince charmant et l'adorable princesse menacés par les vilains premiers ministres d'un Autre Monde, ou même une civilisation galactique de gentils génies, très âgés, qui ne demandaient qu'à prendre par la main le jeune peuple encore au biberon de la planète Lortas pour guider ses pas titubants vers la Terre Promise où régnaient les Toges, les fontaines, les bulles, et la Grande Pensée Suprême...

Mais non. Les vaisseaux avaient décollé, et l'espace n'était plus un rêve.

Les rêves peuvent être plaisants, même parfois aussi les cauchemars.

La réalité était différente, et elle faisait mal.

Lorsque les champs de distorsion avaient été mis au point, rendant possibles les voyages interstellaires en termes de mois au lieu de générations, les premiers astronefs d'exploration étaient partis avec enthousiasme, avec confiance. Ils étaient, bien sûr, armés jusqu'aux dents, prêts à affronter les monstres auxquels leurs mythes les avaient préparés, mais également prêts pour des hommes de leur espèce. Les équipages étaient instruits, entraînés et disciplinés. Il n'y aurait pas d'incidents fâcheux, pas de malencontreux quiproquos qui pourraient mener au désastre. Ils cherchaient des amis, pas des ennemis. Quelque part, disaient-ils, quelque part dans ce vaste univers étoilé qui est notre patrie, il y a d'autres hommes, d'autres intelligences, d'autres civilisations.

Les gens de Lortas n'étaient pas idiots. Ils savaient, dès le début, qu'une planète seule n'était qu'une infime fraction des mondes qui devaient exister. Un simple îlot solitaire, complètement coupé des autres îlots, des autres continents, ne peut développer qu'une culture moins complexe que les zones situées aux croisées des mondes. Une planète isolée ne pouvait donc qu'être très inférieure à un monde qui appartenait à un système plus vaste.

Les cultures se développent au contact d'autres cultures.

Aucune grande civilisation ne s'est jamais développée dans l'isolement, avec ses seules idées pour la faire progresser.

Vues novatrices, idées nouvelles, traditions historiques différentes, tels sont les ingrédients nécessaires à la connaissance. Là un peuple apprend à fondre le métal, là une culture découvre l'électricité, ailleurs un garçon trouve un bois léger et fabrique un planeur, ailleurs encore un bricoleur construit un moteur à combustion interne. Séparément, ce ne sont que des gadgets. Mis ensemble, combinés, cela donne un avion qui libère l'homme du roc et de la terre et qui lui ouvre le ciel.

Seule, une planète peut parvenir à ce point, mais pas au delà. Il y a un moment où une culture s'asphyxie, quels que soient sa richesse et son acquis. Il y a un temps où elle s'arrête.

Ne meurt peut-être pas.

La vie est évolution. Cela implique le changement, le développement, la rencontre. Lorsque, simplement, elle se répète, lorsqu'elle se contente de survivre, toute forme de vie devient insignifiante et, tôt ou tard, l'effort même de se maintenir devient trop dur pour elle, et elle s'éteint.

Dans l'histoire des civilisations, aussi, il arrive un temps où la technologie ne suffit plus, où les gadgets n'ont plus de sens. Où la science elle-même se montre sous son jour véritable : une méthode, une technique qui ne peut pas fournir *toutes* les réponses.

Et l'homme n'est pas seulement l'animal qui possède le langage.

Il est aussi l'animal qui pose des questions, constamment, sans cesse. Il pose des questions dès qu'il commence à parler, et tout au long de sa vie. Lorsque les hommes n'interrogent plus, lorsqu'ils sont assez satisfaits d'eux-mêmes pour penser qu'ils *savent,* alors c'en est fini de ces hommes. Ils peuvent manger, travailler, dormir, vivre leur routine quotidienne, mais ils n'existent déjà plus.

Le peuple de Lortas posait encore des questions; mais des questions plus difficiles que celles qu'il posait lorsque Lortas était un monde jeune. Il savait qu'il n'y avait pas de réponse ultime, finale, mais il était encore assez vivant pour vouloir essayer.

Ce sont des interrogations qui envoyèrent les hommes de Lortas vers les étoiles.

Pas les métaux précieux, ni la défense nationale, ni même la science au sens strict du terme.

Des interrogations.

De vieilles questions, mais formulées sous une nouvelle forme. De vieux désirs, de vieux espoirs, de vieux rêves. Qu'y avait-il au delà, derrière ces montagnes? Quelles terres se trouvaient de l'autre côté de la mer, à l'extrémité du monde? Le soleil y brillait-il? Des vents chauds y soufflaient-ils? Seraient-ils heureux là-bas? Verraient-ils de nouvelles choses, rêveraient-ils de nouveaux rêves?

Les hommes de Lortas enfermèrent donc leurs corps dans des cylindres de métal brillant et, dans un tonnerre de flammes, ils s'élancèrent dans l'immensité de la nuit. Pas tous, bien entendu. La plupart des gens se contentent de ce qu'ils ont, et le changement leur fait peur. Mais beaucoup partirent avec, d'abord, une sereine efficacité qui ne parvenait pas à dissimuler la lueur d'espoir qui brillait dans leurs yeux.

Ils s'en allèrent, et ils virent. Et nombre d'entre eux revinrent.

Ce fut la fin du rêve.

C'était le commencement de l'horreur.

Ils avaient rencontré des hommes, des hommes comme eux.

« Il doit y avoir une erreur, dit-on sur Lortas lorsque les rapports commencèrent à affluer. Ce ne peut pas être des hommes, pas des hommes comme nous! »

Mais les anatomistes affirmèrent : ce sont des humains.

Les biologistes affirmèrent : ce sont des humains.

Les psychologues affirmèrent : ce sont des humains.

Il y avait bien de légères différences selon les mondes, mais elles étaient, pour la plupart, sans grande importance : une variation dans le type sanguin, dans la température du corps, dans la couleur de la peau ou le nombre des vertèbres.

L'homme n'était pas un accident dans l'univers, et c'était le comble de l'égotisme que de le penser. Tous les peuples isolés croient être les seuls êtres humains du monde, et lorsqu'une planète s'imagine unique, avant que les vaisseaux ne s'élancent dans l'espace, il est difficile à ses habitants de concevoir l'existence d'autres hommes dans les étoiles.

« L'évolution de l'homme s'est faite ici ! » affirment-ils sur des millions de mondes, hochant sentencieusement la tête devant leur propre sagesse. « C'est un être incroyablement complexe... la chaîne qui mène à lui est si longue... un accident qui ne pourra jamais se renouveler. » Et, s'ils ne le disent pas, ils pensent : « Nous sommes merveilleux, nous n'existons que sur ce monde merveilleux qui est le nôtre. Cette planète sur laquelle nous vivons a été choisie par la Création pour être la seule, l'unique, la vraie patrie de cet Être Merveilleux : Nous. »

Certains se contentent de cette certitude; d'autres jonglent avec les statistiques. Mais tous ignorent ce fait capital : ils se fondent sur un seul échantillon, leur propre grain de poussière, et généralisent à l'univers entier. Et en réalité, c'est un raisonnement stupide, car l'échantillon qu'ils ont sous les yeux – *leur* planète – a bien développé la vie intelligente, l'homme; la vie est donc universelle.

Non que l'homme soit prédestiné, sa voie tracée depuis le commencement, mais simplement que l'évolution de l'intelligence, la faculté d'un développement culturel, passe inéluctablement par le chemin de l'expérience et de l'erreur, du changement et de la modification. Un animal vecteur de culture doit être à sang chaud, car il a besoin d'énergie, doit avoir un cerveau volumineux, doit avoir des mains préhensibles et des pieds spécialisés. La forme humanoïde est la réponse mécanique à une branche de l'évolution, et si les conditions sont favorables, elle se manifestera, tôt ou tard.

C'étaient donc des hommes, des hommes comme ceux de Lortas.

« Eh oui, pensa Arvon. Et qu'est-il advenu de ces hommes ? »

Les rapports affluèrent, ramenés sur Lortas par les vaisseaux d'au delà les années-lumière. Pendant quelque temps – un temps très court – il sembla qu'il y eût peu de liens communs entre ces rapports. Puis le schéma général se dessina, et se confirma au fur et à mesure que les fiches s'accumulaient par centaines, puis par milliers.

Le schéma ?

Eh bien, débarrassé de tout verbiage technologique, cela se résumait à quelque chose d'élémentaire, d'effrayant dans sa simplicité. Les astronefs avaient découvert trois types de planètes où s'était développée la race humanoïde. Sur le premier type, l'homme n'avait pas encore atteint un niveau technologique qui lui donnât la possibilité de se détruire lui-même. Sur le second type, qui n'était plus primitif, mais pas encore au stade des vols spatiaux, les hommes étaient divisés en groupes, très occupés à se massacrer les uns les autres avec tous les genres d'armes qu'ils pouvaient fabriquer. Sur ces mondes, les visiteurs venus de Lortas étaient reçus avec suspicion, hostilité et peur. Leurs vaisseaux avaient été saisis, leur savoir utilisé pour mener des guerres qui n'avaient aucun sens pour eux. Bien peu d'équipages ayant atterri sur ces planètes revinrent sur Lortas.

Il restait le troisième et dernier type, dont Centaure Quatre était un bon exemple. Sur ces mondes, l'homme avait évolué, avait construit des armes assez puissantes pour accomplir leur œuvre, et l'homme était mort. Les méthodes variaient : virus, défoliants, bombes au cobalt, gaz; mais le résultat était toujours le même : l'extinction.

Dans tout l'univers accessible, voilà ce que l'homme était devenu. Dès qu'il en avait la possibilité, il se détruisait lui-même.

Salut amis ! Salut voisins !

Merci pour l'exemple encourageant que vous nous avez donné !

Et nous ? Ne sommes-nous pas des hommes, comme ils l'étaient ?

Et voilà le fond du problème. La civilisation de Lortas était ancienne, et se définissait elle-même comme hautement évoluée. Elle avait traversé nombre d'orages et elle avait survécu. Les natifs de Lortas en avaient toujours éprouvé une certaine fierté et, maintenant, les faits confirmaient combien cette fierté était justifiée... ou insensée...

Car seul Lortas, de tous les mondes de l'univers connu, avait vu naître l'homme, l'avait vu développer une puissante technologie et vivre pour le raconter.

Au premier abord, même pour un peuple hautement évolué, c'était flatteur. Eux, et eux seuls, avaient maîtrisé l'art de vivre en paix, et même dans l'amour.

Nous sommes différents !

Nous avons réussi !

Nous sommes les plus forts, les plus intelligents, les plus sages !

Il y eut un renouveau religieux, une période d'actions de grâces. Les inévitables sectes se multiplièrent, suivies du foisonnement des philosophies politiques. Rentrons dans nos coquilles, restons chez nous, vivons nos vies. Réjouissons-nous de notre bonté, tenons-nous à l'écart des autres hommes, cultivons nos jardins. Et pourquoi ?

Parce que nous sommes incomparables, uniques, meilleurs !

Le sommes-nous ?

Le sommes-nous *vraiment ?*

La béatitude initiale ne pouvait pas durer. Ce n'était qu'un ballon fragile, facilement crevé par l'aiguille des faits. Et les faits n'étaient pas des plus agréables. Lorsque vint le temps de la réflexion, après que la logique ait été poussée dans ses derniers retranchements, la vérité éclata. Sur plusieurs milliers de mondes où régnait l'homme, tous, sans exception, avaient péri dès que les moyens leur en avaient été donnés. Et les hommes étaient partout les mêmes, ayant partout les mêmes conceptions.

Les hommes de Lortas n'étaient pas différents.

Il est vrai qu'ils avaient survécu. Trois siècles après avoir maîtrisé leur premier réacteur atomique. Ils avaient accepté leurs disparités, et il n'y avait pas eu de conflits. Ils savaient la guerre tombée en désuétude depuis le moment où ils auraient pu fabriquer leur première bombe atomique. Et ils savaient que les guerres, inéluctablement, menaient au suicide racial.

Mais d'autres peuples, eux aussi, l'avaient su.

Les livres trouvés dans les décombres de bibliothèques, sur des planètes mortes, le démontraient amplement.

Ils avaient su, et ils n'existaient plus.

Question : Trois cents ans sont-ils suffisants pour abandonner notre vigilance ?

Question : L'homme est-il nécessairement autodestructeur ?

Question : Si nous continuons à vivre isolés, sans jamais trouver d'autre culture à laquelle nous confronter, que deviendrons-nous ?

Ces questions étaient trop ardues pour des individus, mais pas pour des ordinateurs. Les données leur furent fournies, les questions leur furent posées. Et les réponses ?

D'autres peuples avaient survécu trois siècles après

avoir maîtrisé l'atome, mais ils avaient fini par en mourir.

Les probabilités prouvaient que l'homme se détruirait toujours lui-même. Il y avait une chance pour qu'il n'en soit rien, mais elle était infime.

Si Lortas élevait un mur autour d'elle-même, se cachait la tête dans le sable, sa civilisation pourrait encore durer longtemps. Elle avait gagné ce droit en ayant surmonté sa première vague de crises graves. Elle pourrait continuer ainsi pendant quelque trente mille ans mais, graduellement, elle se ralentirait, perdrait sa vitalité, s'arrêterait.

Et un jour, elle disparaîtrait.

Que faire ?

L'analyse des données entrouvrit une possibilité : aucune culture humanoïde connue n'avait réussi à trouver et établir des relations amicales avec une autre culture provenant d'une autre planète. S'il était possible de découvrir un monde où l'homme était encore raisonnable, si des contacts pouvaient se nouer avec eux, si les idées, les espoirs, les rêves pouvaient s'échanger...

Alors, *peut-être,* l'homme serait-il un jour autre chose qu'un animal égaré. Autre chose qu'une espèce en voie de disparition qui n'avait pas su s'adapter à la fuite du temps. *Peut-être* pourrait-il jouer son rôle dans cette marée mouvante qu'était la vie dans l'univers.

S'il était possible de découvrir un monde...

Les vaisseaux continuèrent de décoller. Mais il leur fallait, à présent, aller beaucoup plus loin, vers des coins de la galaxie si reculés que leurs soleils n'étaient plus que des numéros dans le grand catalogue des étoiles. Ils allèrent plus loin, et ils ne trouvèrent rien. Ou pire que rien.

Le monde qu'ils cherchaient — si toutefois il existait — était bien caché.

Et puis, on avait beau parler d'un monde — *leur*

monde – qui avait des problèmes, qui envoyait ses vaisseaux, qui avait peur, la majorité des gens, eux, n'ont pas peur et, pire, ils s'en moquent.

« Trente mille ans ? Mon Dieu, n'a-t-on donc pas déjà assez de soucis ? Il sera toujours temps de s'en occuper, le moment venu ! »

Bien sûr, quand il sera trop tard.

Cela ne s'évanouirait pas comme un mirage.

Les flammes des vaisseaux continuèrent donc de zébrer l'atmosphère de Lortas, mais leur nombre allait en s'amenuisant. Les équipages également. Un astronef devait rester absent au moins cinq ans pour couvrir une zone de la galaxie, et qui accepterait de rester aussi longtemps dans l'espace ?

Les pensées d'Arvon se tournèrent vers ses compagnons.

Hafij, le navigateur, était là parce qu'il appartenait à l'espace. Seyehi irait n'importe où avec ses ordinateurs. Et le commandant ? Le commandant était un homme motivé, Arvon en avait la certitude. Mais motivé par quoi, et vers quoi ? Peu d'êtres sont guidés par de vagues principes et des problèmes abstraits, il faut qu'il y ait quelque chose de plus important, de plus personnel.

Derryoc ? C'était son métier, c'était là que ses connaissances s'exprimaient. Tsriga ? Un gamin cherchant à oublier une malheureuse histoire d'amour par un acte romantique et excitant. Kolraq ? Sa foi était vacillante et il avait besoin d'une charpente pour l'étayer. Lajor ? Il y avait certainement chez le journaliste des dessous qui lui échappaient, et c'était un bien long périple à accomplir pour publier des carnets de voyage. Et, qu'est-ce qui pouvait bien pousser un homme à écrire ? Quant à Nlesine ? Qui pouvait comprendre Nlesine ?

Et lui, Arvon ? Savait-il vraiment pourquoi il était

ici, pourquoi il s'était lancé dans cette aventure?

Peu importait.

Ils étaient là.

Et lorsque le vaisseau essaya de sortir du champ de distorsion, lorsqu'il frémit et hurla et que les lumières s'éteignirent, Arvon sut qu'ils avaient des ennuis.

8

Les ténèbres sont terrifiantes.

Arvon se retrouva tout à coup sans yeux, sans esprit. Une plainte et des grincements métalliques lui écorchèrent les nerfs. La sueur perla dans ses paumes, sur son front. Il sentait son cœur battre violemment dans sa poitrine.

Mais il ne parvenait pas à penser.

Et il ne voyait pas.

Et soudain, il est un petit garçon perdu dans une maison étrangère. Il est au lit, caché sous les couvertures. Le vent soupire dans les arbres devant la fenêtre. Pas de lumière. Le silence... mais un silence plein de bruits. Là! Qu'est-ce que c'est? Un glissement, un grincement... une porte qui s'ouvre? La porte de sa chambre? Soulever les couvertures, regarder dans cette direction! Le bruit, à nouveau, mais il ne voit pas. Obscurité tout autour de lui. Retenir son souffle, fermer les yeux, écouter et attendre...

Il est de retour, adulte.

Il sent la pression hurlante du cercueil de métal qu'est le vaisseau, il le sent tressauter sous ses pieds. Il voit, mais pas avec ses yeux. Il voit la nuit autour de l'astronef, un océan nocturne, des abysses de ténèbres ouatées, une noire caverne sans commencement et sans fin. Il voit l'espace lécher le vaisseau, essayer de l'engloutir puis le rejeter.

L'espace est tout proche.

L'homme oublie sa proximité jusqu'à ce que sa nef la lui rappelle par sa défaillance. Puis il se souvient. Il tremble dans le vide de son esprit, se dépouille de tout, même de sa personnalité. Il n'est plus qu'une étincelle de vie, vacillante, luttant pour ne pas s'éteindre à jamais...

Les lumières revinrent, faibles d'abord, puis avec un éclat violent, inhabituel. Le vaisseau se stabilisa. Le chaos des hurlements diminua d'intensité. Les moteurs atomiques adoptèrent un rythme inquiétant, une plainte bien différente du confortable ronronnement lié à l'espace normal.

A condition qu'ils aient réussi à revenir dans l'espace normal !

Arvon était allongé sur le sol, et il sentait la vie à nouveau couler dans ses veines. Il s'obligea à rester immobile jusqu'à ce que ses tremblements se soient calmés, puis il se remit sur ses jambes. Il y avait quelque chose de détraqué dans le champ de gravité artificielle; il avait l'impression que ses pieds étaient emprisonnés dans des chaussures de plomb.

Nlesine, titubant, entra dans la pièce, pâle, les yeux fous sous la lumière crue.

— Que s'est-il passé ?

Arvon haussa les épaules :

— Je ne sais pas. On sortait du champ et...

— Le commandant avait dit qu'on pourrait avoir des problèmes.

— Oui, mais je ne pense pas qu'il s'attendait à ça.

— Allez, viens, fit Nlesine. Allons voir s'il y a encore quelqu'un de vivant dans la salle de contrôle. Tu crois qu'on pourrait piloter ce coucou à nous deux ?

Arvon eut un rire bref.

Dans la salle de contrôle, les hommes étaient à leur poste, affichant un calme qui ne dissimulait pas la tension qui régnait. Leurs visages étaient curieusement pâles sous l'éclairage blafard, et Wyik avait une large entaille au front qui saignait et dessinait sur le sol une trace écarlate à chacun de ses mouvements.

Hafij allait lentement de console en console, énumérant une série de chiffres à Seyehi qui les répercutait à ses ordinateurs. Le corps grand et mince du navigateur paraissait écrasé par la pression anormale du champ de gravité, et ses yeux noirs reflétaient une inquiétude qu'Arvon n'y avait encore jamais vue.

Arvon jeta un rapide coup d'œil sur les écrans panoramiques et ressentit un soulagement violent, excessif. Les écrans ouvraient sur la mer d'encre de l'espace normal. Ils avaient donc réussi à se dégager du champ de distorsion. Il vit des étoiles, points lumineux amicaux en dépit de leur éloignement et, assez proche, un soleil jaune qui incendiait l'un des écrans.

Leurs autres compagnons pénétrèrent dans la salle de contrôle, nerveux, confus, essayant de ne pas déranger, mais éprouvant le besoin d'être là, où ils pouvaient savoir ce qui se passait.

Le son bizarre des moteurs atomiques n'était pas fait pour calmer leurs appréhensions.

Le commandant se pencha au-dessus de l'épaule de Seyehi, observant les données communiquées par les ordinateurs.

– Eh bien ? fit-il. Combien de temps nous reste-t-il ?

– Peut-être douze heures, répondit Seyehi d'un ton prudent. Peut-être moins.

Wyik se tourna vers Hafij :

– Mets le cap sur la troisième planète, Hafij. Accélération maximale.

Hafij, étonné, haussa les sourcils, mais ne dit rien.

– Derryoc ! lança le commandant.

– Oui, je sais, dit l'anthropologue. Se préparer à l'approche standard.

– J'ose espérer qu'il s'agit d'une approche standard. Mais il se pourrait que nous ayons juste le temps de décrire une orbite à haute altitude avant de nous poser.

Derryoc siffla entre ses dents :

– C'est mauvais à ce point ?

– Pire, répondit Wyik qui se tourna vers les autres. Il se tenait au centre de son domaine, la salle de contrôle, petit, puissant, les lèvres serrées. Ses yeux brillaient. Arvon aurait presque parié que l'homme s'amusait.

– Vraiment pire ? demanda Tsriga avec nervosité.

– Eh bien, si jamais nous revoyons Lortas, ce sera après une très longue sieste.

Tsriga pâlit, et son jeune visage se fit soudain très vulnérable.

– Tu veux dire, le champ...

Le commandant acquiesça.

– Nous en sommes sortis d'extrême justesse. Nous ne pourrons jamais le réintégrer.

– Sinon, pas de dégâts ?

– Vous avez tous des oreilles, répondit le commandant. Écoutez.

La plainte des moteurs faisait trembler le vaisseau. C'était un son étrange, qui augmentait, diminuait, se transformait en un chuchotement d'agonisant, puis s'enflait en un hurlement à glacer les os.

– Pourrons-nous atterrir si nous arrivons jusqu'à la troisième planète ? demanda Arvon.

– Nous y arriverons. La seule question est de savoir si nous y arriverons entiers.

La lourde pesanteur qui s'abattait sur eux tous conférait à leurs visages des expressions presque grotesques.

– Ça sent le brûlé aux narines de Nlesine, dit Nlesine.

Il le dit sans son faux enthousiasme habituel, comme s'ils attendaient cela de lui et qu'il n'ait pas voulu les décevoir.

— Je ne sais pas grand-chose de cette planète, reprit le commandant. Vue d'ici, elle paraît constituer le meilleur choix. Je parie sur elle parce que je suis dans *l'obligation* de parier. Si nous pouvons nous en approcher suffisamment pour conclure qu'elle ne convient pas, nous essaierons alors la quatrième. Mais il y a tout intérêt à ce que ce soit un monde sur lequel nous puissions vivre, car il semblerait qu'on soit là pour un bout de temps. Je crois que nous pourrons nous poser. Je ne suis pas certain que nous puissions repartir, à moins de trouver sur place une civilisation qui puisse nous y aider.

— Nous n'en trouverons pas, affirma Derryoc.

— Nous n'avons pas besoin d'une technologie qui soit parvenue au stade des voyages dans l'espace. Si elle était assez avancée pour fabriquer certaines pièces, nous pourrions rentrer sur Lortas après un bon somme.

Derryoc secoua la tête d'un air de doute.

Kolraq, calmement, déclara :

— Je prierai pour cela.

Pour une fois, personne ne rit.

Derryoc et Seyehi s'activèrent pour se préparer à la recherche de concentrations de populations et de radiations énergétiques. Hafij vérifia et revérifia ses cartes. Le commandant resta debout, immobile, bras croisés, les yeux fixés sur les écrans panoramiques.

La lumière blanche, crue, donnait une teinte blafarde à leurs visages.

« Comme des morts, pensa Arvon. Ce vaisseau est notre cercueil et nous serons enterrés en son sein. »

— Je tiens mon scoop ! s'écria soudain Lajor d'une voix un peu trop aiguë pour être naturelle. Un naufrage dans l'espace ! S'ils croyaient que je manquais de talent, que vont-ils penser maintenant ?

– Que tu manques toujours de talent, lui répondit Nlesine.

– Bon, ça va. On pourrait peut-être boire un verre à mon absence de talent ?

– D'accord, mais juste un petit, acquiesça Nlesine. Pour fêter ça.

– Ce n'est pas très drôle, fit Tsriga.

– Ce sera plus drôle après sept ou huit verres, le rassura Nlesine. Allez, venez !

Arvon les suivit, plus parce qu'il se sentait un intrus dans la salle de contrôle que par envie de boire. Ils s'installèrent dans la confortable pièce verte, s'enfonçant dans leur siège un peu plus profondément que d'habitude, parlant de tout et de rien comme si cela pouvait, d'une certaine façon, les préserver de ce qui les attendait à l'Extérieur.

Ils burent beaucoup, mais aucun d'eux n'atteignit la plus légère des ivresses.

Le vaisseau poursuivait sa route, voguant sur les mers de l'espace parsemées d'étoiles. Un soleil incandescent flottait devant lui, des protubérances gazeuses, écarlates, s'échappaient de son équateur pour retomber en pluie dans la photosphère.

Le vaisseau était un corps minuscule, perdu dans l'immensité de l'univers. Un grain de poussière. Et pourtant, il n'était pas sans importance. Si l'éclat de ses tuyères n'était qu'une étincelle de lumière comparé au brasier du soleil, la nef n'en était pas moins porteuse de vie, d'espoir et de peur. Le défi silencieux qu'elle lançait aux abysses de néant qui l'entouraient avait quelque chose de comique mais, à sa manière, il éclipsait la splendeur des étoiles.

Les heures passaient.

L'astronef fonçait vers la troisième planète, et il

coupa l'orbite qu'elle décrivait autour de son soleil. Extérieurement, rien n'indiquait que le vaisseau eût des problèmes; il avançait avec grâce, avec sérénité, esquif resplendissant sur une mer d'huile.

A l'intérieur, il en allait tout autrement.

La troisième planète se découpait, énorme, sur les écrans panoramiques, sphère de bleu et de vert qui masquait les étoiles. Des nuages blancs la ceinturaient, ressemblant de façon surprenante aux brisants d'une mer déchaînée. Un reflet aux pôles indiquait la présence de glaces, de beaucoup de glaces.

L'astronef pénétra dans l'atmosphère avec un hurlement strident, et le bruit, dans la salle de contrôle, devint presque insupportable. Les moteurs atomiques lâchaient leur plainte aigue, le cerveau électronique cliquetait et la coque du vaisseau gémissait pour exprimer sa protestation.

— Six kilomètres ! s'écria le commandant. On franchit l'équateur et on orbite autour des pôles.

Derryoc était vissé à son siège soudé au plancher. Son visage était écarlate, étrangement sombre sous les lumières blanches.

— Sors ces cartes. Nous en aurons besoin.

Seyehi ne répondit pas, penché au-dessus du clavier de commande, tapant maladroitement de ses doigts d'habitude si sûrs, gêné par les remous du vaisseau.

La planète étincela sous eux, mosaïque de continents, de nuages et de mers. Le commandant étudia les instruments de contrôle et se rendit compte, avec une pointe de mépris pour lui-même, qu'il retenait son souffle.

— La voilà ! annonça Seyehi après des minutes interminables.

Le vaisseau se cabra, trembla, puis sembla se stabiliser sous leurs pieds.

Les lumières faiblirent, vacillèrent, puis revinrent, plus violentes qu'auparavant.

— Plus le temps de traîner maintenant, déclara le commandant d'une voix qui s'efforçait d'être calme, mais obligé en même temps de crier pour se faire entendre.

— Peut-on s'approcher pour avoir quelques gros plans ? demanda Derryoc.

— Je ne sais pas. Hafij ?

Le navigateur haussa ses maigres épaules.

— On peut essayer. C'est un risque énorme, Wyik.

Derryoc essaya de lire les bandes crachées par les ordinateurs, mais c'était impossible.

— Je crois qu'il faut essayer s'il reste encore une chance. Ce sera peut-être dur, mais pas aussi dur que de faire à pied le tour de cette planète pour découvrir ce qui s'y trouve.

— A condition de pouvoir encore marcher après notre atterrissage, releva Hafij.

— Et à condition de pouvoir atterrir, ajouta Seyehi.

Le commandant prit sa décision.

— Nous allons essayer. Hafij, je veux être à même de compter chaque cristal de neige sur ses montagnes, et de voir tous les poissons de ses océans. Alors, rase-la de près.

De façon tout à fait inattendue, Hafij sourit largement.

— Accrochez-vous ! s'écria-t-il.

Le vaisseau rugit, creva l'atmosphère, déchira les nuages de ses flancs de métal chauffés à blanc. Il sembla s'écraser au sol, projetant une rivière de flammes dans le froid ciel bleu.

Il s'élança autour de la planète à une vitesse folle, passant en un éclair au-dessus de mers et d'îles, de glaces et de vastes plaines vertes et rousses. Il franchit le jour, la nuit, et à nouveau le chatoiement doré du soleil matinal.

Puis l'astronef chancela, trembla.

Les moteurs émirent une série d'explosions saccadées. Le vaisseau commença à vibrer, à tanguer follement.

— Plus le temps! hurla le commandant. Attachez-vous!

Avec un bruit de tonnerre qui ébranla les montagnes, le vaisseau qui venait de si loin se dressa et, dans un geyser de flammes, se précipita vers son dernier point d'atterrissage.

Vers un monde verdoyant, le troisième de son soleil.

Vers la planète Terre.

9

Le vaisseau descendait, éclaboussant le silence. Sous lui, une plaine marécageuse, ondulante, recouverte d'herbe drue, de buissons épineux et de fleurs sauvages aux couleurs étonnamment vives, disparut sous un nuage brûlant de fumée et de vapeur.

Le vaisseau arrivait vite, trop vite. Les rétrofusées luttaient avec fureur, mais sans précision. La langue de flamme sous le navire se flétrit comme une plante manquant d'oxygène. Le bruit était incroyable, un son tonnant, roulant, qui s'éleva puis s'écrasa sur les plaines comme un énorme poing de granit.

Un court instant, l'astronef resta suspendu à quelques mètres du sol. Puis il s'abattit avec une brusque secousse, heurtant de ses ailettes arrière la terre molle avec un lent frémissement. Il sembla se balancer une seconde ou deux, puis s'inclina fortement et s'effondra sur le côté. Puis il y eut une sourde explosion accompagnée d'un intense dégagement de flammes. Des jets de liquide en fusion jaillirent des flancs du vaisseau, s'éparpillant dans un rayon d'une centaine de mètres.

Les tuyères s'éteignirent.

La nef s'immobilisa, masse d'acier brisée, tordue, agonisant loin des étoiles qu'elle avait connues.

Le silence revint sur la plaine. Un chaud soleil jaune brillait dans le ciel bleu du matin, effleurant de ses rayons les teintes rouges, bleues et or des fleurs qui parsemaient les touffes d'herbe. Le paysage replongea dans un silence choqué, une accalmie que ne brisait ni le chant des oiseaux, ni le moindre cri d'animal.

Le vaisseau gisait, immobile. A l'intérieur, il faisait noir. Après le rugissement des réacteurs, le silence était chose palpable, un vide creux, froid et étrange.

Dans la salle de contrôle, des bruits. Un grattement, le souffle d'une respiration lourde, l'effort de quelqu'un qui se remet sur ses pieds. Un gémissement monotone, une plainte basse, continue. Un liquide qui goutte, frappant en cadence la paroi de métal tordu.

Une lumière. Un mince faisceau blafard jouant maladroitement à travers la pièce, tremblant un peu dans une main mal assurée.

Une voix, basse, étouffée. « Où êtes-vous ? Êtes-vous blessés ? » La voix du commandant.

Une silhouette fantomatique se dressa, incertaine.

– C'est moi, Hafij. Je crois que ça va.

Le rayon de lumière se posa sur une forme sombre effondrée dans un coin. La forme ne bougeait pas, n'émettait pas le moindre son. Le commandant se fraya un chemin vers la silhouette étendue, écartant des débris sur son passage et, doucement, il la retourna. Il éclaira le visage de l'homme, puis écarta très vite la lampe.

– C'est Seyehi, fit-il. Il est mort.

Les gémissements n'avaient pas cessé, plaintes émises par un homme inconscient. Le faisceau lumineux se dirigea vers l'origine de ces bruits et accrocha un corps gisant devant la porte de la salle de contrôle. Hafij arriva sur place avant le commandant.

– Beaucoup de sang, constata-t-il.

C'était Derryoc. Le commandant l'examina du mieux qu'il le pouvait à la faible lueur de sa lampe. La grande carcasse de l'anthropologue semblait brisée, et un filet de sang s'écoulait des commissures de sa bouche ouverte. Ses faibles cris ressemblaient à ceux d'un animal souffrant d'une douleur insupportable.

– Derryoc, c'est Wyik. Tu m'entends ?

Derryoc ne bougea pas. Ses yeux ne s'ouvrirent pas.

– Hafij, prends la torche et va voir si tu peux trouver des analgésiques dans la pharmacie. Il ne faudrait pas qu'il ait une crise de nerfs en se réveillant.

– Il faut qu'il vive, murmura Hafij. Sinon...

– Tiens, prends la lampe. Dis à Kolraq de venir ici, s'il est encore vivant. Il vaudrait mieux tenir les autres à l'écart, le temps que nous sachions ce qu'il en est de Derryoc.

– Dois-je les informer de la gravité de son état ?

Sans avoir besoin de le formuler, Wyik et Hafij se sentaient très proches l'un de l'autre, tandis que le reste formait un groupe séparé. Maintenant que Seyehi était mort, il ne restait plus qu'eux deux à appartenir au noyau qui faisait vraiment fonctionner le vaisseau. Ils se considéraient comme des hommes de l'espace, et avaient tendance à rejeter les autres dans la catégorie des passagers. Au bon vieux temps, les autres n'auraient même pas pu prendre place à bord d'un astronef.

– Il vaut mieux le leur dire, convint le commandant. De toute façon, il faudra bien qu'ils l'apprennent tôt ou tard. Dis à Arvon de surveiller Lajor au cas où il deviendrait hystérique. Je pense que le gosse sera à la hauteur; cela lui aura formé le caractère.

– S'il est encore vivant.

– Bien entendu.

– Si seulement nos deux hommes clés n'étaient pas...

– Derryoc n'est pas encore mort. Va chercher les médicaments. Est-ce que tu peux voir sur les cadrans si la pile atomique refroidit correctement ?

– J'ai dégagé les barres avant le choc. Je ne pense pas qu'il y aura d'explosion.

– Précise aux autres que tu es *certain* qu'il n'y en aura pas. On n'a vraiment pas besoin de leur foutre la trouille avec l'éventualité d'une explosion atomique.

– Bien.

Hafij prit la lampe et, trébuchant, se fraya un chemin vers la sortie de la salle. Ce n'était pas facile avec le vaisseau couché sur le flanc, et cette porte qui semblait coincée. Il réussit à l'ouvrir d'un coup de pied et, rampant sur le ventre, il en franchit le seuil. Wyik l'entendit soulever quelque chose sur son passage, et il lui sembla distinguer le son de voix étouffées.

Il y avait donc encore quelqu'un de vivant, là-bas.

Il s'accroupit dans l'obscurité, une main sur l'épaule poisseuse de sang de Derryoc. Il avait conscience de la carcasse du vaisseau brisé. Quelque part, au delà de ces parois de métal tordu, il y avait un monde, un monde dont ils étaient prisonniers. Il ne savait même pas si l'atmosphère était respirable, et il n'avait pas le moindre espoir de trouver une aide quelconque sur cette planète; les probabilités étaient si minces, infimes.

C'est lui qui avait pris cette décision. Il fixa les ténèbres qui l'entouraient. Il savait qu'il n'aurait jamais dû essayer de visiter une nouvelle planète, un nouveau soleil. Il avait pris un risque calculé, et il avait perdu. Il savait que ce voyage serait hasardeux, mais il s'y était lancé, sans en tenir compte.

Pourquoi ?

Le commandant savait pourquoi. Il savait que cela n'avait pas été une décision rationnelle. S'il avait pu, un instant, oublier ce qui l'avait poussé dans l'espace...

— Au diable ! jura-t-il à haute voix.

Il était trop tard maintenant.

Il entendit du bruit, de l'autre côté de la porte.

Hafij revenait. Quelqu'un était avec lui.

— Et alors ?

— Bonnes nouvelles, fit Hafij. Nous avons dû subir ici le choc le plus rude. Ils sont tous vivants. Quelques contusions, mais rien de sérieux. Nlesine souffre du bras gauche, mais il n'y a pas de fracture.

Le commandant sourit.

— Autre chose encore, ajouta Hafij. La coque du « Bocal » s'est déchirée, là-bas... L'air frais s'engouffre et il semble respirable.

— *Il faut* qu'il le soit. Nous n'avons plus de source d'énergie et l'atmosphère du vaisseau ne durerait pas longtemps sans purification. Hafij, on dirait que la chance est en train de tourner !

Kolraq s'avança dans le pâle cercle de lumière :

— J'ai préparé une injection, dit-il. Quand vous aurez fini de vous congratuler, je pourrais peut-être m'occuper de Derryoc.

— Pardon, fit le commandant en s'écartant du chemin. Hafij, éclaire-le, je vais essayer de trouver une autre lampe dans le magasin.

Le prêtre examina Derryoc, le palpa de ses doigts courts, étonnamment sensibles. Il dénuda le bras de l'anthropologue, le nettoya et lui injecta un sédatif à l'aide d'une seringue hypodermique. Derryoc ne bougeait toujours pas. Kolraq essuya le sang qui coulait de sa bouche et se releva.

Wyik revint dans la salle de contrôle avec deux lampes. Il en tendit une à Kolraq.

— Qu'en penses-tu ?

– Il faut le laisser où il est. Il a une hémorragie interne, et le déplacer n'arrangerait pas les choses. J'ai ajouté au sédatif un produit pour enrayer l'infection. On ne peut rien faire d'autre.

Derryoc continuait de gémir avec une rauque régularité.

– Vivra-t-il ?

Kolraq haussa les épaules.

– Ce n'est plus entre nos mains.

Wyik se pencha en avant et demanda avec une voix vibrante d'intensité :

– Reprendra-t-il au moins connaissance ?

– Peut-être. C'est difficile à savoir.

– Il est costaud, intervint Hafij. Il s'en tirera, commandant. J'ai déjà vu des cas semblables.

Wyik hocha la tête :

– Bien. Il faut que nous retrouvions toutes les données communiquées par les ordinateurs avant le choc. Derryoc n'a-t-il pas pris de notes ?

– Je crois que si. Il avait un carnet...

– Il faut que tu les cherches. Prépare tout. Kolraq, est-ce que nous avons quelque chose qui puisse calmer la douleur si Derryoc reprend connaissance ? Quelque chose qui ne l'assomme pas ?

– On peut essayer, répondit le prêtre. Mais il faut qu'il se repose. Tu ne pourras pas l'interroger... ce serait inhumain.

– Nous avons besoin de son cerveau, répliqua Wyik simplement. Il est le seul à pouvoir nous donner des informations sur cette planète. Si nous avançons en aveugles, aucun de nous ne s'en sortira, y compris Derryoc. Je n'ai rien d'autre à ajouter.

Kolraq hésita, puis se mit à ramper en direction de la porte, allant voir ce qu'il pourrait trouver.

Wyik et Hafij s'installèrent aussi confortablement que possible pour surveiller, et attendre. Aucun d'eux ne parla; mais chacun était heureux de la présence de l'autre.

C'était une scène étrange, et Wyik en avait conscience. Les deux lampes traçaient des sillons argentés dans le fouillis de la salle de contrôle, effleurant des machineries brisées qui se dressaient sombrement autour d'eux. Ce qui avait été le plancher formait maintenant un mur, conférant à toute la pièce une géométrie grotesque qu'aucune logique ne parvenait à corriger. Derryoc s'arrêta de geindre, mais ne manifesta aucun signe de lucidité.

« C'était mon vaisseau, pensa Wyik. Nous avons accompli ensemble de longs voyages, et à présent nous sommes au bout du chemin sur un monde qui n'a pas de nom. »

A l'extérieur du vaisseau mort plongé dans l'obscurité régnaient des ténèbres plus noires encore, les ténèbres de l'ignorance. Une terre loin de leur patrie, baignant dans le mystère et le défi de l'inconnu. Sortir de l'astronef et poser le pied sur un sol étranger. Respirer l'air, s'ils le pouvaient, et regarder autour d'eux. Des cieux bleus, peut-être, et des champs verdoyants. Une rivière, proche – qui sait – coulant, limpide, sur un lit de gravier, vers la mer. Et de cette mer, si ce monde était semblable aux autres mondes de ce type, avait jailli la vie. De minuscules organismes unicellulaires, des poissons, des amphibiens, des reptiles et des mammifères et, peut-être, des hommes.

Mais *quels* hommes ?

Wyik sentit les ténèbres se refermer autour de lui. Il avait vu beaucoup d'humanités, et il était difficile de trouver l'espoir à travers les récits qu'il avait exhumés sur nombre de mondes solitaires.

Si les hommes survivaient assez longtemps, pensait Wyik, ils construisaient des vaisseaux qui les projetaient vers les étoiles. C'était un fait. Mais, qu'est-ce qui amenait un individu à s'embarquer à bord de ces vaisseaux ? Quel chemin empruntait-il pour plonger dans les océans de l'espace ?

Et combien d'hommes, dans cette nef, pouvaient deviner le secret que lui, Wyik, portait en soi.

Les heures, interminables, passaient, et Derryoc ne bougeait toujours pas. Il respirait régulièrement, et ne saignait plus. Mais... s'il ne sortait pas de son coma ?

Ils durent finalement se relayer. Arvon et Tsriga se préparèrent un repas froid, peu appétissant, à base de nourriture synthétique. Kolraq fit une transfusion de sang à Derryoc.

Il n'y avait aucun signe de panique. Ils se déplaçaient dans les noires profondeurs du vaisseau avec cette intensité qu'apporte la conscience du désastre. Ils parlèrent calmement de Seyehi, se souvenant avec émotion qu'ils le surnommaient « Feedback ». Ils trouvèrent peu de matière à rire, mais Nlesine les abreuvait d'un flot constant de sinistres prédictions qui, singulièrement, eurent pour effet de leur remonter le moral. Rien ne pourrait être aussi noir que le dépeignait Nlesine, ce qui était, somme toute, une forme d'optimisme.

Personne ne quitta l'astronef. Sans énergie, les écrans ne fonctionnaient pas, et ils ne pouvaient pas voir le paysage qui les environnait. Mais il était probable qu'il faisait jour, un jour chauffé par le soleil, puis qu'il ferait nuit, un peu plus tard. Pénétrant dans l'atmosphère, ils avaient aperçu un satellite, il y aurait donc une lune accrochée au ciel nocturne, se détachant sur un rideau étoilé.

Mais à l'intérieur du vaisseau il n'y avait qu'ombres et pâles faisceaux lumineux projetant leur lueur fantomatique dans les profondeurs de l'épave.

Plusieurs heures plus tard, Derryoc remua, son visage pâlit, et il ouvrit les paupières.

Arvon se trouvait à ses côtés.

— Ne bouge pas, Derryoc, dit-il en lui posant la main sur l'épaule. Détends-toi.

L'anthropologue ferma les yeux, puis les rouvrit. Sa bouche formait une ligne mince, serrée. Son souffle était faible, heurté, comme si quelque chose obstruait sa gorge.

— Nous nous sommes posés, expliqua Arvon. C'est fini maintenant. Tu as pris un coup sur la tête, mais tout ira bien. Simplement, ne bouge pas. Compris ?

Derryoc hocha faiblement la tête.

Wyik pénétra dans la salle de contrôle, Kolraq derrière lui.

Derryoc repéra le prêtre, et réussit à étirer ses lèvres pour un léger sourire.

— Tu viens pour moi ? demanda-t-il.

Kolraq hésita, puis répondit :

— Je suis ici en tant que médecin.

Derryoc grimaça.

— Je ne me sens pas bien, docteur. L'estomac... comme si j'allais vomir...

Il s'interrompit, ses yeux se voilèrent.

— Derryoc ! lança le commandant. Fais un effort. On a salement besoin de toi.

Une lueur de conscience renaquit dans le regard de l'anthropologue.

— Me sens mal. Dur de réfléchir. Peut pas attendre ? murmura-t-il.

— Je ne sais pas, fit Wyik.

Derryoc posa les yeux sur le prêtre.

— Suis-je sérieusement blessé, Kolraq ? Je veux la vérité.

— Tu as une chance de t'en tirer, répondit le prêtre. Ça dépend.

Les paupières de Derryoc se fermèrent.

— De quoi as-tu besoin, Wyik ?

— Le vaisseau s'est écrasé. On ne pourra pas repartir

à moins de trouver de l'aide. Nous sommes sur une planète dont nous ne savons rien. Nous ne savons pas à quoi nous nous heurtons, et ne le saurons pas si tu ne peux pas nous le dire. Le peux-tu ?

– Gros boulot, souffla Derryoc. Sommeil.

Kolraq écarta le commandant.

– Il ne peut pas. Pas maintenant. Qu'est-ce que tu veux faire... le tuer ?

Wyik regarda Kolraq droit dans les yeux. Son visage était devenu d'une pâleur mortelle, et sa respiration s'était accélérée.

– Tu penses *vraiment* ce que tu viens de dire, Kolraq ?

– Non. Bien sûr que non. Je voulais seulement...

Le commandant se tourna vers Derryoc.

– Repose-toi un peu, Derryoc, dit-il doucement. Nous essaierons quand tu te sentiras un peu mieux.

L'anthropologue ne montra aucun signe indiquant qu'il ait entendu, mais il parut se détendre.

– Je vais rester avec lui, proposa Kolraq. Je t'appellerai, Wyik.

– Non. Je reste avec toi. D'accord ?

Le prêtre acquiesça.

– Les autres, essayez de dormir un peu, reprit Wyik. Vous aurez besoin de toute votre énergie.

Tous trois restèrent seuls dans ce qui avait été une salle de contrôle. Ils éteignirent leurs lampes et s'assirent dans l'obscurité.

On n'entendit plus que le bruit de la respiration pénible de Derryoc.

Après quelques minutes de silence, Kolraq murmura :

– J'espère qu'il se réveillera. Pourvu que j'aie agi comme il le fallait.

– Tu ferais mieux de prier pour cela ! répliqua le commandant.

10

L'anthropologue dormit huit heures. Il commençait à faire froid dans le vaisseau, et Kolraq avait posé une couverture sur Derryoc; une autre couverture, pliée, lui servait d'oreiller. Derryoc ne semblait pas souffrir et, si ce n'était le souffle profond, rapide qui lui soulevait la poitrine, il aurait pu passer pour mort.

Après ces huit heures, on le nourrit par intraveineuses. Le sérum s'égouttait par le tube de caoutchouc, et Derryoc semblait l'accepter relativement bien. En tout cas, son hémorragie interne paraissait enrayée.

Mais il ne se réveillait pas.

Il devenait nécessaire de s'occuper du cadavre de Seyehi, car il n'y avait aucun moyen de le réfrigérer. Arvon et Hafij, bien qu'ils fussent à présent presque certains que l'atmosphère était respirable, mirent des masques et sortirent. Ils creusèrent une tombe peu profonde et y déposèrent le corps de Seyehi.

Nlesine se proposa pour rester avec Derryoc. Kolraq et le commandant rejoignirent les autres à l'extérieur pour prononcer les paroles que prononcent les hommes lorsque la mort se glisse parmi eux.

Il faisait nuit mais, après l'obscurité du vaisseau, la voûte étoilée leur parut brillante, vivante et hospitalière. Une demi-lune argentée se balançait au-dessus de leurs têtes, baignant le paysage d'ombres laiteuses. D'après ce qu'ils distinguaient, ils devaient se trouver sur une plaine. Le vent nocturne était d'un froid très vif.

Ils ne virent et n'entendirent rien de vivant.

Kolraq récita le service des morts d'une voix ferme, mais les mots sonnaient creux sous le clair de lune. Wyik dit ce qu'il put, puis la terre recouvrit Seyehi à jamais.

– Il a parcouru un long chemin pour mourir, constata Arvon.

Maintenant qu'il était parti, parti pour de bon, invisible sous le manteau de poussière, ils ressentaient cruellement sa perte. Le choc de leur arrivée en catastrophe s'était atténué, et ils étaient soudain conscients de se trouver dans une situation désespérée, loin des cieux et des amis qu'ils connaissaient.

Il était étrange de penser que Seyehi ne ferait plus jamais partie du décor d'une salle de contrôle, qu'il ne travaillerait plus jamais avec ces ordinateurs qu'il aimait, et qu'il ne sourirait plus jamais avec douceur lorsque quelqu'un l'appellerait « Feedback ».

Ils revinrent au vaisseau et refermèrent le sas aussi bien que possible, pour se protéger du froid.

– Il remue légèrement, leur apprit Nlesine.

Wyik et Kolraq prirent leurs lampes et se précipitèrent. Tous deux s'efforçaient de ne pas penser à la tombe qu'ils venaient de voir, mais une deuxième tombe se dessinait à leurs esprits glacés...

L'anthropologue bougea soudain une jambe. Ses yeux s'ouvrirent, et il fit un effort, comme s'il essayait de s'asseoir.

Kolraq le saisit aux épaules pour le maintenir couché.

– Doucement, vieux frère. Il vaudrait mieux que tu ne bouges pas.

Derryoc, à présent, était éveillé, et sa conscience lui revenait.

– Je dois être à moitié mort pour que tu m'appelles vieux frère, souffla-t-il. C'est bien la première fois que tu m'appelles ainsi.

– Je...

— Ne t'excuse pas. Merci, ça m'a touché. Pourrais-je boire quelque chose ?

— De l'eau ? suggéra Wyik.

Derryoc haussa les sourcils et un peu de couleur revint sur son visage livide.

— Je crois qu'il le faudra bien. Mais je n'aurais jamais pensé que cela arriverait un jour.

Le commandant éclata de rire. Peut-être l'état de Derryoc s'améliorait-il, peut-être même s'en sortirait-il ?

Nlesine apporta de l'eau, et Derryoc but avec reconnaissance. Mais il s'arrêta après quelques gorgées. Son visage pâlit à nouveau. Il toussa convulsivement, son corps se tendit sous la couverture. Une mousse rouge apparut aux coins de sa bouche.

Le spasme s'apaisa au moment où Kolraq finissait de préparer la seringue.

— Il serait préférable de ne pas essayer cela à nouveau, fit simplement Derryoc avec un faible sourire.

Personne ne dit mot. Wyik n'osait suggérer quoi que ce soit, et Kolraq cherchait désespérément ce qui pourrait soulager l'anthropologue, bien qu'il devînt de plus en plus évident que l'homme était perdu.

Ce fut Derryoc encore qui brisa le silence :

— Si nous devons travailler, autant nous y mettre tout de suite.

— Tu te sens assez bien ? demanda le commandant.

Derryoc lui lança un regard appuyé :

— Je ne me sentirai jamais mieux, n'est-ce pas, Wyik ?

Wyik ne répondit pas. Il se contenta de redresser avec précaution le corps de Derryoc pour que sa tête soit placée dans une position qui lui permît de lire sans effort. Puis il fixa trois lampes, deux au-dessus, et une derrière l'anthropologue, et mit en place un panneau magnétique pour recevoir les bandes d'ordinateur et les notes diverses.

Hafij chercha un endroit d'où il pourrait présenter les différents éléments sans faire écran à la lumière.

– Ce sera un boulot totalement subjectif, les avertit l'anthropologue. Ne vous y fiez pas trop.

– Tes estimations vaudront mieux que tout ce que nous pourrions découvrir par nous-mêmes, lui assura Wyik. Combien de temps te faut-il avant d'être en mesure de répondre à nos questions ?

– Il me faudrait environ une semaine pour faire correctement le travail, et je pense qu'il me reste peut-être quatre heures avant de flancher à nouveau. C'est bien cela, docteur ?

– Oui, je crois, admit Kolraq.

– Injecte-moi encore de ta drogue si c'est nécessaire. Tout bien pesé, je pense que je ferais mieux de vous donner un premier aperçu avant de m'endormir à nouveau – au cas où. Voyons d'abord ce survol équatorial, Hafij... les coordonnées sont A 14, me semble-t-il. Là, c'est celles qui...

Les yeux de Derryoc étaient clairs, brillants, mais son teint était inquiétant et sa respiration irrégulière. Il ne manifestait aucun signe apparent de douleur et paraissait presque s'amuser. Il se plongea dans son travail, oubliant tout le reste. Il était évident que son pouvoir de concentration était intact : il était clair que, pour lui, les personnes présentes dans la salle de contrôle avaient cessé d'exister.

De longues minutes s'écoulèrent. Les heures passaient. Derryoc absorbait les matériaux, plutôt que de les étudier; il pouvait poser quelques instants les yeux sur une feuille, puis faire signe à Hafij de la remplacer par une autre. Il n'aurait pas pu expliquer le schéma qui se dessinait dans son esprit, un schéma fait en bonne partie d'intuition et de subtils indices qui n'auraient eu aucune signification pour quelqu'un d'autre. Dans ses calculs entraient la configuration des continents et des mers, ainsi que la moindre parcelle d'information concrète ramenée au hasard par les caméras d'exploration. Mais surtout, il était guidé par une vie passée à l'étude des processus de développement des civilisations; il fournissait à ses ordinateurs des données fondées non sur ce qu'il avait réellement sous les yeux, mais sur ce qui *devait* se trouver là.

Trois heures plus tard, il hocha la tête et annonça :

– Je suis prêt. Pourriez-vous baisser ces lumières ?

Wyik déplaça deux lampes pour produire un éclairage plus indirect, et tourna la troisième afin que le faisceau lumineux passât au-dessus de la tête de Derryoc.

– Tu te sens assez fort pour parler ?

– Non. Mais ne perdons pas de temps en politesses. Vous n'allez pas aimer ce que je vais vous apprendre, mais il vaut mieux que vous le sachiez.

Tous s'approchèrent pour écouter. Ce n'était plus pour eux un problème abstrait, c'était devenu une question de vie ou de mort.

– D'abord, demanda Wyik, faisant un effort sur lui-même pour poser cette question, pouvons-nous obtenir de l'aide sur cette planète ? Quelqu'un que nous pourrions aller voir pour rafistoler ce vaisseau ?

– Non, répondit Derryoc. Il n'y a aucun doute sur ce point, Wyik. Si tu cherches une technologie avancée, tu as tiré le mauvais numéro.

– Tu veux dire qu'il n'y a pas d'hommes ? Je croyais...

– Oh, des hommes ! Si, bien sûr, il y a des hommes ici, bien qu'ils ne soient pas encore très nombreux. Le problème est que vous êtes arrivés un peu trop tôt. Je peux me tromper, mais je dirais qu'il n'y a pas une seule ethnie sur cette planète qui ait seulement développé une agriculture. (Derryoc sourit légèrement.) D'une grande utilité, non ?

– En d'autres termes...

— En d'autres termes, vous êtes tombés en plein milieu de l'Age de Pierre. Les hommes sont éparpillés en petits groupes, vivant de la chasse aux animaux sauvages et de cueillette — racines, baies, des trucs comme ça. Si vous voulez apprendre à réparer une pointe de lance, vous avez atterri à l'endroit idéal. Mais si vous voulez savoir comment réparer un vaisseau spatial, il vous faudra attendre quelque vingt mille ans pour le demander à quelqu'un, mais ce quelqu'un aura probablement sauté avec le reste d'ici là.

Il y eut un long silence.

— Alors, nous sommes coincés, finit par dire Wyik. Nous ne pouvons pas réparer ce vaisseau, même pour un voyage en espace normal. Quant à un champ de distorsion qui nous ramènerait chez nous...

— Il n'en est pas question, fit Derryoc, terminant la phrase du commandant. Vous ne possédez même pas les outils pour fabriquer les machines qui vous permettraient de faire les autres machines nécessaires aux réparations. Vous savez, vous ne rapiécerez pas votre joujou avec une clé à molette.

— Ce sera donc notre nouvelle patrie, que cela nous plaise ou non, conclut Nlesine. Il n'y a rien d'autre à faire.

— Presque rien, corrigea l'anthropologue.

— Je ne te suis pas, releva Wyik, sourcils froncés.

Derryoc marqua une pause, reprenant des forces. Ses yeux se firent actifs et alertes. Il était évident que la situation l'intéressait par le problème qu'elle posait, indépendamment de tout rôle qu'il pourrait lui-même y jouer.

— Quelle est la procédure normale de retour lorsque le champ de distorsion est détérioré et qu'il n'y a pas de possibilité de le réparer ? demanda-t-il.

Wyik l'observa attentivement :

— Programmer la course du vaisseau à travers l'espace normal, brancher les contrôles automatiques et dormir pendant la durée du trajet. Mais il se trouve que nous n'avons plus de vaisseau, pas plus que d'ordinateurs d'ailleurs.

— Mais vous possédez bien le produit nécessaire à ce long sommeil. Exact ?

Il y eut quelques instants de silence.

— Oui, nous avons ce qu'il faut, reconnut Wyik. Rien de compliqué : un extrait de tissus lymphoïdes de mammifères hibernants couplé avec un absorbant de vitamine D, plus un peu d'insuline et quelques dérivés de médicaments courants, connus depuis des siècles.

Les lampes continuaient à éclairer les ruines de la salle de contrôle.

— Peu importe sa simplicité, c'est une substance très puissante, reprit Derryoc. Et pourquoi l'utiliseriez-vous si vous étiez brutalement privés de votre champ de distorsion ?

— Mais c'est évident, répondit Wyik surpris par la question. Le vaisseau, en espace normal, ne peut pas dépasser la vitesse de la lumière, pas plus d'ailleurs que dans le champ de distorsion. Mais ce champ a pour effet de « courber » l'espace pour rapprocher deux points choisis. C'est une espèce de raccourci, tu le sais bien.

— Je ne te demande pas de me faire un cours élémentaire de navigation spatiale, fit Derryoc d'un ton irrité. Je te demande simplement pourquoi tu utiliserais cette substance.

— C'est une procédure d'urgence. C'est le dernier recours lorsque l'on ne peut regagner autrement notre planète. Les distances en espace normal sont, bien entendu, énormes. On peut être à cent années-lumière ou plus de chez nous au moment où le champ de distorsion flanche. Dans l'espace normal, et avec une accélération normale, il faudrait plus d'un siècle pour rentrer, et pendant cet intervalle on mourrait de vieillesse. Mais la drogue permet de vivre en animation suspendue : les processus vitaux sont ralentis jusqu'à ce qu'il ne reste plus qu'une toute petite étincelle qui retienne la vie. En atteignant notre planète, on se réveille, et même si des centaines d'années se sont écoulées à bord du vaisseau, le corps, lui, n'aura vieilli que d'environ une semaine. Mais, bien entendu, tous nos amis seront morts, et nous devrons recommencer une nouvelle vie...

– Mais vous serez de retour ! le coupa l'anthropologue. Assez bavardé, Wyik. Nous n'avons plus le temps.

– Je ne comprends toujours pas, intervint Hafij. Nous n'avons pas de vaisseau, et les gens sur ce monde en sont encore à l'Age de Pierre.

– Bien sûr, bien sûr, répliqua Derryoc avec impatience. Ils en sont *maintenant* à l'Age de Pierre et ne peuvent donc vous aider. Mais, supposez que vous ayez atterri ici quinze ou vingt mille ans plus tard ? Que se serait-il passé ?

Wyik hésita :

– Ce monde aurait probablement été un monde mort. Dès qu'ils disposeront de l'énergie atomique, ils finiront comme les autres ont fini.

– Mais nous, nous ne nous sommes pas détruits, intervint à son tour Kolraq avec passion, une passion qui ne s'était plus manifestée dans la salle de contrôle depuis des jours. Nous avons entrepris ce voyage dans l'espoir de trouver une autre civilisation qui aurait survécu, des gens avec qui parler. Comment le savoir, ces sauvages sur ce monde seront peut-être ceux que nous cherchons ? Ce serait une douce et terrible ironie...

– Les probabilités sont contre, le coupa sèchement Wyik.

Derryoc toussa un peu, cligna des yeux et reprit :

– Pour une fois, je suis d'accord avec Kolraq. Tu parles de probabilités, Wyik, mais tu ne te sers pas de ta tête. Quelles chances y a-t-il d'obtenir de l'aide d'un autre monde que celui-ci ?

— Aucune, admit Wyik.

— Exact. Votre seul espoir repose sur les gens d'ici, ces hommes frustes, chassant des animaux sauvages, mourant à moitié de faim. Si eux ne vous aident pas, personne ne le fera. Et ils ne peuvent pas vous aider *maintenant*. Il vous faudra donc attendre jusqu'à ce qu'ils soient en mesure de le faire. Étant donné que vous ne vivrez probablement pas quinze mille ans, vous devrez utiliser cette drogue, et dans sa quasi-totalité, pour dormir aussi longtemps que possible. Alors, peut-être, pourrez-vous rentrer chez vous dans l'un de leurs vaisseaux.

— Comment saurons-nous si notre planète existera encore après tout ce temps ?

— Vous ne le saurez pas. Et vous ne saurez pas non plus si ce peuple pourra s'empêcher de se faire sauter après avoir découvert la navigation interstellaire. Mais vous ne pourrez pas fabriquer un vaisseau spatial avec de la boue et des arbres, ça je peux vous l'assurer. Et vous n'aurez aucune autre possibilité de regagner Lortas. C'est ainsi. A prendre ou à laisser.

— Il faut le faire ! s'écria Kolraq. Il le faut !

— Je ne sais pas, médita Wyik. C'est prendre un grand risque...

Derryoc toussa à nouveau et, cette fois, du sang apparut sur ses lèvres.

— Discutez-en plus tard. Hafij, prends cette carte... oui, la grande.

Hafij la présenta maladroitement à la lumière.

— Écoutez bien, reprit Derryoc avec un débit très rapide. (Sa voix se faisait de plus en plus faible, et devenait difficile à entendre.) Je peux me tromper... je raisonne à partir de données imparfaites, mais je peux vous donner quelques autres conseils.

– Oui ?

Wyik s'approcha encore, étudiant l'anthropologue avec une expression soucieuse.

– Le vaisseau s'est écrasé ici, fit Derryoc, le doigt tendu en direction de la carte. (Il indiquait un point situé dans ce qui s'appellerait un jour l'Asie du Nord-Est.) Si vous pouvez l'éviter, je pense qu'il vaudrait mieux ne pas rester ici.

– Pourquoi ?

– C'est trop difficile à expliquer. Nous sommes dans une zone périphérique, excentrée. C'est-à-dire qu'il y a des chances pour que cette région ne se développe pas aussi vite que les autres. Il y a des endroits sur notre propre monde où les gens n'ont jamais vu de vaisseau spatial, et je pense que vous ne voudriez pas vous éveiller dans un endroit pareil.

– C'est juste, mais...

– Regarde bien cette carte. Le temps presse.

– Je regarde.

– Sur cette planète, le développement culturel le plus intensif semble se trouver ici, expliqua Derryoc. (Son doigt s'était posé sur une région de ce qui serait un jour la France.) Mais il y a aussi des gens éparpillés dans toute cette zone, et dans ce large continent, ici. (Il indiquait l'Afrique.) Lorsque l'agriculture se développera, elle devrait, à mon avis, apparaître d'abord en ces deux régions principales, à une sorte de croisement idéal. Peut-être le long de cette masse d'eau. (Il parlait de la Méditerranée.)

– Tu penses que nous devrions essayer de nous rendre au bord de cette mer ?

– Absolument pas. C'est là que, au fil des siècles, la population se concentrera. Et il y aurait trop de risques pour vous d'être découverts. Il vous faut, au contraire, une région qui restera très peu colonisée pendant des années et des années, mais qui s'épanouira brusquement lorsqu'elle sera atteinte par des idées nouvelles.

– Je vois, fit Wyik d'un ton tendu. Mais où trouver une telle région ?

– Je n'ai pas de certitudes. Je suis désolé, mais je n'ai pas à ma disposition toutes les données nécessaires. Cette grande île, là, ne serait pas un bon choix... elle semble pratiquement déserte. (Son index indiquait une île que les hommes, un jour, appelleraient l'Australie. Sa main balaya ensuite plusieurs îles du Pacifique.) Celles-ci sont trop petites et impossibles à atteindre à moins que vous ne preniez le risque de le faire dans un bateau de votre propre construction. Mais, voyez ici.

L'index de Derryoc suivit le contour de la masse d'un continent qui, des milliers d'années plus tard, défierait l'imagination des hommes sous le nom de Nouveau Monde.

– Il est habité ? demanda Wyik.

– Je ne sais pas. Il semble évident que, sur ce monde, l'homme ne s'est pas encore développé dans cette région, et il n'y a certainement aucune importante population pour le moment. Je n'ai vu, sur les bandes, aucune trace d'humains... mais quelques-uns ont pu déjà atteindre ce continent. Mais regardez plutôt ce qui va arriver !

Ils regardèrent, mais ne virent rien.

– Ah ! s'écria Derryoc, exaspéré. Je n'ai pas le temps de vous expliquer, mais les hommes ne manqueront pas de venir dans cette région qui est riche en terres, bien irriguée, et immense par son étendue. Ils viendront d'où nous sommes actuellement... vous voyez, par là, le long de cette route. (Son doigt suivit le détroit de Béring, vers le couloir de l'Alaska.) Selon toutes probabilités, ils s'infiltrent déjà par cette voie, et ils auront pour eux une bonne partie de cette planète... un paradis pour chasseurs. Mais il y aura encore un long chemin à parcourir pour les hommes du centre culturel de ce monde qui se trouve ici. (Il indiqua l'Europe.) Un jour, lorsque les navires seront suffisamment évolués, des hommes appartenant à une culture complexe franchiront cet océan-là, ou peut-être cet autre, mais c'est sans importance. Ils trouveront un pays pratiquement vierge dont ils s'empareront par la force, au détriment des aborigènes. Puis, cette région connaîtra une fabuleuse croissance et c'est là que vous voudrez vous trouver. Vous pourrez rester cachés pendant des milliers d'années, et pourtant, lorsque vous vous éveillerez, vous trouverez à portée de main ce dont vous aurez besoin.

Ils restèrent silencieux dans l'obscurité de la salle de contrôle.

– Eh bien, les enfants ! s'exclama Nlesine quelques minutes plus tard, je crois qu'on ferait bien d'enfiler nos bonnes vieilles chaussures de marche !

11

L'effort avait été trop violent pour Derryoc. Il y avait jeté ses dernières forces. Pendant que les autres l'entouraient encore, essayant de se pénétrer des paroles qu'il avait prononcées, l'anthropologue se retira dans un sommeil épuisé.

Enveloppé dans le doux cocon des ténèbres, Derryoc rêvait. Kolraq aurait peut-être appelé cela des visions, mais la petite étincelle de conscience qui continuait à brûler dans l'esprit de l'anthropologue aurait fermement rejeté cette notion. Il sourit dans son sommeil, et ceux qui l'observaient se demandaient ce qu'il pouvait bien rêver de si drôle dans une telle situation.

Ses rêves, d'abord, furent effleurés par la vanité, et il s'en trouva ennuyé. Puis il se vit lui-même à travers les yeux d'un enfant : gravement blessé lors de l'accident de son vaisseau, il sauve ses compagnons grâce à la sagesse qu'il a accumulée au cours des ans. Dans les brumes de ce qui était maintenant un coma, cette notion ne déplaisait pas à Derryoc. Il n'avait jamais été un grand homme au sein de sa profession, et il savait que les autres le croyaient distant. C'était bon d'être apprécié, d'être aimé...

L'image se dissipa. Des équations dansèrent dans son esprit, accompagnées de scènes jaillies de nombre de paysages, de nombre de mondes. Il vit ce bizarre animal, appelé l'homme, comme dans un miroir à facettes, partout légèrement différent, partout le même. Il y avait une fêlure dans le miroir, et il pensa que s'il pouvait seulement avancer la main, la toucher, la sentir...

Il se sentit mieux. La fatigue disparut, et la force coula à nouveau dans ses veines. Son esprit s'éclaircit, et il vit, limpide comme du cristal, ce qui l'entourait. Il était heureux, infiniment heureux, car il avait cru, avait été certain, qu'il allait mourir. Il se réjouit de les voir quitter le vaisseau, mais il essaya de ne montrer aucune émotion. Qui était-il, romancier ou prêtre, pour se laisser aller à l'allégresse des vents pleins de vie et aux senteurs de l'herbe verte ?

Mais c'était bien. Le soleil était un bon soleil, chaud, et qui le touchait de ses rayons dorés. Il le guérissait comme seul pouvait guérir un soleil. Ils virent de la fumée à l'horizon, et le jour suivant ils entendirent des bruits : des rires, des pleurs, des cris. Son pouls s'accéléra. Des hommes ! Il voulait aller vers eux, leur offrir son amitié, essayer de les comprendre. Oh, il parlerait de données et de statistiques, mais ce serait pour plus tard, pour le rationnel. Pour l'instant ce n'étaient que des hommes, et des ombres de feu, de la viande fraîche et quelque chose à boire, quelque chose de bon et fort.

Et peut-être, là, pourrait-il aussi trouver un homme

ou une femme qui l'appellerait son ami, qui lui ferait sentir, rien que pour un instant, qu'il était l'un d'entre eux. Il y avait si longtemps qu'elle était morte, celle qui n'aurait jamais dû mourir, celle qui aurait dû vivre toujours.

Il était heureux, plus heureux qu'il ne l'avait jamais été. Ce qu'il buvait était bon, lui faisait tourner la tête, c'était humide et chaud, il pouvait en sentir le goût dans sa bouche...

Deux heures après avoir glissé dans un sommeil d'épuisement, Derryoc était pris de convulsions.

Trois heures plus tard, il était mort.

Ce fut une sale mort, sans aucune touche de romantisme. Pas de discours de dernière minute. Pas même de dignité.

Arvon et Kolraq portèrent le corps dehors et l'enterrèrent dans une tombe creusée à côté de celle de Seyehi. Tous ressentirent un sentiment de vide et de perte à la disparition de Derryoc. Il y avait des mots qu'ils auraient pu dire, de petites choses qu'ils auraient pu faire pour un homme vivant.

Pour les morts il n'y a plus que le silence.

Pour Derryoc il n'y avait plus que le vent du soir sous les étoiles, le vent du soir soufflant sur un monde qu'il ne connaîtrait jamais.

Le soleil était haut dans le ciel.

Arvon était assis sur une pierre plate, son grand corps agréablement détendu, le menton reposant dans la coupe de ses mains. La légère brise qui agitait les hautes herbes était d'un petit froid vif, mais le soleil lui chauffait le dos. Il y avait quelques nuages blancs dans le ciel et, lorsque l'un d'eux voilait la face du soleil, il faisait vraiment frais.

Arvon regarda autour de lui et s'aperçut, à son grand étonnement, qu'il se sentait bien, mieux qu'il ne s'était senti depuis des années. Le vaisseau, à cent mètres de là, au milieu d'un cercle de végétation roussie et de terre brûlée, n'était plus que ruine, mais semblait sans danger. « Dans quelques décennies, pensa-t-il, ce ne sera plus qu'une carcasse et, dans un siècle, il n'existera plus. Il n'y aura que les plaines, les montagnes aux sommets étincelants, et les vents. »

Ce serait peut-être une bonne chose.

Il ressentait une joie étrange à se trouver simplement dehors, à respirer un air pur, à écouter les longs silences débordants de vie qui déferlaient vers lui. Il se réjouissait même de la vue des insectes qui sautillaient avec application dans les herbes, vaquant à leurs occupations. Il était prêt, tout à fait prêt, pour ce qui allait venir. Il était même avide, impatient.

L'homme n'était pas né pour vivre dans un cylindre d'acier. L'homme appartenait à la terre et au ciel; son corps savait cela, même si son esprit se projetait dans la vague des années-lumière, vers les champs d'étoiles, vers la compétition et la désolation...

Il se sentait coupé de son monde natal de Lortas, et ce sentiment de solitude était accentué par le fait que cette planète lui ressemblait sous de nombreux aspects, même séparée de Lortas par le gouffre des années et des distances. Mais il n'était pas désespéré par cette solitude; Lortas pouvait attendre, *devait* attendre. Il ne tirait aucune fierté de l'existence qu'il avait laissée derrière lui, tout avait été trop facile, trop rapide. Trop de plaisirs, trop de femmes, trop de nuits si semblables les unes aux autres qu'il n'arrivait plus à les dissocier. Même une vie agitée pouvait devenir monotone, il le savait bien. Le piège de l'oisiveté est un piège qui fonctionne bien. Si seulement son père lui avait accordé moins, l'avait plus poussé à travailler... mais il était enfantin d'en rejeter sur lui la responsabilité.

Et, à sa propre surprise, il se prit à penser : « Il y a

des endroits sur Lortas très peu différents du paysage qui m'entoure. Il y a, sous notre soleil, des champs qui s'étendent à perte de vue, des vents purs, et des pierres séculaires. Un homme doit-il parcourir un si long chemin pour se trouver lui-même ? »

– Eh bien, c'est parfait ! s'écria soudain une voix. Nous sommes sur une planète inconnue et tu t'endors au volant.

Arvon reprit pied dans le présent et leva les yeux pour apercevoir Nlesine qui se tenait devant lui. Le crâne chauve du romancier avait déjà rosi sous l'action du soleil, et dans ses yeux brillait une étincelle amicale.

Nlesine s'assit sur une pierre, la trouva inconfortable, et opta pour une autre.

– Wyik veut nous voir, quand tu auras fini de rêvasser. Un grand conseil de guerre, quelque chose comme ça. Dans quelles sombres pensées étais-tu plongé ?

– Je réfléchissais, mais à rien de sombre.

– Je sais. (Nlesine sourit. Un sourire étrange, à la fois cynique et compréhensif.) Tu réagis comme si la situation était meilleure maintenant qu'avant que nous nous écrasions.

– Ne l'est-elle pas ?

– Ça passera, l'assura Nlesine. Tu es si content d'être en vie que tu souffres d'euphorie. Une très dangereuse maladie. Attends un peu qu'il gèle dans le coin... quand tu te cogneras le pied, et que ça cassera comme du bois mort.

Il fit claquer allègrement ses doigts.

Arvon hocha la tête.

– Très drôle, mais je ne croyais vraiment pas que je pourrais apprécier un semblable endroit, même pour quelques instants.

– Garde les yeux ouverts, fiston. On peut en apprendre beaucoup sur un homme à la façon dont il réagit à une pareille situation. Prends Lajor, par exemple : il est le seul à avoir une frousse de tous les diables. Il aura des ennuis, tu verras. Wyik, lui, reste le même partout. Hafij est complètement perdu, je crois. Il est le seul d'entre nous à appartenir vraiment à l'espace – Seyehi se plaisait où étaient ses ordinateurs – mais Hafij ne se plaît que là. S'il y en a un pour y retourner, ce sera lui.

– Et les autres ? Tsriga ? Kolraq ?

– Je travaille encore sur eux. Qu'en penses-tu ?

Arvon secoua la tête :

– Kolraq semble plus vieux que le reste d'entre nous, et Tsriga plus jeune. Je n'irais pas plus loin.

– Ce sont les extrêmes qui sont parfois les plus difficiles à prévoir, fit Nlesine à moitié pour lui-même. (Puis il se leva avec vivacité, s'épousseta, et ajouta :) Allez, viens. Il est temps d'aller écouter les Grandes Paroles de Notre Noble Commandant.

Côte à côte, sous le soleil du début d'après-midi, ils s'avancèrent vers l'épave de l'astronef.

Ils s'assirent en cercle au soleil, protégés du vent par la masse du vaisseau. Ils étaient très proches des deux tombes rudimentaires, et il leur aurait fallu fort peu d'imagination pour croire à la présence de Derryoc et Seyehi parmi eux.

Même assis sur le sol, Wyik dominait tout le groupe. Ce n'était pas un homme très grand, mais c'était celui vers qui les regards se tournaient, ne serait-ce que pour l'énergie que l'on sentait emmagasinée en lui; il était comme un ressort prêt à se détendre au moindre effleurement. Il était leur chef dans les faits comme dans la théorie, et il commandait parce qu'il était dur; ni aveugle, stupide ou sadique en aucune façon, mais dur des pieds à la tête.

Wyik prit la parole :

– Vous avez tous entendu Derryoc et vous savez ce

qu'il a dit. Il était l'homme le plus qualifié pour juger de la situation et il nous a conseillé de ne pas rester ici. Ses raisons m'ont paru, sur le moment, être de bonnes raisons; et je le crois toujours. Mais il y a plusieurs questions qui doivent être soulevées et débattues. (Il fit une pause, rassemblant ses pensées.) La première est la suivante : Derryoc était-il réellement en possession de tous les éléments indispensables pour arriver à une décision correcte? Ce fut un boulot accompli dans la précipitation, sous la pression de la nécessité, et il n'y avait pas d'ordinateurs pour vérifier ses dires. Il a pu se tromper.

– Son opinion reste tout de même meilleure que la nôtre, Wyik, intervint Nlesine. Remarque bien qu'une promenade de mille ou deux mille kilomètres ne séduit pas particulièrement mon imagination.

Wyik sourit brièvement, et reprit :

– Je suis d'accord : cette estimation de la situation est la meilleure que nous possédions. S'il nous reste une chance de revoir un jour Lortas, Derryoc nous a tracé un schéma qui pourrait marcher. Il n'y a vraiment pas d'autre solution; il n'y aura pas d'autre vaisseau d'exploration lancé dans cette direction avant des milliers d'années, et même s'il atterrissait ici, on ne pourrait jamais nous localiser. Sommes-nous bien d'accord là-dessus?

Il n'y eut pas d'objections.

– Très bien. Notre problème est donc simple : Devons-nous rester où nous sommes, ou bien nous mettre en route pour ce continent presque inhabité dont a parlé Derryoc? Je suis persuadé que le point principal ne vous aura pas échappé. Nous savons tous que les probabilités s'opposent pratiquement à ce que ce monde atteigne le stade des voyages dans l'espace, même dans leurs formes les plus rudimentaires. La civilisation, sur cette planète, devra être érigée par l'homme, et nous avons vu, monde après monde, que l'homme, systématiquement, se détruisait lui-même dès qu'il en avait le pouvoir. Ce sont les faits, et nous ne pouvons pas les ignorer. Si nous réussissons à atteindre ce continent, et si nous survivons à un sommeil de plusieurs milliers d'années, il y a de fortes chances pour que nous nous réveillions dans un désert radioactif. Si cela doit être, cela sera. Mais il reste une chance pour que cette planète soit celle que nous cherchons, la planète qui nous tiendra compagnie dans ce sinistre univers qui est le nôtre. Mais cette chance est infime, presque inexistante. Vaut-elle la peine d'être courue ?

Le plus jeune, Tsriga, parla le premier :

— Vous savez, il ne sera peut-être pas nécessaire de dormir aussi longtemps. Je veux dire que nous pourrions juste dormir cinq ou dix mille ans — le temps qu'il faudra — et nous réveiller dans une civilisation quelconque, mais qui n'aura pas encore découvert l'énergie atomique. Nous ne retournerions pas sur Lortas, mais nous pourrions trouver ici une nouvelle patrie. (Ses yeux brillaient d'enthousiasme.) Ce serait comme si on avait remonté le temps, sur Lortas j'entends, vivre toutes les choses que nous ne connaissons qu'à travers les livres d'histoire...

— Je préfère les livres d'histoire, le coupa Nlesine.

— Ton idée mérite d'être étudiée, Tsriga, dit Wyik, ignorant l'interruption de Nlesine. Mais il y a d'autres aspects qui...

— Mais bien sûr ! s'écria Lajor avec une soudaine exaltation. Pourquoi n'y ai-je pas pensé ? Nous pouvons tout simplement rester ici. Nous connaissons notre environnement, à présent. Ce n'est pas si mal, non ? Je veux dire, rien de comparable aux mondes que nous avons visités après qu'ils avaient commencé à balancer leurs bombes atomiques... C'est vert, on peut boire l'eau, respirer l'air sans se déchirer les poumons. Puisque de toute façon nous ne rentrerons jamais chez nous, pourquoi ne pas essayer? Nous nous construirions un petit campement, ferions des plantations. Nous pourrions vivre nos vies. Que nous manquerait-il?

– Des femmes, répliqua Nlesine.

Lajor éclata de rire :

– Mais il y a des indigènes, non? Alors? Nous pourrions jouer les dieux.

– Un dieu de pacotille ne les attirerait certainement pas, fit Nlesine avec un sourire en coin.

– Qu'est-ce que tu veux dire par là? (Lajor se souleva à moitié.) Nlesine, je commence à en avoir assez de toi et de tes...

Nlesine ne le regarda même pas, et il murmura :

– Le Journaliste Sans Peur et Sans Reproche défait le Romancier Décadent.

– Maintenant, ça suffit! intervint Wyik. (Il n'avait pas élevé la voix, mais Lajor se rassit.) Ne nous accusons pas mutuellement, nous avons bien assez de problèmes comme ça. Le fait est que Lajor a exprimé ce que j'étais en train de penser. Remarquez bien que ce ne serait pas le choix que personnellement je ferais, mais soyons réalistes. Je ne suis plus le commandant. Je suis Wyik, c'est tout. Je n'ai plus d'ordres à vous donner, et je serais stupide d'essayer. Donc, malheureusement, Lajor a raison. Si nous nous fions aux probabilités et que nous pensions que notre seul devoir se situe vis-à-vis de nous-mêmes, alors nous ferions mieux de rester ici. Je pense que nous pourrions survivre. Nous pourrions même mener une existence heureuse.

– Les végétaux ne s'amusent pas, releva Arvon.

– Qu'en sais-tu? le contra Nlesine.

Arvon ne lui répondit pas.

Kolraq, qui s'était tenu silencieux au cours de la discussion, se leva lentement et mit sa main en visière.

— Avant de bâtir des plans quant aux possibilités de rester vivre avec les indigènes, dit-il, nous ferions peut-être mieux de leur demander ce qu'ils en pensent, eux.

Les autres bondirent sur leurs pieds.

Venant du sud, s'avançant dans la plaine, se profilaient de sombres silhouettes. Elles étaient silencieuses, mais se déplaçaient rapidement.

Des hommes.

12

Instinctivement, ils se dirigèrent vers la sombre écoutille qui donnait accès au vaisseau. Partout où il se trouvait, et malgré tout ce qui pouvait être dit à son sujet, l'homme était dangereux. Il était le prédateur suprême, et même ceux de sa propre espèce l'affrontaient à leurs risques et périls.

— Attendez ! aboya Wyik. Ils ne sont que quatre. Nlesine, va chercher les paralyseurs. Les autres, restez où vous êtes !

Lajor s'approcha encore de l'écoutille. Il semblait sur le point de défier l'autorité de Wyik, mais il dut se rendre compte que personne ne le soutiendrait.

— Je pense que nous ferions mieux de rentrer dans le vaisseau, affirma-t-il. Nous y serions plus en sécurité.

— Mais nous ne pourrions rien voir, fit remarquer Arvon. Nous faudra-t-il nous enfuir et nous cacher à chaque fois qu'une bande de chasseurs viendra dans notre direction ?

— Ça dépend de ce qu'ils chassent, releva Tsriga avec un sourire. Les hommes de l'Age de Pierre sont souvent cannibales, non ?

– Le fait est, intervint Wyik, que nous ne savons rien d'eux, et qu'il nous faut tout découvrir. Mais je ne crois pas que nous courions de grands dangers. La portée de nos armes ne peut qu'être supérieure à celles qu'ils possèdent.

– J'espère que vous n'allez pas tirer sur eux, s'inquiéta Kolraq. Ils ne nous veulent peut-être pas de mal.

– Personne n'ouvrira le feu à moins que nous ne soyons attaqués, répliqua Wyik en regardant Lajor. Ah... merci, Nlesine.

Nlesine distribua les petits paralyseurs.

Ils attendirent.

Les quatre hommes qui s'avançaient dans la plaine étaient silencieux comme le vent. Ils avaient un chien avec eux, et l'animal aboya lorsqu'il huma l'odeur étrangère.

Arvon observait les indigènes avec un curieux sentiment de peur empreinte de superstition. Les silhouettes s'approchaient, marchant d'un pas ferme, ne faisant aucun effort pour se cacher. Des détails, mais pas tous, lui apparaissaient déjà. Il avait l'impression de plonger dans le passé, d'essayer de percer cet épais brouillard qu'était le berceau de l'humanité sur nombre de mondes. Là, devant lui, se tenaient des hommes qui n'avaient jamais connu ni villes, ni agriculture, ni écriture, des hommes à l'aube de l'humanité, des hommes qui venaient juste d'entreprendre la longue escalade qui, un jour, pourrait les conduire vers les étoiles... ou vers l'oubli.

Le contraste qui existait entre leur expérience et la sienne conférait aux indigènes une espèce d'innocence. Ils connaissaient peut-être la peur, l'égoïsme, et même l'horreur, mais ils avaient encore à découvrir ce mal profond qu'ils portaient en eux.

Ils continuaient à avancer, sortis de l'adolescence, de la nuit des temps. Ils s'arrêtèrent à environ trente mètres d'eux et Arvon put, alors, distinguer tous les détails.

Ils se tenaient les uns derrière les autres, silencieux, ne manifestant aucun signe de crainte. Le chien, à moitié loup, se coucha dans l'herbe et gémit; sa langue rose dégoulinait de salive.

La réalité, comme souvent, n'a rien de grandiose lorsqu'on la touche de près. Et pourtant, elle renfermait en elle une atmosphère dramatique, le drame de la sueur, des larmes et des espérances.

Les indigènes n'étaient pas grands; pas un d'entre eux qui approchât, même de loin, le mètre quatre-vingts. Leurs cheveux étaient longs, raides et noirs, leurs yeux étroits et sombres; leur peau avait une teinte bronze doré, et ils étaient vêtus de peaux grossièrement cousues.

Les hommes étaient fiers. Ils se tenaient presque immobiles, sans même se dandiner sur place. Ils fixaient les étrangers avec une franche curiosité, mais en affichant un air de supériorité qui leur interdisait de faire le premier geste. Ils étaient armés; deux d'entre eux portaient des lances avec des pointes en pierre, et les autres une espèce d'arc et des flèches qui avaient l'air dangereux.

Le vent apporta aux narines d'Arvon une bouffée de leur odeur, et il ne put s'empêcher de sourire. Pour des fantômes, ces hommes dégageaient une certaine présence.

— Kolraq, murmura Wyik.

— Oui ?

— Va dans le vaisseau et prends quatre couteaux bien aiguisés dans le mess. Ensuite, nous irons vers eux, voir si nous pouvons nous en faire des amis.

Le prêtre s'engouffra dans le sas tandis que les indigènes continuaient à observer la scène en silence. Que pensaient-ils de l'astronef et comment pouvaient-ils se l'expliquer ? Arvon essaya de se mettre à leur place : Ils devaient savoir que ce n'était pas un objet naturel, mais faisaient-ils la liaison avec le coup de tonnerre qui avait ébranlé leur monde quelques jours plus tôt ?

Kolraq revint avec les couteaux.

— Allons-y, fit Wyik.

Les deux hommes de Lortas s'avancèrent lentement vers les autochtones.

Le chien, poil hérissé, bondit.

Les indigènes levèrent leurs lances.

Wyik avait un couteau dans chaque main, les tenant par la lame, présentant le manche aux indigènes. Kolraq agissait de même. Pour les natifs, l'intention devait être évidente, car les deux étrangers semblaient sans défense devant leurs lances dressées.

— *Nanhaades !* s'écria l'un d'eux, levant son arme en position de lancer. *Nanhaades !*

Un sourd grognement jaillit de la gorge du chien.

— Pose-les dans l'herbe, souffla Wyik. Puis recule.

Ils posèrent les couteaux sur le sol, prenant garde à ne pas faire de mouvements brusques. Ils s'efforcèrent de sourire, mais n'eurent guère de succès, ce qui n'avait rien d'étonnant compte tenu des circonstances. Ils firent quelques pas en arrière, montrant du doigt d'abord le groupe qui leur faisait face, puis les couteaux.

Les hommes aux peaux de bêtes n'étaient pas stupides. Celui qui avait crié quelque chose s'avança, ramassa les couteaux et les étudia. Il en essaya le fil sur son bras et parut étonné de voir jaillir quelques gouttes de sang. Il brandit la lame vers le soleil, la regardant étinceler sous les rayons qu'elle réfléchissait. Puis, ravi, il sourit largement.

Ses compagnons vinrent vers lui, manifestement intéressés, et jacassant, comme si on leur avait soudain arraché leurs bâillons. L'indigène aux couteaux se recula, essayant de faire des moulinets avec les lames et sa lance. Les trois autres le suivirent, parlant rapidement. De toute évidence, le chef avait l'intention de garder les cadeaux pour lui et, non moins évidemment, les trois hommes n'étaient pas du tout d'accord sur ce point.

Une violente querelle s'éleva et ne cessa que lorsque le chef, après avoir en vain essayé de décider lequel des couteaux était le meilleur, finit par les partager. Ils se mirent alors tous à rire et à s'éblouir à l'aide des éclatantes lames métalliques.

Ils s'amusaient beaucoup, et Arvon se prit à se réjouir de cette scène qu'il contemplait de loin. Il jeta les yeux autour de lui et vit que même Wyik avait un sourire aux lèvres.

Nlesine accrocha son regard et lui fit un clin d'œil.

— Ça sent le printemps aux narines de Nlesine, fit-il.

Alors, aussi incroyable que cela pût paraître, les quatre autochtones tournèrent le dos au vaisseau et s'éloignèrent, le chien gambadant en avant. Ils ne regardèrent même pas derrière eux, l'air totalement indifférents.

Ils ne furent bientôt plus que de minuscules silhouettes, puis disparurent.

— Ça c'est trop fort ! s'écria Nlesine avec une grimace. Qu'est-ce qu'ils s'imaginent ? Que c'est un supermarché ?

— Je pense simplement que nous ne sommes pas aussi importants que nous croyions l'être, fit Kolraq. Nous venons de prendre une bonne leçon de modestie.

Wyik secoua la tête.

— Ils reviendront.

— Comment le sais-tu ? demanda Kolraq.

Wyik, soudain, parut vieilli, comme si une partie de sa colossale énergie l'avait un instant déserté.

— Ils reviennent toujours, répondit-il. D'une façon ou d'une autre.

Cette nuit-là, ils dormirent à l'intérieur du vaisseau. Comme dans une tombe. Le silence était le silence qui attend sous la terre, et les rêves eux-mêmes étaient sombres.

Ils ne postèrent aucun garde : le sas fermé, rien ni personne ne pouvait entrer. Mais le vaisseau avait changé; en quelques jours il avait considérablement vieilli — il appartenait désormais au passé. Pas un homme cette nuit-là qui ne pensa à ce sas scellé avec une terreur déraisonnable, comme si, à jamais, ils étaient coupés du soleil.

Arvon et Nlesine s'étaient étendus côte à côte, tous deux mal à l'aise; le vaisseau était incliné selon un angle très inconfortable. Ils restèrent éveillés pendant des heures, mais ne tinrent qu'une seule conversation :

— Et le module d'exploration ? murmura Arvon. Ne pourrait-on pas l'utiliser au lieu de marcher ?

— Peut-être. Je ne connais pas exactement le rayon d'action de cet engin. Il fonctionne avec des piles atomiques... trop petit pour contenir un vrai moteur atomique.

— Je ne comprends pas pourquoi Wyik n'en a pas parlé. On dirait presque qu'il cherche à éviter ce sujet. Mais nous connaissons tous l'existence de ce module.

Nlesine émit un rire bref.

— Les mathématiques, fit-il.

— Les mathématiques ?

— Disons, l'arithmétique. Combien d'hommes ce module peut-il contenir ?

Arvon réfléchit :

— Normalement, deux. Mais certainement plus si nécessaire.

— Plus, oui. Mais il y a une limite. Un litre ne

contiendra toujours qu'un litre. Nous pourrions peut-être nous tasser à quatre dans la cabine... je pense qu'il volerait, peut-être pas très bien, mais il volerait. Nous sommes sept, pas quatre.

— Je pensais qu'il pourrait transporter cinq personnes.

— A la rigueur. Mais quelle différence? Il en resterait toujours deux.

— On ne pourrait pas faire deux voyages?

— Peu probable. Je sais qu'il n'y a pas beaucoup d'énergie de stockée dans ces piles. On pourrait peut-être faire la moitié du trajet dans le module, mais j'ai l'impression qu'il ne serait pas très malin de nous séparer dans les conditions actuelles. Et je crois que ce ne sera pas une petite promenade de santé.

Arvon bâilla.

— Nous trouverons bien une solution, assura-t-il.

— Ton optimisme est quelque peu navrant, mon ami. Je parie que tu crois *vraiment* que nous retournerons un jour chez nous, et que tu es persuadé que cette planète est celle que nous recherchions. Ce serait trop beau, Arvon. La vie n'est pas ainsi faite.

— Qui sait? fit Arvon, têtu.

Nlesine pouffa.

— Bonne nuit, conclut-il.

— Bonne nuit.

Le silence revint. Un silence qui emprisonna le vaisseau sous son manteau étouffant. Une pensée effleura Arvon au bord du sommeil : « C'est plus calme ici que dans les profondeurs de l'espace. »

Ce n'était pas une image très plaisante.

Les indigènes revinrent avec le soleil.

Il y eut dans leur apparition quelque chose de surnaturel. L'instant précédent, la plaine était vide de toute vie humaine et, l'instant d'après, des hommes étaient là, comme s'ils s'étaient matérialisés de l'herbe, des pierres et de la rosée du matin. Non, rien de surnaturel, se reprit Arvon, ces hommes étaient au contraire suprêmement naturels, partie intégrante de la terre.

Les autochtones avaient apporté de la viande avec eux, et rien de surnaturel en cela non plus. Ils préparèrent un feu du côté abrité du vaisseau, utilisant comme combustible ce qui semblait être des bouses séchées, puis firent rôtir de gros morceaux de viande rouge. La viande grésillait, le jus dégoulinait, et cette scène prit aux yeux d'Arvon et de ses compagnons une allure de festin après toute la nourriture synthétique qu'ils avaient ingurgitée.

– Un peu crue, fit remarquer Nlesine, mais que représentent quelques gouttes de sang entre amis ?

Ils lancèrent un morceau au chien qui l'engloutit avec satisfaction, puis se lécha les babines et s'installa pour faire une bonne sieste au soleil.

Les indigènes ne semblaient pas étonnés de ne pas comprendre le langage des hommes qui vivaient dans cette étrange tour. Ils avaient probablement déjà rencontré des groupes qui parlaient une langue différente de la leur, et il était surprenant de voir comment ils arrivaient à se faire comprendre uniquement par des sourires et des gestes. Ils paraissaient amicaux, bien qu'il fût toujours possible qu'ils aient simplement été impressionnés par les couteaux et qu'ils en voulussent d'autres.

En regardant jouer les muscles de leurs bras et de leurs jambes, briller les arêtes vives des pointes de leurs lances, Arvon préféra penser qu'ils étaient de bonne compagnie... et qu'ils le resteraient.

Lorsque le petit déjeuner fut terminé, le chef se leva, s'étira et, de la main, indiqua le sud. Dans cette direction, le paysage était plus vallonné et de basses collines apparaissaient, crevant la brume pourpre. Il montra à nouveau les collines, puis Arvon et les autres, puis encore les collines.

– Il veut que nous allions avec lui, traduisit Wyik.

– Ils ont probablement déjà mis le feu sous la marmite, supputa Nlesine. Je propose que nous offrions Lajor en sacrifice.

– Ça suffit ! s'écria Lajor avec nervosité.

– Eh bien, y allons-nous ? s'inquiéta Hafij. Devons-nous abandonner le vaisseau ?

Les quatre indigènes se retirèrent lentement, tout en discutant entre eux. Ils ne souriaient plus.

– Je ne crois pas qu'il serait sage de refuser leur hospitalité, estima Kolraq. Ils ne pensent pas à mal.

– Comment le sais-tu ? demanda aigrement Nlesine. Tu as eu une vision ?

– Je suis partisan d'y aller, intervint Arvon. Je suis d'accord avec Kolraq. Plus nous aurons d'amis, mieux ça vaudra. Il suffit de fermer l'écoutille du vaisseau, personne ne pourra entrer.

Wyik acquiesça.

– Nous irons. Prenez vos armes et rassemblez quelques cadeaux... mais doucement avec les couteaux. Des vêtements, une lampe de poche, des trucs comme ça. D'accord ?

Ils se préparèrent, grimpant dans l'astronef avec un étrange sentiment de tristesse. Oh, bien sûr, ils reviendraient, et le vaisseau n'était plus qu'une épave, mais c'était une drôle d'impression que de quitter le dernier lien qui les rattachait à leur patrie.

Les autochtones les observèrent de leurs yeux noirs inexpressifs. Ils voyaient bien ces hommes aller et venir, emprunter ce sombre tunnel creusé dans la paroi brillante, mais ils ne firent aucune tentative pour les suivre à l'intérieur.

Lorsqu'ils furent équipés et qu'ils eurent endossé des vêtements chauds pour se protéger du froid. Wyik hocha affirmativement la tête en montrant les collines.

Les indigènes sourirent pour manifester leur contentement, et se mirent en route. Le chien se leva et s'élança en tête de la colonne. Il n'aboyait plus, et son museau noir collait à la piste.

La contrée n'était pas aussi plate qu'elle l'avait paru, nota Arvon. L'herbe était plantée en touffes drues, et le sol noir était émaillé de pierres. Il y avait de petites dépressions invisibles qui tordaient les chevilles, des buissons épineux qui égratignaient les mains. Certains de ces buissons portaient des baies d'un rouge vif, et Arvon se demanda si elles étaient comestibles. Il y avait aussi beaucoup de fleurs, tendant leurs corolles humides au-dessus des herbes. L'air était sec, froid et pur.

Les aborigènes bavardaient entre eux, conservant une allure soutenue. Nlesine commença bientôt à s'essouffler. Tous souffraient. Les hommes de l'astronef n'étaient pas habitués à marcher, et Arvon s'aperçut qu'il avait déjà des ampoules aux pieds.

— Ils essaient de nous crever à la marche, haleta Nlesine.

— N'aie pas l'air si fatigué, lui répliqua Wyik. Il ne faut pas qu'ils pensent que nous sommes des mauviettes.

— Mais nous sommes *vraiment* des mauviettes, rétorqua Nlesine.

Un peu plus tard, ils aperçurent une harde d'animaux devant eux. Ils étaient splendides, grands et gracieux, d'une délicate teinte brune et leurs têtes étaient ornées de bois majestueux. Mais ils étaient sous le vent et ils perçurent l'odeur de l'homme bien avant d'être à la portée des flèches des indigènes. Ils tournèrent en rond quelques instants, puis un mâle agita ses andouillers avec décision, s'ébroua et, dans un trot aérien, se dirigea vers l'ouest. La harde le suivit, sans précipitation, mais avec vivacité.

Le chef des autochtones les montra du doigt, prononça un mot qu'Arvon ne saisit pas, puis rappela le chien qui s'était lancé dans une ardente poursuite.

Ils marchèrent pendant des heures, et les hommes de Lortas étaient à bout de forces. Ce n'était plus de la plaisanterie; bientôt, il leur faudrait s'arrêter. La bouche d'Arvon était si sèche qu'il ne pouvait plus déglutir, et chaque respiration lui perçait la poitrine d'un coup de poignard.

– Vive les héros, conquérants venus de l'espace, murmura-t-il – et il se concentra à mettre un pied devant l'autre.

Le terrain commença à s'élever, et ils se retrouvèrent soudain sur un véritable sentier qui serpentait dans les collines, lesquelles, vues de près, étaient assez impressionnantes; les pierres étaient usées, traîtreusement lisses, comme lavées par des passages répétés.

Ils marchaient toujours.

Derrière eux, de même qu'à l'ouest, des nuages noirs s'amoncelaient dans le ciel et le vent se mit à gémir dans la plaine. Les herbes ondulaient en vagues verdoyantes et, dans le lointain, roulait le tonnerre.

Les indigènes continuaient à bavarder joyeusement.

Les hommes de l'espace courbèrent la tête, et suivirent.

Même Nlesine, pour une fois, ne trouvait rien à dire.

Une heure plus tard, la pluie tombait à torrents.

13

Les détails du paysage disparaissaient sous la pluie.

Les trombes d'eau s'abattaient tout autour d'eux, en rafales, éclaboussant les rochers, creusant des milliers de petits trous dans le sol humide et noirci. Les cheveux étaient plaqués sur les fronts, et l'eau dégoulinait sur les visages lisses et brillants. Les gouttes se glissaient sous les paupières, et les yeux, devenus rouges, commençaient à piquer.

Les vêtements alourdis pendaient comme des sacs; les corps étaient moites de transpiration. L'eau, des litres d'eau, envahissait les chaussures et chaque pas envoyait des filets gicler entre les orteils.

Le sol était devenu glissant, et des chutes occasionnelles se produisaient. Ils auraient voulu pouvoir s'agripper à des arbres ou des branches, mais il n'y en avait pas. Les visages égratignés brûlaient au contact des gouttes de pluie.

Le paysage, décidément, ne les intéressait plus.

Arvon ne savait pas où il était, et il ne s'en souciait guère. Il était enveloppé d'un linceul de souffrance, avançant en aveugle, souhaitant presque être mort. Nombre de ses idées romantiques sur la vie primitive gisaient derrière lui dans la boue.

Et, incroyablement, la pluie cessa.

Un indigène, devant lui, cria quelque chose, et une voix de femme répondit. Arvon leva la tête, et repéra une chaude lumière orangée qui perçait le voile de grisaille. Il cligna les yeux et distingua des formes rondes qui se dressaient sur une espèce de plateau abrité, à l'entrée d'une étroite vallée; elles semblaient trop petites pour abriter des hommes, mais le groupe s'avança dans leur direction.

Arvon tituba et quelqu'un lui prit le bras, le guida vers une lueur, et lui fit franchir une ouverture. Son pied manqua quelques marches et il faillit tomber. Une pièce en contrebas, pensa-t-il vaguement.

Mais c'était clair, et chaud !

Un feu. Il s'avança lourdement, écarta les cheveux de ses yeux et tendit ses mains à la flamme. Il avait conscience de la présence des silhouettes autour de lui dans cette hutte creusée dans la terre, et il entendit quelques rires. Il remarqua enfin un petit garçon qui le fixait avec une franche curiosité.

Arvon était au bord de l'évanouissement, et il le savait. Ils avaient dû parcourir une bonne trentaine de kilomètres à pied, le long d'une piste difficile, et aucun d'eux n'avait l'habitude de ce genre d'exercice. Déjà, après quelques instants passés auprès du feu, Arvon ressentait cette petite douleur dans les jambes qui annonçait la venue des courbatures dans les heures qui allaient suivre.

Un homme n'en avait pas moins son amour-propre.

Arvon tendit sa volonté et réussit à sourire, un sourire qu'il destina au petit garçon au visage rond et aux yeux noirs. L'enfant, incertain, le regarda quelques instants, puis il sourit largement en retour.

— Vive la vie à la campagne ! murmura gaiement une voix. Vive les larges pistes et la symphonie de la pluie !

— Salut, Nlesine. Je vois que tu as survécu.

— Il y a, sur ce sujet, deux écoles de pensée. Où se trouve l'hôpital ?

Arvon haussa les épaules.

Tous deux, côte à côte, s'égouttèrent. L'habitation n'était pas assez vaste pour contenir tout le groupe; Arvon supposa que Wyik et les autres étaient réunis autour d'autres feux, et il lui apparut qu'ils seraient pour les indigènes des proies faciles si ces derniers avaient des vues hostiles.

– Je crois que nous ne sommes pas aussi intelligents que nous pensions l'être, souffla Nlesine habité par les mêmes préoccupations. Il est parfois difficile de se souvenir que nous ne sommes plus à bord d'un astronef, et que les règles du jeu ont changé.

– Qu'ils me découpent en morceaux, si tel est leur bon plaisir, soupira Arvon. Tout ce que je demande, c'est un endroit pour m'étendre.

A cet instant, le chef du groupe qui les avait conduits ici pénétra dans la hutte. Il avait revêtu des peaux sèches, quoique légèrement marquées par l'humidité, et il avait glissé son nouveau couteau dans une espèce de ceinture qu'il portait à la taille.

L'homme sourit et fit mine de mastiquer. Puis il montra Arvon et Nlesine du doigt.

– La signification de votre message est parfaitement limpide, annonça Nlesine à l'indigène qui le fixait sans comprendre. Nous sommes flattés de savoir que vous nous considérez comme comestibles, mais nous avons le regret de respectueusement décliner votre offre.

Arvon tira son pistolet.

– Personne ne me mangera ! s'écria-t-il, oubliant les sentiments qu'il avait exprimés quelques instants auparavant.

A cet instant, le visage décomposé de Wyik apparut à l'entrée. Il vit l'arme dans la main d'Arvon et ses yeux s'agrandirent de surprise.

– Mais qu'est-ce que tu fabriques, bon sang ! s'écria-t-il. Range ça ! Tu veux nous faire tous tuer ?

– Ce petit plaisantin veut nous manger, expliqua Nlesine.

Sa phrase sonnait étrangement creux.

– Vous manger ? s'étonna Wyik.

Puis il éclata soudain de rire. Il se tint les côtes, son

visage s'empourpra et, le souffle court, les larmes coulèrent le long de ses joues. C'était indiscutablement une crise d'hystérie provoquée par l'épuisement, mais Arvon n'avait encore jamais vu le commandant se comporter ainsi.

— Je ne comprends pas, fit Nlesine, l'air blessé. Arvon et moi ne sommes peut-être pas les mets les plus délicats, mais je dois dire que n'importe quel ragoût s'honorerait de notre présence.

Wyik se ressaisit.

— Notre ami ne veut pas vous manger, expliqua-t-il. Il veut simplement que *vous* mangiez. En d'autres termes, il nous invite tous à un festin.

Arvon rengaina son arme. Il se sentait tout à fait idiot, mais il était trop fatigué pour s'en soucier.

— Non, fit-il. Je ne tiens plus debout.

— Non, fit Nlesine en écho. Négatif. Pas aller. Définitif.

Le sourire de l'indigène s'élargit, et il reprit ses mouvements de mâchoires.

— *Nous devons* y aller! répliqua Wyik agitant les mains en parlant. Ce n'est pas le moment d'insulter nos hôtes.

— Un festin, répéta Nlesine avec un total manque d'enthousiasme. Eh bien!

— Il va peut-être durer toute la nuit, ajouta sombrement Arvon.

— Allez, venez! les exhorta Wyik. Il est temps de se remuer et d'être gais.

L'un après l'autre, l'autochtone ouvrant le chemin, ils sortirent de la hutte pour déboucher dans la nuit et dans la pluie. Ils se glissèrent vers une assez vaste structure d'où jaillissaient de longues langues de lumière orangée.

Un chant, accompagné de rires, s'élevait dans l'air froid.

Arvon prit une profonde inspiration et décida de centrer ses efforts à Prendre du Bon Temps.

Et, chose étonnante, ce ne fut pas mal du tout... au début.

Dès qu'il pénétra dans le bâtiment surchauffé, aux parois garnies de peaux, il aperçut une jeune fille si peu vêtue qu'elle lui sembla nue. Elle vint vers lui, souriante, et lui tendit une espèce de récipient poisseux en forme de seau et contenant un liquide. Arvon, son esprit chancelant d'épuisement et de manque d'air, décida qu'il n'avait plus rien à perdre. Il prit une bonne gorgée du liquide en question. Comme il s'y était attendu, ce n'était pas de l'eau, et ça brûlait.

Mais il se sentit mieux.

Même lorsqu'un coin de son cerveau lui murmura que tout ceci était incroyable et excessif, il avala une seconde gorgée, et se sentit encore mieux.

– Hé, doucement, fiston, le prévint Nlesine. La nuit ne fait que commencer.

Arvon acquiesça. Il transpirait abondamment dans ses vêtements mouillés et il se demanda ce qu'il pourrait quitter tout en restant décent. Encore un peu de cette boisson, et il était persuadé de pouvoir résoudre facilement ce problème.

Et, brusquement, il considéra les événements avec cette trompeuse lucidité que l'alcool provoque parfois. Ils étaient restés trop longtemps cloîtrés dans ce vaisseau, trop longtemps sérieux. Ils avaient besoin, désespérément besoin, d'un répit. Besoin d'oublier, juste quelques instants. Et de se souvenir aussi, de se souvenir que d'être humain ne signifiait pas uniquement avoir des visages tristes et pensifs.

Arvon adressa un clin d'œil à la fille dans ce qu'il espérait constituer un langage universel et il lui sembla que les années s'envolaient comme s'envolent à l'automne les feuilles des arbres. C'était bon d'être jeune, d'oublier...

Il savait qu'il allait se rendre ridicule, mais il en était heureux.

La fête avait commencé !

Arvon vécut ces moments dans une espèce de brouillard. Cela sembla durer éternellement, heure après heure, mais qui, en fait, lorsque Arvon se donnait la peine de vérifier, n'étaient que des minutes.

Il y avait de la nourriture en énorme quantité. De gros morceaux de viande juteuse rôtis à la flamme et servis piqués sur des bâtons. Une sorte de pâte qui circulait dans une jatte de bois et dont le composant de base semblait être, au goût, une racine sauvage, mais Arvon n'en était pas sûr. Il y avait aussi des baies mélangées à de la graisse animale et broyées pour former un gâteau dur et sec qui donnait soif et invitait à boire encore plus de ce chaud breuvage.

Le feu projetait de grandes ombres tourbillonnantes sur les murs de peaux. Des doigts couraient sur de petits instruments ornés de minuscules os et qui ressemblaient à des tambourins. Des chants sauvages et joyeux s'élevaient, accompagnant les danses excitantes et épuisantes.

Arvon était saoul de bruit, de chaleur et d'alcool, et il était épuisé. Mais il continuait, soutenu par ses nerfs, avec cette intense gaieté qui semble ne devoir jamais s'éteindre. Il sentait autour de lui une aura d'amitié qui faisait un frère de chaque convive. Il vivait des heures fantastiques.

On était bien loin des cannibales.

Il savait que ses compagnons étaient là sans avoir besoin de les observer. Wyik buvait avec politesse, mais ses pensées étaient indiscutablement tournées vers le sommeil. Il ne cessait de sourire, ne semblant ni approuver ni désapprouver les réjouissances. Il ne paraissait en aucun cas être au-dessus de tout cela, mais pensait simplement que ce n'était qu'un interlude, une brève récréation.

Hafij avait très vite ingurgité plus qu'il ne pouvait supporter et avait dû ramper dehors pour vomir dans la boue; il était à présent confortablement installé, les yeux dans le vague, près du feu.

Lajor, lui, ne s'amusait pas du tout. Le journaliste était assis dans un coin, le plus loin possible du centre d'activité, et il observait la scène avec un air de mépris à peine dissimulé. Il buvait comme un homme qui boit pour être sociable. Il était là, mais ne participait à rien.

Tsriga était bien parti, et planait haut, porté par les vents de l'ivresse. Épanchant son chagrin, il racontait l'histoire de son grand amour brisé à une femme d'âge mûr qui, bien entendu, ne comprenait pas un mot de ce qu'il disait, et qui lui passait l'outre dispensatrice de bonheur à chaque fois qu'il s'arrêtait pour reprendre son souffle.

Kolraq, étrangement, semblait s'amuser beaucoup, de sa manière calme et tranquille. Il avait coincé le chaman local et semblait essayer d'apprendre la langue du pays. C'était bizarre, pensa vaguement Arvon, pourquoi s'intéresser à la langue alors que le lendemain ils seraient de retour au vaisseau?

Nlesine était dans son élément. Relativement sobre en dépit de la quantité de liquide fermenté qu'il avait ingurgitée, il allait droit à l'essentiel : il avait accaparé une jeune fille aux grands yeux et il lui parlait dans un langage gestuel, modèle de simplicité et de clarté.

L'un dans l'autre, c'était une chouette fête. Les tambourins tambourinaient, et les danseurs dansaient. Le feu se mourait petit à petit, et Arvon crut voir la lueur grisâtre de l'aube filtrer dans la tente de peaux. Mais il était déjà plus que saoul, et c'était difficile de savoir.

Il n'était pas tout à fait ivre mort. Une fille l'aida à

regagner l'abri qu'il partageait avec Nlesine et il lui sembla que la pluie avait à nouveau cessé. Le sol tournait sous lui et quelqu'un l'enveloppa dans une fourrure.

Il ne dormit pas seul mais, lorsqu'enfin il s'éveilla, la fille avait disparu et il ne put jamais se rappeler ni son visage ni ce qui s'était passé.

En fait, il ne se souvenait pratiquement plus de rien quand les rayons du soleil le tirèrent de son sommeil. Il avait un sourd mal de tête, et il se sentait trop faible pour bouger.

Il était à l'agonie.

Il entendit Nlesine raconter, en gémissant, quelque chose au sujet d'une gueule de bois de la dimension d'une planète, mais l'effort de tourner la tête pour le regarder était trop grand à faire. Il gisait, presque immobile, se demandant s'il allait mourir. Puis il se rendormit et, lorsque à nouveau il s'éveilla, il était tremblant, mais affamé.

Il se leva, se frotta les yeux et en conclut qu'il était encore vivant. Il était également seul, et il sortit pour voir où étaient les autres.

A en juger par la position du soleil, il devait être tard dans l'après-midi. De longues ombres s'étiraient dans la vallée, et Arvon entendit chanter les oiseaux. Le village se séchait au soleil et seules quelques flaques sur les pierres rappelaient la pluie qui était tombée. Il respira à pleins poumons l'air froid et sec, puis se dirigea vers la plus grande hutte.

A l'intérieur, il faisait sombre; le feu s'était éteint, et il ne restait plus que quelques braises rougeoyantes; il n'y avait pas de fenêtres. Lorsque ses yeux se furent accoutumés à l'obscurité, il distingua Nlesine et Tsriga allongés sur le sol, réveillés, mais guère désireux de bouger. Deux femmes indigènes, d'un certain âge, allaient et venaient à pas feutrés, et l'une d'elles lui apporta un morceau de viande et une outre de peau remplie d'eau fraîche et pure.

— Wyik et Hafij sont partis chasser avec les hommes, expliqua Tsriga. Nous aurions peut-être dû aller avec eux, mais je ne me sens pas en état de me défendre même contre un oiseau, aujourd'hui; alors, ne parlons pas de fauves.

— Kolraq est toujours en train de discuter avec le sorcier, ajouta Nlesine. Il semble décidé à apprendre leur langue. Je me demande bien pourquoi.

— Peut-être se plaît-il ici, suggéra Arvon, buvant avec reconnaissance l'eau glacée.

— Il a peut-être pris une décision, concéda Nlesine. Comme l'a jadis formulé l'un de mes nobles ancêtres, c'est pas si mal que ça.

— Ça vaut la peine d'y réfléchir, fit Tsriga avec sérieux. Après tout, nous avons tout à perdre et probablement rien à gagner en suivant le conseil de Derryoc. Ici, au moins, nous pourrions vivre nos vies. Si nous nous plongeons dans le grand sommeil, il y a de fortes chances pour que nous nous éveillions dans l'un de ces déserts où même les rats sont empoisonnés.

— On ferait mieux d'y regarder d'abord de plus près, camarade, le tempéra Nlesine. Je suis persuadé que tout n'est pas que chant et danse dans le coin. L'hiver, on meurt probablement de faim. Et puis, Wyik ne restera pas, vous le savez. L'appel du devoir, et tout le tremblement.

— Eh bien, fit remarquer Arvon, mordant dans un morceau de viande, nous ne retournerons pas au vaisseau aujourd'hui, de toute façon, l'après-midi est trop avancé.

Ils ne partirent donc pas ce jour-là. Ni le jour suivant.

Les indigènes étaient amicaux, hospitaliers et intelligents.

On aurait pu croire qu'ils ne partiraient jamais.

Arvon sentit le quitter la tension qui l'avait si longtemps habité. Sa peau reprit des couleurs. Il commençait même à bronzer, malgré la fraîcheur de l'air. Il était heureux, détendu, content de vivre.

Et, pour le moment, il ne voulait pas penser à autre chose.

14

Ils étaient là depuis une semaine lorsque Wyik les réunit.

Ils s'assirent en demi-cercle sur les rochers, face à lui. Ils savaient tous ce qu'il allait dire, et lui savait qu'ils ne l'ignoraient pas, et pourtant, cette réunion était plus qu'une simple formalité.

Elle devait marquer un tournant.

Il semblait faire de plus en plus froid, et les hommes frissonnaient sous les pâles rayons du soleil. En dessous d'eux, au fond de la vallée, un petit ruisseau serpentait, paraissant aller nulle part, et son cours sinueux brillait comme de la glace. Les quelques arbres qu'ils apercevaient étaient des conifères, mais leur feuillage s'était assombri, était devenu presque noir dans l'attente des rigueurs de l'hiver.

Wyik entra directement dans le vif du sujet.

Il se leva, l'air calme, mais ce n'était qu'une apparence. Il n'était, et ne pourrait jamais être calme, pas avec le système nerveux qui était le sien. Il était toujours tendu, prêt à exploser au plus léger des touchers. Il n'était pas grand mais, curieusement, il semblait les dominer tous.

– Eh bien, messieurs, fit-il, les vacances sont finies.

Il ne parlait pas d'une voix forte – il fallait tendre l'oreille – mais tous écoutaient.

– Même si je le voulais, et je ne le veux pas, enchaîna-t-il, je ne vous donnerais pas d'ordres. Il n'en reste pas moins que je n'ai pas quitté Lortas et passé des années dans l'espace pour aller vivre dans une tribu quelconque sur une planète dont je n'avais encore jamais entendu parler. Je suis venu ici pour trouver quelque chose, et je n'abandonnerai pas avant d'avoir accompli cette mission, à moins que la mort ne m'en empêche. Notre patrie est à présent si loin de nous qu'il est peut-être facile pour vous de croire qu'elle n'existe même pas. Mais elle existe. Certains d'entre nous ont des enfants là-bas, et d'autres enfants naîtront. Et pourtant, j'aime les gens de cette planète où nous sommes. Pas vous ?

Ils murmurèrent un assentiment.

– Peut-être, mais peut-être seulement, est-ce la planète que nous devions trouver. Peut-être est-ce le monde qui enfin réussira à se lancer dans l'espace avant de s'être lui-même détruit. Si c'était le cas, des milliers d'années dans le futur, Lortas devra savoir. Une civilisation ne peut pas durer éternellement dans l'isolement, nous le savons. Si ce monde atteint les étoiles et que nous ne sommes pas là pour guider leurs vaisseaux vers Lortas, il y a toutes les chances pour que ces deux civilisations ne se rencontrent jamais. Vous avez tous abandonné beaucoup de choses, et ce n'est pas à moi de vous rappeler où se trouve votre devoir. Quant à moi, je retourne au vaisseau, décidé à suivre le plan tracé par Derryoc, même si je dois être seul. J'espère que vous m'accompagnerez, mais c'est à vous de prendre la décision.

Il se retourna, et seul, s'écarta d'eux. Il sembla à Arvon que le commandant était toujours seul.

Les autres, assis au soleil couchant, discutèrent entre

eux. Certains défendaient un point de vue, d'autres le point de vue contraire, mais ils parlaient sans beaucoup de conviction; ils agissaient par principe. Bientôt Kolraq s'excusa et partit à la recherche de Wyik.

Arvon écoutait les hommes qui l'entouraient, et il savait qu'ils suivraient le commandant.

C'est ce qu'ils firent.

Le jour où ils quittèrent le village indigène, il faisait froid et le ciel était couvert. Le vent soufflait des collines. Les femmes et les enfants sortirent, souriants, pour leur dire au revoir, puis se dépêchèrent de regagner leurs huttes confortables.

Arvon avait l'impression qu'il pourrait toujours revenir dans ce lieu perdu dans les brumes du temps, et se trouver au milieu d'amis. Ils avaient, bien entendu, distribué beaucoup de cadeaux, et tout s'était bien passé. Mais ce peuple n'était pas à vendre, et tous semblaient réellement aimer la plupart des hommes du vaisseau. C'était peut-être un bon signe, mais Arvon pouvait entendre à son oreille le ricanement de ce vieux Derryoc lui recommandant de ne pas prendre ses désirs pour des réalités.

Les quatre indigènes qui les avaient conduits à l'aller, les accompagnèrent à nouveau.

Ce ne fut pas un voyage aussi pénible que le premier. Dès qu'ils eurent traversé la vallée, la piste se mit à descendre, et il ne pleuvait pas. Le froid ne les atteignait pas tant qu'ils marchaient, et ils ne s'arrêtaient jamais bien longtemps.

Des hautes terres se dessinaient, loin au delà des plaines où les herbes et les fleurs s'étendaient en vagues figées, verdoyantes, comme une vaste mer fermée. Lorsque le vent agitait cet océan de verdure, il se dégageait une impression sinistre, glacée, et il était facile de s'imaginer le lourd manteau de neige qui ne tarderait pas à recouvrir cette plaine, les animaux mourant de faim et le disque pâle du soleil dans un ciel d'hiver...

Ils distinguaient même le vaisseau, ombre gigantesque reposant au milieu d'un cercle de végétation carbonisée. Il était à des kilomètres de là, mais la limpidité de l'air rendait les distances trompeuses. Et, loin, vers le nord, brillait une lueur glacée, habillant les montagnes d'une soie blanche et froide.

Probablement des glaciers. Il y avait à peine un siècle, ils avaient dû être beaucoup plus étendus, quoique la végétation ne semblât pas avoir subi de glaciation récente.

Ils adoptèrent une allure soutenue et, bientôt, ils eurent franchi les collines, abordant les terrains accidentés. Leurs pieds butaient contre des pierres, et leurs vêtements s'accrochaient à des buissons épineux. Ils n'apercevaient plus le vaisseau, et le sentier avait disparu.

Mais les indigènes ne se trompaient jamais de route, et le chien-loup se coulait dans les herbes avec un sûr instinct. Le silence n'était troublé que par le bruissement du vent. Il faisait plus chaud que dans les collines.

Ils continuaient à marcher, et Arvon était ravi de constater qu'il n'était pas aussi fatigué que lors de leur premier voyage. C'était pourtant loin d'être facile, et il enviait aux autochtones leur allure souple et leur souffle régulier et détendu.

« C'est très bien, pensa-t-il, de parler de parcourir à pied la moitié de ce monde, mais nous n'y arriverons jamais. Nous n'avons pas l'entraînement nécessaire, et nous ne sommes pas assez costauds. Aucun de nous n'en sortira vivant. Il faudra se servir du module, mais le module ne pourra nous transporter tous. Wyik le sait certainement. »

Il observa la silhouette sèche et nerveuse du commandant qui marchait devant lui. « Sait-il quelque chose que nous ignorons ? » se demanda-t-il.

Le soleil allait bientôt disparaître à l'horizon lorsque, enfin, la masse du vaisseau se dressa devant eux; les premières étoiles étaient déjà apparues dans le ciel. Il commençait à faire très froid. Ils allaient devoir arracher des broussailles pour allumer un feu; le bois était humide et ne prendrait probablement pas bien...

– De retour chez nous ! chantonna Nlesine d'un air sinistre.

L'astronef semblait glacé, comme une tombe qui les attendrait pour les engloutir à jamais.

A cet instant précis, comme Wyik se préparait à ouvrir le sas, un cri aigu creva l'air gelé.

L'herbe roussie autour d'eux vomit soudain de sombres silhouettes.

Arvon ressentit une brûlure à l'épaule. Il tourna la tête et, abasourdi, constata qu'une flèche était plantée dans son bras gauche. Un liquide chaud, rouge, s'égouttait le long de ce bras, et il se rendit compte avec un choc qu'il s'agissait de sang, de son propre sang.

Un indigène s'écroula dans un râle, un trait planté dans la gorge.

Wyik manœuvra frénétiquement l'ouverture du sas et se précipita sur le seuil. Puis il pivota, dégaina son paralyseur et hurla :

– Couchez-vous ! Bon sang, Arvon, à plat ventre !

Arvon découvrit stupidement qu'il se tenait toujours droit debout, comme paralysé. Il plongea au sol, grimaça de douleur lorsque la flèche logée dans son épaule se brisa. Comme dans un rêve, il tâtonna à la recherche de son arme et chercha sur quoi tirer.

Il n'y avait rien. Il ne voyait que de l'herbe. Il frissonna. Si quelqu'un savait où il se trouvait, c'était sans espoir car l'herbe ne le dissimulait pratiquement pas. Il agrippa son pistolet et essaya de regarder partout à la fois.

Il n'entendit pas un bruit mais, soudain, une silhouette bondit sur lui, une lame de pierre dirigée vers sa poitrine. Arvon, d'un mouvement brusque, s'écarta de la trajectoire et accrocha la détente de son pistolet. Il distingua le chuintement caractéristique de l'arme, puis un corps s'écrasa contre son visage.

Il se débattit avec l'énergie du désespoir, puis stoppa net lorsqu'il s'aperçut qu'il luttait contre un poids mort. Il resta étendu, sans bouger, n'osant qu'à peine respirer, écoutant le bruit de son propre sang qui gouttait. Le corps de son assaillant était lourd et il sentait mauvais.

Des cris parvenaient jusqu'à lui, accompagnés de hurlements d'agonie. « Je ne peux pas rester ici, pensa-t-il. Ils ont peut-être besoin de moi. Mais si je lève la tête... »

Arvon rampa sur le sol, ignorant les élancements de douleur provoqués par la pointe de la flèche toujours logée dans son épaule. Il empoigna le corps de l'homme paralysé puis, avec précaution, il le souleva; la tête apparut au-dessus de l'herbe...

Splash!

Une lance s'enfonça dans le visage offert, et Arvon poussa un hurlement de terreur lorsqu'une matière visqueuse et chaude lui éclaboussa la figure. Il lâcha le corps qui retomba sur lui, puis il se dégagea.

« Hé, un instant », réfléchit-il. Ce devait être un de leurs amis qui avait lancé ce javelot, ce qui signifiait...

— Arrêtez! s'écria-t-il.

Il n'alla pas plus loin. L'indigène ne pouvait pas le comprendre! Il frémit, puis hurla à nouveau, plus fort :

— Nlesine!

— Oui! lui répondit la voix de Nlesine. Reste allongé! Ne bouge pas!

Arvon s'exécuta.

Les bruits rauques des convulsions du combat s'évanouirent. Des voix aux intonations amicales occupaient maintenant la scène. Arvon leva la tête, jeta un rapide regard tout autour de lui, puis se remit sur ses pieds. Somme toute, il se sentait assez bien. Tout s'était passé si vite qu'il n'avait pas eu le temps d'avoir peur.

Mais son aspect était effrayant. Son épaule blessée était déjà recouverte d'une croûte noire, et il ruisselait du sang de l'indigène mort qui gisait à côté de lui.

Kolraq se précipita vers lui et l'entoura de son bras pour le soutenir.

– Je vais bien, le rassura Arvon. Mieux que j'en ai l'air, du moins. Personne de touché ? Qu'est-il arrivé ? Où sont-ils passés ?

Le prêtre sourit.

– Ta curiosité, elle, est intacte. L'un de nos amis – il s'appelait Nanyavik – est mort. Wyik a été blessé à la jambe, mais rien de grave. Deux des autres ont été tués.

– Qui étaient-ils ? Que voulaient-ils ?

Kolraq haussa les épaules :

– J'ai cru comprendre qu'il y avait, dans cette région, de nombreuses escarmouches, entre les différentes tribus – c'est comme cela qu'un homme acquiert du prestige auprès des siens. Nos amis, apparemment, n'ont pas été les seuls à voir atterrir notre vaisseau.

Arvon sentait la pointe de la flèche frotter contre un os de son épaule.

– Une bonne partie de plaisir, c'est bien ça ?

Kolraq détourna le regard, l'air triste :

– A leurs yeux, Arvon, c'est quelque chose comme ça. Ce sont des hommes, après tout. Et nos propres ancêtres, sur Lortas, ont agi de même, avec aussi peu de raison, il y a quelques milliers d'années. Le problème est de savoir si les hommes peuvent s'arrêter quand il le faut.

— Pourras-tu m'enlever cette pierre de l'épaule ?

— Oui, sans difficulté, je crois. Une toute petite dose de paralysant, enlever la pointe avec un couteau, puis te recoudre. Ça restera raide quelque temps, mais je ne pense pas que la flèche ait touché un nerf.

Ils se dirigèrent vers le vaisseau. Il faisait nuit à présent, mais les indigènes avaient allumé un feu et il y avait déjà une faible lueur artificielle émanant de l'astronef.

Il faisait froid, et Arvon frissonna.

— Je suis content que tu viennes avec nous, Kolraq, lui assura-t-il.

Kolraq eut un petit sourire.

— Je ne viens pas, déclara-t-il.

Arvon lui lança un regard interrogateur, mais le prêtre n'ajouta rien.

On soigna l'épaule d'Arvon et la jambe de Wyik. Puis, ils enterrèrent les morts — trois nouvelles tombes près de la carcasse brisée et silencieuse du vaisseau.

— Cet endroit est maudit, rumina Nlesine. A ce rythme-là, aucun de nous ne finira l'année.

Le jour suivant, un jour sans nuages mais froid, Wyik les réunit pour leur dire ce qu'ils attendaient :

— Vous savez tous que nous ne pouvons pas nous rendre à pied sur cet autre continent que Derryoc nous a montré sur sa carte. Nous ne sommes pas assez aguerris. Les indigènes prétendent que des hommes sont déjà passés sur ce continent, poursuivant le gibier au nord et à l'est, mais jamais en hiver. C'est bien ça, Kolraq ?

Le prêtre hocha affirmativement la tête.

— Je pense, poursuivit le commandant, que plus nous retardons ce voyage, moins nous avons de chances de réussir. Je peux me tromper, mais je le crois fermement. Il n'y a donc qu'une seule façon de l'entreprendre : le module. Je ne sais pas jusqu'où il pourra aller, ni comment il se comportera pris dans un ouragan – il n'a été conçu, comme vous le savez, que pour de brefs survols de reconnaissance. Mon plan est de l'utiliser pour aller aussi loin que possible, en nous posant la nuit chaque fois que nous trouverons un terrain adapté. Le module ne peut pas nous transporter tous, et c'est ainsi. Je pense qu'il peut contenir quatre personnes en toute sécurité, cinq au besoin. Nous essaierons cinq.

Il s'arrêta, étudiant leurs expressions.

– Kolraq et Lajor restent ici, conclut-il.

Nlesine fronça les sourcils.

– Hé, doucement, commandant, fit-il. Tu ne peux pas donner de tels ordres!

Il s'avança vers Wyik, le visage blanc, le souffle court.

– Ce n'est pas à toi de décider qui part et qui reste! lança-t-il d'une voix tremblante.

– Ce n'est pas moi qui ai décidé, répondit lentement Wyik. Ce sont eux.

Kolraq acquiesça :

– J'avais envisagé cette situation dès que Derryoc nous avait fait son exposé. Lorsque nous étions dans le village indigène, j'ai entrepris d'étudier leur langue. Ce n'est pas un sacrifice pour moi, Nlesine. Ces gens sont très proches des choses auxquelles je crois – l'unité de la vie, la communion avec la nature. Je pense parfois que nous autres, hommes civilisés, avons oublié trop de choses. Je veux rester et essayer de les réapprendre.

Il y eut quelques instants de silence.

– Et Lajor? finit par demander Nlesine. Ne me dites pas qu'il est poussé par des sentiments religieux!

Wyik interrogea des yeux le journaliste qui secoua la tête.

– Lajor n'a pas à vous donner ses raisons, fit le commandant. Sa décision lui appartient et, franchement, Nlesine, ça ne te regarde en rien.

Arvon se tourna vers Lajor : négligé, fort en gueule, sans amis. « Comme nous sommes ignorants des voies d'un homme ! s'étonna-t-il. Quelle différence entre parler en plaisantant de rester ici, et le faire réellement, pour toute une vie, avec un seul compagnon de sa propre espèce ! »

– Nous partirons demain si nous avons réussi à assembler le module d'ici là, conclut Wyik. Il faut emballer avec beaucoup de précaution la drogue de long sommeil, ainsi que quelques antiseptiques. En plus de cela, nous aurons besoin de cartes et de capsules nutritives. Nous prendrons nos pistolets. Il n'y a de place pour rien d'autre – le reste sera pour Kolraq, Lajor et la tribu. (Il marqua une pause.) Des questions ?

Il n'y en avait pas.

Ils se mirent au travail.

C'était un jour morne et sombre, avec un tapis de nuages gris obscurcissant l'horizon. Le vent était froid, vif, mais pas trop fort.

Le module étincelant était perché sur le sol à côté de l'épave de l'astronef, tel un étrange vairon sorti d'un œuf couvé par une géante à l'agonie.

Ils serrèrent beaucoup de mains, celles de Kolraq, celles de Lajor et celles des indigènes qui les avaient accueillis en amis. Personne n'avait grand-chose à dire, et les pensées n'étaient guère à l'optimisme. Quelque part, au-dessus d'eux, attendait Lortas, et des milliers d'autres mondes cachés sous un manteau de grisaille. Quelque part, au-dessus d'eux, il y avait... mais quoi ?

Ils s'entassèrent dans le module et scellèrent la porte munie des complexes systèmes de fermeture nécessaires à tout engin aérien. Hafij s'installa aux commandes et Wyik prit place à côté de lui. Les autres se casèrent à l'arrière.

– Tant que personne n'engraissera, tout ira bien ! lança Nlesine.

Les moteurs gémirent, s'étouffèrent tandis que les autochtones contemplaient la scène, muets de stupeur. La turbine rugit, vomit des flammes, puis ronronna. Les pales du rotor fendirent l'air, projetant un cercle argenté contre le mur terne du ciel.

Hafij mit les gaz.

Le module s'éleva, tangua sous l'assaut du vent, mais retrouva son équilibre et prit de l'altitude.

Arvon regarda vers le bas. Il eut le sentiment de se pencher sur le puits profond du temps. Il voyait les indigènes, silhouettes vêtues de peaux se découpant sur le vert de l'herbe, un chien, qui déjà les ignorait, truffe collée au sol, Kolraq et Lajor agitant la main. Plus que des ombres à présent, fantômes figés contre une plaine ondulante, braves, au delà du temps, et à jamais perdus.

Un peu plus tard, même la masse sombre de l'épave du vaisseau disparut à leur vue.

Le module grimpa au-dessus des vents et prit la direction du nord-est. Un monde défilait sous eux, une mosaïque de vert, de brun et de blanc.

Hafij détermina leur route. Le module s'élança, presque avide, vers un espoir qui était au delà de l'espoir, vers un continent inconnu que les hommes, un jour, appelleraient l'Amérique.

15

Le module ressemblait à un insecte fragile attiré vers le soleil. Il bourdonnait au-dessus d'une côte déchiquetée qui longeait une mer d'un bleu glacé. Il était presque seul dans le ciel, accompagné parfois par des oiseaux qui se laissaient rapidement distancer.

Le paysage, sous eux, était d'une sauvage désolation. D'immenses montagnes de glace flottaient sur les eaux, leurs pics dressés resplendissaient au soleil et leurs bases formaient de fantastiques ombres noires sous la surface de l'océan. La grève bordée de rochers était déserte, à l'exception d'oiseaux.

Ils ne virent aucun humain. Aucun navire ne sillonnait la mer. Ils volèrent pendant des jours, et n'aperçurent aucun animal.

C'était la froide planète de la mort, et pire encore, car la mort implique la vie, et il était difficile d'imaginer la vie parmi ces rocs désolés ou dans les profondeurs de cette mer glacée.

Ils parlèrent peu. Ils attendaient.

Lorsque le soir projetait sur ce monde ses ombres étirées, ils posaient le module dans une anse abritée et essayaient de dormir. Mais le bois rejeté par les flots ne faisait que de maigres feux, et le froid mordait leurs mains et leurs pieds. Il n'y avait pas assez de place dans le module pour y dormir.

Ils mangèrent de la nourriture synthétique, du moins lorsqu'ils mangeaient.

La côte s'incurva vers l'est, vers une langue de terre aride léchée par les vagues...

Là.

Un immense continent s'arrêtait, un autre commençait. Entre eux, il n'y avait qu'un étroit goulet de hauts-fonds – ils pouvaient apercevoir les rochers qui jonchaient le sol marin. On aurait dit qu'il s'agissait de la même masse continentale qu'un géant humoriste se serait amusé à séparer en déversant quelques seaux d'eau.

L'étendue d'eau avait peut-être cent kilomètres de large et était parsemée de petites îles désertes. Ce n'était pas une barrière infranchissable, et il viendrait certainement un temps où les hommes pourraient passer d'un continent à l'autre sur un pont de glace.

Le module projetait son ombre sur les flots, passant ainsi de la Sibérie à l'Alaska par le détroit de Béring, de l'Ancien Monde vers le Nouveau.

Le module effectua un virage et mit le cap au sud.

Il y avait beaucoup de neige, mais ce n'était pas une région glaciaire. En fait, cela ressemblait beaucoup à l'endroit où ils s'étaient écrasés : de la toundra avec de larges ceintures de collines de terres noires, couvertes d'herbes et de vigoureux buissons.

Ils découvrirent autre chose : la chaîne de montagnes suivait un axe nord-sud, ce qui signifiait qu'elle ne constituait pas un obstacle aux voyages par terre, le long de ses flancs.

– Une drôle d'impression, fit Tsriga, regardant pardessus l'épaule d'Arvon.

– Quoi ? demanda ce dernier, bien qu'il sût à quoi le jeune homme faisait allusion.

Tsriga répondit avec un geste vague :

– Tout cela, en bas. Si Derryoc ne s'est pas trompé, cette partie du monde est pratiquement vierge d'êtres humains. Tu te rends compte : des millions de kilomètres carrés qui ignorent encore l'homme !

– Ouais, intervint Nlesine. On peut les appeler des kilomètres carrés heureux.

Tsriga ignora cette remarque et continua :

— Je veux dire que nous sommes là, survolant la route qu'un jour des hommes emprunteront, ou que, peut-être, ils empruntent déjà. Je me demande qui ils sont, à quoi ils ressemblent. Arvon, tu crois que nous en apercevrons ?

Arvon, en dépit de lui-même, ressentit une vive émotion. Les yeux de la jeunesse étaient plus perçants que les siens, et ils voyaient plus loin.

— Je ne sais pas, Tsriga. Peut-être. Mais je pense que l'homme est encore un animal assez rare dans ce coin. Il faudrait de la chance pour en rencontrer.

— J'ai horreur de passer pour un cynique, fit soudain Nlesine. Mais qu'y a-t-il là-bas, près de ce lac ? Là, sur ta droite.

Le module, bourdonnant, se dirigeait vers un lac gelé. Il y avait beaucoup de nuages et il était difficile de bien voir, mais on apercevait indiscutablement des silhouettes sombres parmi les herbes, et elles semblaient être disposées selon un schéma établi. Elles étaient réunies en cercle, et plusieurs d'entre elles s'étaient détachées pour former une ligne, comme pour se préparer au combat.

— Wyik !

— Je les ai vues. Hafij, peux-tu t'approcher un peu ?

Le module perdit de l'altitude et rasa la surface du lac.

La scène leur apparut clairement. Ce n'étaient pas des hommes, mais des quadrupèdes à poils rudes, aux têtes ornées de cornes. Les bêtes formaient un cercle, les petits à l'intérieur, tandis que les mâles, têtes baissées, frappaient le sol humide de leurs sabots.

Une bande d'animaux, plus petits, hurlaient leur impuissance. Ils ressemblaient au chien-loup qu'Arvon et ses compagnons avait vu chez les indigènes.

Très peu d'animaux remarquèrent l'étrange insecte

argenté qui bourdonnait au-dessus d'eux. Ils se concentraient sur leurs propres occupations.

Tsriga prit une photo, ce qu'il n'avait cessé de faire depuis l'accident. Le développement se faisait instantanément, et le jeune homme sourit à la vue de l'épreuve, puis il la montra aux autres.

Le module remonta en flèche dans les cieux. Le petit lac et les animaux disparurent, remplacés bientôt par d'autres lacs et d'autres animaux.

Un vaste panorama défilait sous eux, un monde d'eau, de terre et d'herbe. Le ciel était pur, d'un bleu limpide, accueillant un soleil d'or. Le paysage était un patchwork de bruns, de noirs et de verts, sillonné de fils argentés et moucheté de taches azurées qui réfléchissaient le ciel.

Ils suivaient, vers le sud, une piste herbeuse. Quels animaux avaient bien pu emprunter cette piste avant eux, et quels animaux l'emprunteraient-ils dans les siècles à venir ?

La nuit tomba rapidement, et ils durent se poser.

Le module toucha la terre tendre. Les pales du rotor ralentirent, s'arrêtèrent.

Ils descendirent.

Le silence.

Puis des bruits : ceux de la vie dans une nature sauvage, ceux d'un monde que l'homme n'avait pas encore souillé. L'eau cascadant sur les rochers, le rugissement d'un animal invisible, le vent froid, tonifiant, qui soufflait, venant de loin, de très loin...

La nuit était présente, mais il y avait une lune.

Arvon étira ses membres engourdis et sentit déferler en lui une joie profonde, irraisonnée.

— Au diable ! s'écria-t-il. Je vais pêcher.

Un silence, puis :

— Je vais avec toi !

C'était Nelsine.

Ils prirent des lignes, une espèce de biscuit pour servir d'appât, puis ils s'éloignèrent, côte à côte, s'enfonçant dans les ténèbres adoucies par la pâle lueur de la lune, oubliant le module, s'avançant dans un temps qui pour eux avait cessé d'exister.

Le module fonçait vers le sud, point solitaire dans un ciel veiné de nuages. La configuration du terrain commençait à se modifier.

Les paysages désertiques de la toundra, dont la monotonie n'était brisée que par quelques lacs et des lignes d'arbres s'élevant le long des vallées creusées par les cours d'eau, faisaient place à une forêt de majestueux conifères. Le module survolait un océan de verdure, qui semblait les inviter à s'étendre sous son ombre fraîche, sur ses bancs de mousse humide.

C'était un paradis pour chasseurs, regorgeant de gibier : caribous, daims, échassiers. Près d'un étang on aurait même pu entendre le bruit des castors frappant l'eau de leurs queues.

Et surtout, régnait ce silence plein de vie propre aux grands bois, ce calme vibrant qui n'était pas vide, mais fusion de chants d'oiseaux, de murmures de feuillages, et bruits de pas innombrables d'une multitude de pattes agiles...

Ils avaient à présent largement de quoi manger. Ils n'avaient qu'à repérer leurs proies depuis le module, l'abattre d'en haut, et ainsi, s'arrêtant pour la nuit, leur repas du soir les attendait.

Une fois, ils crurent voir un homme dont les yeux sombres les examinait au travers d'un buisson. Lorsqu'ils s'approchèrent, il avait disparu, ne laissant pas la moindre trace derrière lui.

Une autre fois, ils aperçurent des volutes de fumée qui s'élevaient dans l'air mais, lorsqu'ils atteignirent le feu, le silence seul les accueillit.

Ils continuèrent leur progression vers le sud, et le paysage, à nouveau, se modifia. De hautes plaines déferlaient des contreforts de la montagne, des plaines étouffant d'herbe et de fleurs qui ondulaient comme une mer immense.

Ils virent des animaux à profusion : de lourds éléphants, quelques chevaux sauvages, de fantastiques troupeaux d'énormes bisons qui noircissaient les plaines sur des kilomètres.

Et ils virent des hommes, petites silhouettes sombres qui chassaient en bandes comme les loups, traquant les troupeaux, lances dressées. Ils survolèrent aussi un campement, vers le soir, un abri grossier en peaux auprès duquel une femme tannait patiemment une dépouille avec un outil de pierre, tandis qu'un enfant l'observait avec solennité.

Arvon les contempla, imprimant à jamais leur image dans son esprit. « Vous là-bas ! pensa-t-il. Vous, chasseurs épuisés, enfants affamés, femmes actives ! Savez-vous que vous avez conquis un monde ? Savez-vous que des hommes comme vous vivront et mourront pendant des siècles, pour être remplacés par des hommes armés de fusils venus de l'autre côté d'océans que vous n'avez pas encore vus ? Savez-vous que vous avez gagné un continent et qu'un jour on vous le prendra ? Mange, chasseur, et ris pendant qu'il en est encore temps ! Demain sera dur, et une longue nuit rampe vers vous, jaillie des profondeurs marines. »

Le module sillonnait le ciel, au-dessus des étendues d'herbe. Les plaines s'étiraient toujours dans ce qui serait l'est de l'État du Colorado.

Puis, ils se dirigèrent vers l'ouest, vers les montagnes. Le module sembla planer, tel un aigle cherchant son aire.

Les réserves d'énergie étaient presque épuisées.

Ils se posèrent dans la haute montagne, au bord d'un petit lac glaciaire.

Un voyage se terminait.

La première nuit fut très froide, et les étoiles semblaient lointaines, inamicales. Ils dormirent à l'abri du module d'exploration, car il n'y avait pas d'arbres.

Arvon était allongé sur le dos, les yeux fixés sur les astres brillants. L'air était simple comme le cristal, et il les distinguait parfaitement. Il y en avait une bleue, puis une rouge, et une autre encore qui paraissait palpiter.

Il avait passé la plus grande partie de sa vie, comme les autres hommes, à considérer tout pour acquis. Même cette quête à travers l'espace n'avait touché son âme d'aucune crainte. Et pourtant comme la vie, toute vie, était étrange ! Ce manteau d'étoiles, ces diamants resplendissant dans une mer noire, glacée. Il avait vogué sur cette mer, et il savait que ces étoiles étaient des soleils majestueux, et qu'autour de nombre d'entre eux gravitaient des planètes comme la sienne, ou comme le monde sur lequel il se trouvait. Y avait-il quelque part, perdu dans l'infinité de cet océan, un homme qui, comme lui, contemplait une étoile brillant dans un ciel nocturne ?

« Bonjour, ami ! Que la chance soit avec toi ! »

Longtemps, il écouta les bruits de la nuit, les bruits d'une planète étrangère, loin de sa patrie.

Il était très tard lorsqu'il s'endormit.

Au matin, lorsque le soleil apparut au-dessus des montagnes, ils explorèrent les environs, à la recherche d'un emplacement bien caché, approprié au long sommeil à venir. Ils suivirent le cours du torrent qui abreuvait le lac jusqu'à atteindre une imposante forêt de pins et de trembles, mais ne trouvèrent pas ce qu'ils cherchaient.

Ils n'étaient pas pressés. Le fait est qu'inconsciemment, ils accueillaient avec joie la possibilité de reculer le moment où il leur faudrait recevoir l'injection de drogue. Ils pêchèrent, paressèrent au soleil, s'imprégnèrent d'air pur, essayant de ne pas imaginer la planète morte que cela serait peut-être plus tard...

Mais ils continuaient à chercher.

Ce fut Arvon qui, le premier, tomba sur l'abri rocheux. Il avait suivi un petit bras du torrent, et la tache sombre creusée à flanc de rocher se détachait avec tant de netteté qu'elle n'aurait pu lui échapper. Il se glissa à l'intérieur, et fut ravi de constater qu'il y avait une étroite ouverture au fond de l'anfractuosité.

Il revint en hâte vers le module pour prendre une lampe, puis Nlesine et lui repartirent pour un examen plus approfondi.

La grotte n'offrait rien de particulier, c'était simplement un trou foré dans la paroi rocheuse de la montagne. Un petit filet d'eau ruisselait à l'intérieur, et l'endroit était humide, inhospitalier.

Le sol était jonché d'os blanchis; un animal avait dû ramper à l'intérieur pour y mourir. Ou bien avait-il été tué par quelque chose qui vivait dans la grotte, quelque chose qui allait revenir ?

— Je crois que nous avons trouvé, fit Arvon. Sa voix résonna dans le silence.

— Adorable ! s'écria Nlesine. Une chambre à coucher de granit, avec eau courante. Juste ce dont j'ai toujours rêvé. Tu connais beaucoup d'histoires, Arvon ?

— Oui, mais elles ne sont pas pour les enfants.

— Merci infiniment.

Ils appelèrent les autres, et ce ne fut plus qu'une simple question de deux semaines de dur labeur.

Ils débarrassèrent la voûte de toutes ses saillies pour se protéger des tremblements de terre. Pour la même raison, avec des outils venant du module, ils creusèrent des niches dans le mur du fond.

Ils disposèrent les lampes, qui pouvaient durer presque éternellement, tout autour de la caverne.

Ils se servirent de l'agent de préservation que tout vaisseau transporte avec lui pour l'appliquer sur ce dont ils pensaient avoir besoin : vêtements, armes, notes diverses.

Ils montèrent une porte qui les isolerait du monde extérieur, utilisant pour cela le système d'ouverture compliqué du module d'exploration.

Puis ils passèrent deux jours dehors, à faire des choses qui n'étaient pas strictement nécessaires. Aucun d'eux n'était particulièrement pressé de se glisser dans son lit de pierre pour y dormir pendant que se disperserait le nuage des siècles...

Mais ils finirent par ne plus trouver d'excuses.

Ils pénétrèrent à l'intérieur de la grotte.

La dernière chose que vit Arvon fut le module argenté qui les avait transportés si loin. Il était à présent devant la caverne, le rotor immobilisé, l'habitacle vide.

Lorsque la porte à nouveau s'ouvrirait, il ne serait plus que poussière.

La porte se ferma.

Les hommes se préparèrent pour le long sommeil.

Wyik stérilisa la seringue, puis il ouvrit le container autoréfrigérant qui conservait le produit à une température proche du zéro absolu. Il remplit la seringue.

– Je vais utiliser la totalité, fit-il. Nous irons aussi loin que possible.

– Loin ? Combien de temps ?

La voix était celle de Tsriga.

– Environ quinze mille ans, répondit Wyik d'un ton détaché.

« Quinze mille ans ! »

— Fais vite ! s'écria Arvon. Je ne veux pas y penser. « Je ne veux pas penser que personne n'a jamais dû dormir aussi longtemps pour regagner Lortas, penser que ce monde ne sera peut-être qu'un désert radioactif quand je m'éveillerai, penser que j'ai peur, peur... »

L'aiguille étincelante accomplit sa mission.

Tsriga, d'abord, ses grands yeux effrayés, qui se refermaient, se refermaient, se refermaient...

Puis Hafij, se croisant les doigts pour conjurer le mauvais sort, pensant que personne ne pouvait le voir.

Et Nlesine. Qui ne put s'en empêcher :

— Ça sent le brûlé aux narines de Nlesine.

Et Arvon enfin. Tendu, luttant.

Il vit Wyik s'injecter la drogue. Il restait encore une goutte ou deux dans le container, mais pas assez pour en faire quoi que ce soit, pas assez pour les faire dormir même cinq ans. Il vit Wyik sourire amèrement, refermer le container désormais inutile, le poser sur le sol où, lui aussi, il se fit de plus en plus froid, se réfrigérant vers le zéro absolu...

Arvon voulut crier, mais c'était trop tard.

16

Le feu qui avait été sans cesse alimenté n'était plus maintenant qu'un tas de braises incandescentes. Les parois rocheuses oppressantes, étouffant les sons, réussissaient malgré tout à créer une atmosphère de confort douillet en dépit de la nudité de la grotte.

Ils étaient à présent tous éveillés, entourant Weston Chase, l'examinant avec attention.

Les niches dans le mur étaient vides.

Le médecin secoua la tête, réajusta ses lunettes puis déclara :

– Mon Dieu, Arvon, je n'ai encore rien entendu de pareil !

– Mais c'est la vérité ! répliqua Arvon.

– Je le sais. Et c'est ce qui ne facilite pas les choses.

Wes se sentait en état de choc, sans possibilité de réagir. Il n'était pas aisé d'accepter que ses sentiments, ses croyances, la structure même de son univers soient d'un seul coup bouleversés, balayés. Plus rien ne serait jamais comme avant.

Pour Wes Chase, le temps de la terreur était passé.

Il était au bord des larmes.

– Je crois comprendre, dit-il à Arvon – et aussi aux autres, bien qu'ils ne puissent pas parler dans sa langue. C'est... c'est incroyable.

Arvon fronça les sourcils.

– Vous ne me croyez pas ? Vous pensez...

– Non, non. Pas du tout. (Wes agita désespérément les mains.) C'est simplement... renversant. Pas seulement toute votre histoire, mais aussi vos propres personnalités. Vous avez changé, chacun de vous.

Comment pourrait-il le leur faire comprendre ? Comment pourrait-il les amener à voir ce qu'il voyait lui, avec ses yeux neufs ?

Ils étaient tous tellement différents de ce qu'ils avaient semblé être. Il savait ce que c'était. A sa première année d'étude à l'université de Cincinnati, il ne connaissait pratiquement personne. Pendant les premiers cours, il avait regardé autour de lui, et n'avait vu que des étrangers, froids, distants, effrayants. Et, des années plus tard, lorsqu'il partit pour devenir interne à l'hôpital du Christ, il arrivait à peine à se souvenir de cette impression des premiers jours. Ils étaient tous devenus ses amis, ou du moins des connaissances. Il avait étudié avec eux, avait monté des squelettes avec eux, s'était saoulé avec eux. Ce n'était plus une mer de visages hostiles, mais Bill, Sam, Mikowta, Holden. Il les connaissait, il appartenait au même monde qu'eux.

Et là, dans cette étrange caverne des montagnes du Colorado, il avait le même sentiment.

Cette silhouette livide jaillie de l'Enfer qui l'avait terrifié, cette nuit-là, il y avait si longtemps, n'était qu'Arvon, un homme d'une culture différente, mais un homme qu'il comprenait. Et, en y réfléchissant, il connaissait Arvon mieux qu'il n'avait jamais connu personne à Los Angeles, même quelqu'un qu'il voyait quotidiennement. Dans le fond, il aimait bien Arvon.

Et les autres? Ceux qui s'étaient éveillés pendant qu'Arvon parlait, ceux qui s'étaient jetés sur la nourriture qu'Arvon avait préparée, ceux qui l'avaient regardé avec une telle curiosité, avec ces étranges expressions faites d'espoir, de peur et d'abattement?

Il n'y avait pas eu besoin de présentations.

Cet homme qui le contemplait avec ce demi-sourire faussement sarcastique? Nlesine, bien entendu. Il avait encore moins de cheveux que Wes se l'était imaginé, et était également plus mince. Il avait dû maigrir depuis l'accident de l'astronef, conclut le médecin. Mon Dieu, c'était il y a quinze mille ans! Il remarqua les yeux de Nlesine : verts, perçants, avec une petite trace de chaleur humaine cachée au fond.

Et ce type décharné, avec ces étranges yeux noirs? C'était certainement Hafij, l'astronavigateur. Oui, il comprenait ce qu'Arvon avait voulu dire au sujet de cet homme. Hafij avait l'air d'un animal en cage; il n'appartenait ni à la terre, ni à la mer, ni aux cieux bleus et amicaux. Son cœur était resté dans les profondeurs parsemées d'étoiles, son foyer était l'acier et les ténèbres. Wes éprouva pour lui une forte antipathie, teintée d'admiration.

Tsriga. Wes sourit intérieurement. Tsriga était vraiment très jeune, presque un enfant encore. Ses vêtements étaient imperceptiblement plus colorés que ceux de ses compagnons. Il était grand, dégingandé et, probablement à cet instant, encore plus nerveux que Wes. Le médecin ressentit une pointe de regret – Tsriga ressemblait trop au fils qu'il aurait voulu avoir et qu'il n'avait jamais eu.

Et le commandant. Il n'était pas possible de l'ignorer. Wyik dominait tous les hommes présents dans la grotte, sans même avoir prononcé le moindre mot. Il arpentait le sol à courtes et nerveuses enjambées. Il rappelait à Wes un boxeur sur le ring, attendant que son adversaire se lève de son coin. Il était tendu, ramassé, dangereux. Il donnait plus qu'une impression de vie : il respirait l'énergie brute. Il ne sourit pas une seule fois. Petit ? Oui, mais on ne le remarquait pas. L'impression qui se dégageait de Wyik était une impression de dureté, celle du granit, de celle qui ne fléchit jamais. Il y avait un mystère chez cet homme : il le portait en lui, qui dégageait une aura. Le commandant était fiévreux, tendu, sans cesse en conflit avec lui-même. Wes l'étudia et pensa : « Prends garde à toi, Wes. Cet homme pourrait te tuer dans la seconde qui suit s'il le croyait nécessaire. »

Le médecin sortit une cigarette et l'alluma, observé par cinq visages. La fumée avait dans sa bouche un goût de tabac froid.

Comment pourrait-il le leur dire ? Il avait voyagé avec eux dans les étoiles, avait bandé ses muscles lorsque le vaisseau s'était écrasé, avait ri pendant la fête dans la hutte tendue de peaux de bêtes, avait contemplé avec eux le paysage de verdure, inconnu, sous les pales du rotor...

Cela avait été une odyssée défiant l'imagination, une odyssée qui s'était déroulée hors du temps, hors de l'espace, pour aboutir ici, dans une caverne du Colorado.

Pour aboutir à l'échec.

Il les regarda. Étrangers ? Combien ce mot pouvait à présent sembler stupide ! Rien que l'on comprenait ne pouvait être étranger. Il en venait presque à souhaiter ne les avoir jamais rencontrés, n'avoir jamais partagé leurs aventures.

Wes ne pouvait pas dissimuler la tristesse qui habitait ses yeux.

— Arvon, fit-il lentement. Je dois vous dire quelque chose sans plus attendre. Ce n'est pas facile à exprimer, mais vous devez me croire : Arvon, vous avez fait tout cela en vain.

Arvon le fixa, sans comprendre.

— Nous n'avons pas encore atteint le stade des voyages dans l'espace, expliqua Wes, s'en voulant presque des mots qu'il prononçait. Je ne sais pas si nous finirons ou non par nous faire sauter, et je ne prendrais pas de paris à ce sujet, mais une chose est sûre : nous n'avons pas d'astronefs. Arvon, vous, vous tous, êtes coincés ici. C'était un voyage sans retour.

Arvon se redressa lentement. Abasourdi, il secoua la tête. Il s'adressa à ses compagnons dans sa langue.

Il y eut un long instant de silence tendu.

— Venir si loin, finit par murmurer Arvon. Prendre un tel risque, se réveiller pour trouver un monde encore vivant, espérer, puis...

Il s'interrompit.

Wes sentit des frissons glacés parcourir sa peau.

Wyik s'avançait vers lui et, dans ses yeux, se lisait un verdict de mort.

Wes recula, les poings serrés. Il savait reconnaître le désespoir total lorsqu'il se manifestait, et il n'avait pas l'intention de se laisser froidement assassiner sans se défendre. Quelque chose avait craqué chez Wyik, et le commandant tuerait aveuglément s'il en avait l'occasion...

Nlesine fit un pas en avant et empoigna le bras de Wyik. Le commandant se dégagea d'un mouvement brusque, mais Arvon lui bloqua le passage.

Les deux hommes échangèrent quelques brèves paroles.

Wyik se calma et la lueur de folie disparut de ses yeux. Il secoua la tête, dégoûté de son comportement, puis tourna son regard vers Wes et réussit à étirer ses lèvres en un petit sourire d'excuse. Wes lui rendit son sourire, sans grand enthousiasme.

— Il est désolé, expliqua Arvon. C'est très dur pour lui... peut-être plus dur que pour le reste d'entre nous.

Wyik dit quelque chose à Arvon sur un ton ferme.

— Êtes-vous sûr de ce que vous avez affirmé? demanda Arvon à Wes. Je ne pense pas que vous me mentiriez... Mais, êtes-vous *tout à fait* sûr ?

Wes essaya de se détendre, mais la tension résultant de son emprisonnement dans cette caverne commençait à affecter son système nerveux. Il répondit avec une colère mal déguisée :

— Vous êtes allé dans cette ville au pied de la montagne. Vous avez regardé autour de vous. Est-ce que Lake City ressemble à un astroport ?

— Ça ne veut rien dire. Il y a sur Lortas des villages semblables, endormis, reculés, presque oubliés. Je suis persuadé que dans vos grandes villes...

Wes s'assit, surveillant du coin de l'œil Wyik qui allait et venait avec irritation.

— Nous n'en sommes pas loin, admit le médecin. Mais c'est encore trop tôt. Nous avons utilisé la bombe atomique au cours d'une guerre... oh, c'était il y a plus de dix ans.

Il surprit l'expression qui se lisait dans les yeux d'Arvon et son visage s'empourpra.

– Nous avons étudié le problème des fusées, reprit-il. Des missiles téléguidés, des trucs comme ça. (Il rougit à nouveau.) Nous avons annoncé des plans pour la mise en orbite d'un satellite artificiel, un tout petit que nous allons envoyer dans l'espace, s'empressa-t-il d'ajouter. Vous pouvez l'appeler un astronef si vous le voulez, mais je doute qu'il puisse vous ramener chez vous (1).

Arvon traduisit aux autres les paroles de Wes. Une conversation animée s'ensuivit. Wes remarqua le sourire crispé de Nlesine. Si ça avait senti le brûlé aux narines de Nlesine, ses sombres prédictions s'étaient indiscutablement vérifiées dans le temps.

– Mais ces fusées, insista Arvon. Elles fonctionnent comment ? Aux carburants liquides ? Solides ? Ou quoi ?

Wes haussa les épaules :

– Je suis médecin, pas cadet de l'espace.

Le visage d'Arvon refléta une totale incompréhension. Wes reprit donc :

– Je n'y connais pas grand-chose en fusées. Nous avons des avions à réaction. Je crois qu'ils marchent tous avec des carburants liquides, pas avec des trucs atomiques pour autant que je le sache.

Arvon, abattu, courba la tête.

– Hé, une minute ! s'écria Wes en faisant claquer ses doigts. (Wyik bondit sur ses pieds comme un félin.) Mais nous avons des ingénieurs, des usines, des dessinateurs. Pourquoi ne pas leur expliquer ce que vous voulez, leur montrer comment faire et les amener à vous construire un astronef ? Avec vos connaissances vous devriez pouvoir nous faire gagner toutes les années qu'il nous aurait encore fallu pour fabriquer un vaisseau spatial !

(1) Ce roman a été écrit en 1957, donc très peu de temps avant la mise sur orbite du premier satellite artificiel (4 octobre 1957). *(N.D.T.)*

Arvon éclata de rire. Un rire bref, saccadé, qui ne lui ressemblait pas. Il avança les mains en un geste de désespoir.

– Vous ne comprenez pas le problème, expliqua-t-il. Il m'est difficile de trouver des exemples... non, ce n'est pas le mot approprié. (Il fouilla dans sa mémoire.) Il m'est difficile, reprit-il, de trouver des analogies dans votre propre expérience, mais je peux essayer de deviner en fonction des différents stades par lesquels vous êtes sans doute passés. Vous avez bien des vaisseaux, des grands navires pour voyager sur les mers ?

– Oui. Nous les appelons des transatlantiques.

– Bien. Alors, supposez que vous soyez le commandant d'un transatlantique et que vous vous trouviez soudain, sans bateau, quelques siècles en arrière. Ce serait vers quelle date ?

– Vers 1700, je suppose, répondit Wes.

– Bien, disons 1700. En tant que commandant d'un transatlantique, vous iriez trouver un constructeur de bateaux et lui expliqueriez ce que vous voulez. Vous lui dessineriez peut-être même un plan. Pourrait-il vous fabriquer un transatlantique ?

Wes secoua négativement la tête, commençant à comprendre où Arvon voulait en venir.

– Bien sûr qu'il ne le pourrait pas, continua Arvon. Prenons maintenant un astronef équipé pour la navigation interstellaire. Les difficultés sont multipliées par cent. Un tel vaisseau est construit par des spécialistes disposant d'un savoir spécialisé. Nous ne fabriquons pas plus nos vaisseaux qu'un de vos pilotes fabrique son avion avant de prendre place aux commandes. Wyik était notre commandant, mais il ne peut pas dessiner le moteur atomique qui alimentait le « Bocal ». Hafij était notre navigateur, mais il est incapable de vous donner plus qu'une description générale du fonctionnement d'un champ de distorsion. Si nous avions encore le vaisseau, nous pourrions y amener vos ingénieurs et leur montrer, je dis montrer, un certain nombre de choses. Cela aurait pu être utile. Mais notre vaisseau n'est plus que poussière. Ce que nous savons pourrait faire gagner un peu de temps, éviter quelques impasses, mais rien de plus. Si les informations que vous nous avez données sont exactes, votre peuple est à plus d'un siècle des voyages interstellaires. Les satellites artificiels viendront bien sûr avant, mais cela ne nous sera d'aucun secours. Nous ne vivrons pas encore cent ans, Wes. Surtout après les effets du long sommeil que nous avons dû prendre.

Wes attendit, mais Arvon semblait s'être retiré dans ses pensées.

– La situation n'est pas brillante, finit par dire le médecin.

– Vous parlez presque comme Nlesine, releva Arvon.

A la mention de son nom, Nlesine leva les yeux et s'inclina gravement.

– Mais vous avez raison, poursuivit Arvon. La situation n'est guère brillante, pour nous comme pour vous. Ce monde que vous appelez Terre semble posséder de bonnes chances de survie, et pourrait même atteindre le stade des voyages interplanétaires, comme nous l'avons fait. Mais ensuite, vous savez ce qui se passera.

– Nous visiterons les étoiles, reprit lentement Wes. Et nous trouverons ce que vous avez trouvé. Nous soumettrons ces résultats à nos ordinateurs, et nous serons confrontés au même problème que vous.

– Exactement. Les probabilités pour que vous découvriez Lortas sont pratiquement nulles; ce n'est que par un prodigieux hasard que nous vous avons trouvés, vous. Bien entendu je ne peux pas savoir si la Terre survivra; je ne dispose pas d'assez d'éléments. Qu'en pensez-vous, Wes ?

Le médecin se rappela le journal qu'il avait lu avant de partir à la pêche. Il se rappela les gros titres, les conversations entendues chez des amis, dans des bars, à son bureau.

Il se souvint de Hiroshima. De Nagasaki.

Il se souvint de Hitler. Et des autres.

– Je ne sais pas, Arvon, dit-il. Vraiment, je ne sais pas.

Arvon jeta un coup d'œil autour de lui, sur les parois nues, sur la lueur des lampes sauvées du naufrage. Il restait silencieux, et Wes sut qu'il regardait bien au delà de ces murs de pierre, quelque part au travers des brumes grisâtres du temps...

– Un siècle! s'écria soudain Arvon, envahi par l'ironie de la situation. Dormir quinze mille ans, et échouer pour un siècle!

Il se tourna pour adresser des signes à ses compagnons. Il leur montra les notes qu'il avait prises. Puis il parla longtemps, et Wes surprit quelques mots d'anglais.

Arvon apprenait l'anglais à ses camarades.

Wes ressentit un douloureux élancement au creux de l'estomac. Il se retrouvait soudain plongé dans le présent, et les effets provoqués par l'histoire d'Arvon commençaient à se dissiper.

Bon sang, il était toujours prisonnier dans ce trou!

– Arvon!

L'homme leva les yeux vers lui.

– Vous n'avez pas le droit de me retenir ainsi! Ma femme doit être dans une inquiétude folle.

Arvon hésita avant de répondre.

– Nous faisons ce que nous devons faire, dit-il à contrecœur.

– Ce qui signifie que vous ne voulez pas me laisser partir?

Arvon s'approcha et se planta devant lui :

– Je vous aime bien, Wes. Croyez-moi. Mais, après tout, vous êtes un homme. Nous ne savons rien de vous, si ce n'est ce que vous nous avez raconté. Nous avons couru trop de dangers et nous sommes allés trop loin pour prendre maintenant le moindre risque. Vous pourriez lever une armée contre nous, ou nous exterminer à coups de bombes atomiques, ou encore essayer de nous capturer pour nous mettre en cage comme des bêtes sauvages. C'est déjà arrivé à des hommes de Lortas sur d'autres mondes habités par d'autres humains. Nous n'avons pas encore décidé de ce que nous allons faire de vous, mais je peux vous promettre une chose : nous ne vous tuerons qu'en cas de nécessité absolue.

Il se retourna et se mit à expliquer quelque chose à Wyik.

Wes essaya de dominer la fureur qui l'envahissait. L'arrogance de cet homme ! Lui, Wes Chase, avait cru sans réserve à l'histoire de cet Arvon, aussi fantastique qu'elle ait pu paraître. Et voilà qu'Arvon n'avait pas confiance en lui !

– Allez vous faire foutre ! s'écria-t-il distinctement.

Puis il se força à réfléchir : « Supposons que je sois l'un d'entre eux, menant un impossible combat sur une planète inconnue, et que je surprenne un indigène à rôder autour de ma cachette. Le laisserais-je s'en aller, retourner vers sa tribu pour raconter ce qu'il avait vu ? »

Mais la raison ne lui apportait guère de réconfort. Il se sentait désespérément seul, envahi par une profonde nostalgie.

Il pensa à Jo, la revoyant telle qu'elle était avant leur mariage. Ses longs cheveux soyeux qu'elle rejetait en arrière après un plongeon dans la piscine, ses yeux qui brillaient lorsqu'elle avait un peu trop bu, son rire argentin qu'il n'avait plus entendu depuis si longtemps. Puis leur maison de Beverly Glen : ses larges pierres et ses solives de bois, les géraniums dans le jardin. Les vertes pelouses étincelantes sous la pluie des jets d'eau...

Jo. Il ne pouvait détacher ses pensées d'elle, et toutes n'étaient pas agréables. Mon Dieu, depuis combien de temps était-il ici ? Que pouvait-elle bien penser ? Que faisait-elle en ce moment ? L'aimait-elle toujours ? Profondément ? Est-ce que Norman...

Non. Ne pas penser à ça. Ce n'était pas juste.

Et pourtant.

Sans dire un mot, il enfouit sa tête entre ses mains.

Il sentit avec surprise la barbe qui avait envahi ses joues. Il ferma les yeux, malade de solitude.

Une grande partie de sa vie était déjà derrière lui, et cette vie était loin d'avoir été ce qu'il avait rêvé qu'elle fût.

Et cela, dans un certain sens, faisait bien plus mal que tous les problèmes que les hommes avaient affrontés ou affronteraient jamais.

Il s'endormit. Et il rêva. Et il hurla du fond des ténèbres qui l'habitaient.

17

Les heures, lentement, s'écoulèrent. Puis les jours passèrent.

Arvon travaillait dur à enseigner l'anglais à ses compagnons. L'atmosphère de la grotte était à la plus sombre des mélancolies. De temps à autre Arvon demandait à Wes des précisions sur un mot ou une phrase, et ce dernier coopérait, ou parfois se réfugiait dans le mutisme le plus absolu.

Le médecin passait par des stades où alternaient la

fascination de la situation dans laquelle il se trouvait impliqué et la colère d'être tenu captif. On devait être au moins en octobre, si ce n'était plus tard. Lorsque la porte de la caverne s'ouvrait, des bouffées d'air froid pénétraient à l'intérieur, et Wes reconnaissait l'odeur vive, métallique de la neige.

Il y avait un long chemin à parcourir pour atteindre la ligne d'arbres, et le feu qu'ils économisaient ne suffisait pas à leur donner chaud.

Ils se sentaient malheureux. Tous.

En deux occasions, ils perçurent les déchirantes vibrations d'avions à réaction qui survolaient les montagnes.

Les deux fois, les hommes de Lortas se précipitèrent hors de l'abri pour scruter le ciel. Ils savaient, bien sûr, que les avions allaient plus vite que le son qu'ils émettaient, et réussissaient seulement à apercevoir les ailes en delta.

Pour sa part, Wes se sentait étrangement déplacé, comme s'il était devenu subtilement différent. Il s'examinait, regardant ses vieilles chaussures de tennis, son pantalon déchiré, sa veste supposée imperméable, maculée de taches de rouille. Il avait l'impression que le chapeau gris souris, qu'il avait retrouvé, était encore pire que le reste. Il écoutait le tic-tac de sa montre, jouait avec les trois clés de son porte-clés, tâtait la bosse que faisait son portefeuille dans sa poche.

Souvent il sortait la photographie de son enveloppe de plastique et l'étudiait : Jo !

Elle était debout, vêtue de sa jupe de tweed et de son pull en cachemire beige, le regardant et lui souriant.

Jo.

C'était dur de penser à elle.

Il se penchait à nouveau sur lui-même, s'interrogeant. Était-ce bien le vrai Weston Chase ? Un petit O.R.L. de quartier ? Un type qui aimait aller pêcher avec de vieilles chaussures, coiffé d'un chapeau tout cabossé? Un type qui aimait bien prendre une cuite de temps en temps? Était-ce bien le Wes qu'il avait toujours connu, cet homme qui écoutait parler de voyages interstellaires et de sommeils qui duraient quinze mille ans?

L'isolement des cultures, le destin de l'humanité...

Ces choses ne pouvaient pas faire partie de sa vie à lui!

Les astronefs et les trucs du même genre étaient des sujets dont se gaussaient les gens intelligents, comme des soucoupes volantes. Des trucages à vous donner des frissons au cinéma, à la rigueur, mais qui n'existaient pas dans le monde de la réalité.

Il se mit soudain à trembler, comprenant presque la vie comme la comprenaient les autres hommes de la grotte. Loin, au delà de ces rochers, au delà de l'azur du ciel, il y avait d'autres mondes, d'autres hommes, d'autres larmes et d'autres rires et, pourtant, ils étaient tous semblables, partout.

Mon Dieu, comme il était ignorant! Comme ils l'étaient tous, ici sur la Terre. Ignorants comme des... des...

Provinciaux.

Ils n'étaient que des bouseux, des paysans qui croyaient que la ville était un mythe, que le monde était plat, que le mal n'était qu'un rêve.

Il se secoua. C'était dur de devenir adulte...

Ce qu'il y avait de plus surprenant chez Arvon et Nlesine, Wyik, Hafij et Tsriga – et même chez Kolraq, Seyehi, Lajor et Derryoc –, c'était l'impression de familiarité qu'ils dégageaient. Des étrangers? Il connaissait des hommes comme eux, semblables à eux, et ces hommes, il les avait rencontrés dans l'Ohio, le Colorado ou la Californie. Des Surhommes? Absurde. Ce n'étaient que des hommes, et lui, Wes, les comprenait.

Il essaya de se mettre à leur place. Ils étaient là,

prisonniers de la Terre. Ils étaient là, et après des années et des années de quête, ils avaient peut-être enfin trouvé la seule planète de l'univers qui pût les aider, mais ils étaient venus trop tôt. Le vaisseau qui pourrait les ramener sur leur monde, et peut-être faire encore beaucoup plus que cela, restait encore à construire.

Un vaisseau qui pourrait rapprocher les deux grandes civilisations, qui pourrait fertiliser les deux grandes cultures, leur permettre d'avancer encore, de donner naissance à un nouveau monde de vie, à de nouvelles façons de penser qui pourraient propulser les humanités, loin. Jusqu'où ?

Mais un vaisseau qui n'existait pas.

Il savait ce que pensaient les hommes de Lortas; la même chose qu'il penserait, lui, si les rôles étaient inversés.

« Supposons qu'il mente? Qu'il soit comme trop d'hommes que nous avons rencontrés ? Qu'il nous trompe, essayant de nous endormir par de bonnes paroles ? Et si son peuple avait conquis les étoiles et qu'il ne veuille pas que nous le sachions ? »

Ou encore, plus gentiment : « Il pense peut-être bien faire, mais ne possède pas tous les éléments. Ce n'est qu'un médecin, et on ne lui dit peut-être pas tout. Il peut y avoir des raisons politiques qui empêchent les citoyens d'être tenus au courant de ce qui se passe. Une guerre qui se prépare... »

Pures hypothèses, bien entendu. Mais sur quoi d'autre pouvaient-ils se baser ?

Lorsque le moment fut venu, Wyik s'attaqua à lui.

— Votre maison, Wes, où se trouve-t-elle ? demanda-t-il.

Son ton était doux, admirablement contrôlé, mais avec, en filigrane, une rudesse qu'il ne parvenait pas à entièrement dissimuler.

– Dans une ville appelée Los Angeles – c'est de l'espagnol, pas de l'anglais – qui est située dans une zone dénommée Californie.

– C'est loin d'ici ?

– Des centaines de kilomètres. Trop pour s'y rendre à pied.

– C'est une grande ville ?

– Oui. L'une des plus importantes.

– Il y a donc beaucoup de choses là-bas, Wes ? Des usines, des techniciens, des savants ?

– Oui, bien sûr. Et aussi Marilyn Monroe.

– Marylin Monroe ?

– C'est une espèce de déesse qui vit à Hollywood, un quartier de Los Angeles où l'on fabrique des rêves à partir de celluloïd.

– Ce serait une personne importante à voir ?

– Ça en vaudrait sans aucun doute la peine. Elle vous ferait oublier tous vos soucis.

Wyik fronça les sourcils, puis reprit d'une voix hésitante :

– Wes, nous avons besoin de votre aide. Je sais que nous n'avons pas le droit de vous demander quoi que ce soit après vous avoir gardé si longtemps prisonnier, mais nous – du moins certains d'entre nous – devons nous rendre dans votre ville. Pourriez-vous nous y conduire sans attirer l'attention ? Nous voudrions vous faire confiance. (Il sourit.) Mais, bien entendu, nous ne le pouvons pas.

Wes tressaillit et son visage s'empourpra.

« Tu tiens ta chance ! pensa-t-il. Tu vas pouvoir t'en sortir. Tu vas rentrer chez toi ! »

– Ce ne sera pas facile, se contenta-t-il de dire.

– Je m'en doute. Nous en avons longuement discuté. Il nous semble que la première exigence soit l'argent. Pouvez-vous en obtenir ?

Wes acquiesça.

— Sans communiquer avec qui que ce soit en dehors de notre présence?

Wes hésita. Ce point soulevait effectivement quelques problèmes.

— Réfléchissez-y, conclut Wyik. Vous avez jusqu'à demain matin. Et soyez prudent, Wes. Ne commettez pas quelque stupide erreur!

Wes croisa le regard froid et dur du commandant.

— Je ne ferai pas d'erreurs, répliqua-t-il simplement.

Le jour suivant, Wes empruntait l'ouverture circulaire et laissait derrière lui la caverne dénudée avec ses cinq niches creusées dans la paroi, cinq lits de rocher dans lesquels cinq hommes avaient dormi quinze mille ans...

Et devant lui...

La lumière.

Une lumière crue, violente, aveuglante.

Le soleil et la neige, le frisson de l'immensité.

Il était libre. A dire vrai, Arvon et Nlesine l'accompagnaient, et tous deux étaient armés; mais ce monde était le sien, et il le connaissait mieux qu'ils ne le connaîtraient jamais. C'était à lui de retrouver sa liberté quand il le voudrait. S'il le voulait.

S'il le voulait?

« Pauvre idiot! Bien sûr que tu le veux! »

Il se retourna et fit des signes d'adieu en direction de la grotte : à Tsriga essayant d'être courageux; à Hafij; à Wyik retiré et silencieux.

Tous trois répondirent d'un geste.

— Je connais le chemin, dit Arvon. Je marcherai en tête, puis vous me suivrez, Wes. Nlesine fermera la marche. Et... soyez prudents, le sentier est glissant par endroits.

— Voici donc la civilisation, murmura Nlesine.

Son crâne chauve luisait d'une teinte rosâtre sous

l'éclatante lumière du soleil réfléchie par la neige. Il fit quelques pas prudents entre les pierres et conclut :

– Après tout, Kolraq a eu raison.

Le torrent continuait à couler, ses eaux noires cascadant entre les berges enneigées. Au-dessus d'eux dormait le lac glaciaire, probablement figé par le gel, et, quelque part en dessous d'eux, au pied d'une sente invisible, hibernait la ville de Lake City, Colorado.

Ils partirent à vive allure. La couche de neige était mince et poudreuse. Ils durent traverser plusieurs fois le torrent et leurs pieds étaient transis de froid. Wes n'était pas en très bonne condition physique et il haletait dans l'atmosphère raréfiée, mais l'excitation qui l'habitait l'aidait à poursuivre sans qu'il souffrît trop de la fatigue.

Ils atteignirent la ligne d'arbres. Les troncs noirs reposaient dans la neige blanche comme des souches brûlées. Pins, sapins et trembles attendaient patiemment la fin de l'hiver. L'air était froid, mais sentait merveilleusement bon. Les trois hommes, tant qu'ils marchaient, avaient chaud.

Il était tard dans l'après-midi lorsqu'ils arrivèrent dans la vallée, au pied des contreforts. C'était cette même vallée que Wes, il y avait si longtemps, avait vue débordante de vert et d'or. Elle était, maintenant, nue et vide, avec seulement quelques pierres noires et des buissons rabougris qui tachaient la neige. Le cours du torrent s'était creusé et ralenti après ses exubérances des hauteurs, et il glissait comme une coulée de lave sur un terrain presque plat.

Là ! C'était à cet endroit qu'il avait laissé sa voiture. Mais, à présent, aucun signe d'elle. Elle avait certainement été retrouvée vingt-quatre ou quarante-huit heures après sa disparition. Wes supposa que Jo l'avait récupérée – elle avait un jeu de clés dans son sac, se rappela-t-il. Combien de fois avait-il égaré ses clés et avait-il dû téléphoner à Jo pour qu'elle lui apporte les siennes ?

« Téléphoner à Jo. Si seulement... »

Ils étaient à environ trois kilomètres de Lake City, et ils avaient peu de chances de rencontrer quelqu'un, mais ce n'était pas impossible. Quelques centaines de gens vivaient dans le coin tout au long de l'année, et il y avait également les parties de chasse.

– Il vaudrait mieux attendre qu'il fasse nuit, décida Arvon.

Il chercha un rocher, puis s'assit derrière, à l'abri du vent. Wes et Nlesine le rejoignirent.

– J'ai l'impression que je vais mourir de froid, déclara Nlesine. Je pourrais écrire un chouette bouquin sur mes aventures, mais qui les croirait jamais ? Et puis ce vieux Wes est bien trop bourgeois pour faire un traître crédible.

Wes frissonna et fit jouer ses orteils engourdis dans ses chaussures de tennis. Ce ne serait pas drôle de se retrouver avec les pieds gelés, et puis il n'était pas certain de se soucier de la remarque de Nlesine.

– Vous êtes dans le pétrin, les amis, fit-il. Vous êtes, de toute façon, coupables de kidnapping... et la loi prévoit pour cela la peine de mort.

Nlesine leva les sourcils, intéressé mais pas le moins du monde alarmé.

– Vous appliquez encore la peine de mort ? Je ne m'y attendais pas à votre niveau.

– Oui, elle existe toujours, lui assura Wes.

Arvon haussa les épaules :

– Nous n'avons plus rien à perdre. Vous êtes un drôle de type, Wes. Nous parler de ça à un moment pareil. Notre informateur terrien n'est peut-être qu'un psychopathe.

Son sourire adoucit la rudesse de ses paroles.

Wes essaya de ne pas penser; c'était plus facile ainsi.

Le gros problème était, bien sûr, les vêtements. L'étrange accoutrement de Nlesine et d'Arvon ne pourrait guère passer inaperçu, surtout dans une petite ville comme Lake City. Si des gens les voyaient, ils ne manqueraient pas de jaser. Et ensuite, sans même poser de questions, la foule pourrait bien acculer les hommes de Lortas dans un coin, et il pourrait y avoir lutte.

Et dans ce cas, la position de Wes ne serait pas brillante.

Non. Décidément, il ne fallait pas chercher les ennuis tant qu'il était entre leurs mains.

Mais pour trouver des vêtements, il lui fallait de l'argent. Ils pourraient probablement en voler sans beaucoup de difficultés, mais ensuite? Ils seraient recherchés partout, et c'en serait fait de toute idée de discrétion.

– C'est une étrange situation, disserta Nlesine qui pétrissait une boule de neige. Nous sommes ici, sans vouloir de mal à personne et, malgré cela, nous ne pouvons aller voir qui que ce soit pour obtenir de l'aide. Cette culture n'est tout simplement pas prête à entendre notre histoire. Pour eux, les hommes de l'espace, ça n'existe pas. Et même si quelqu'un nous croyait, que pourrait-il faire? Nous serions tous prisonniers des politiques locales ou nationales et passerions le reste de notre vie à essayer de convaincre les experts que nous ne savons pas comment fabriquer un rayon de la mort ou une flotte de croiseurs spatiaux. Ces choses se sont déjà produites dans le passé, Wes.

– Mais vous pourriez malgré tout raconter votre histoire et nous montrer sur une carte stellaire où se trouve Lortas, répliqua Wes. Alors, un jour, peut-être, pourrions-nous aller là-bas.

Arvon éclata de rire :

– Vous voulez suggérer que nous ne sommes pas tout à fait les altruistes désintéressés que nous prétendons être? Vous voulez dire que nous nous préoccupons d'Arvon et de Nlesine aussi bien que de l'avenir de l'humanité?

– Et comment! s'écria Nlesine. Je tiens à rentrer chez moi. Je n'ai aucune envie d'être statufié – j'ai ramené trop de statues provenant de planètes mortes.

– Mais si vous ne pouvez pas retourner...

– Nous ferons tout ce que nous pourrons, le coupa Arvon. Nous n'avons pas encore abandonné tout espoir.

Le soleil descendait dans le ciel et les ombres, sur la neige, s'allongeaient. Le vent, heureusement, tomba, mais il faisait froid, bien en dessous de zéro.

Lorsque les premières étoiles apparurent, ils se levèrent. Leurs membres étaient raides et douloureux et ils piétinèrent dans la neige pour rétablir la circulation de leur sang.

Puis ils prirent la direction de Lake City.

Lorsqu'ils atteignirent la route, ils marchèrent sur les bas-côtés, se cachant derrière les rochers chaque fois que se matérialisait la lueur des phares d'une voiture. Sur leur droite, le Gunnison étincelait au clair de lune.

Lake City leur apparut d'abord comme un amas d'accueillantes lumières jaunes, un îlot de chaleur dans la nuit glacée.

Puis ce furent des bâtiments plongés dans l'obscurité, les maisons de bois, la forme d'une écurie. Des voix, le bruit sourd de pas se hâtant sur les trottoirs. De la musique : le juke-box du *Chuck Wagon,* étouffé par les murs.

Des volutes de fumée, au merveilleux parfum de bois, s'élevaient dans l'air.

Wes serra les poings; ses paumes étaient moites de transpiration. « Dieu, que je suis content d'être de retour », pensa-t-il. Puis il ajouta intérieurement : « Et je crève de frousse. »

Arvon et Nlesine ne le lâchaient pas d'une semelle.

Ils se glissèrent dans l'ombre, entre deux grandes roues de chariot...

– Allons-y doucement, murmura Arvon.

– Oui, approuva Wes avec nervosité. Doucement.

18

Wes réussit à se procurer tout ce qu'il fallait.

Ce fut d'abord la rencontre avec Jim Walls, le sympathique directeur du Pine Motel. Wes n'était pas près d'oublier l'air hébété de Jim à la vue du Dr Chase, véritable épave humaine, en loques, maigre et barbu. Jim l'avait regardé comme s'il était Rip Van Winkle (1) en personne, puis il avait insisté pour lui donner quelque chose à manger et à boire, ce que Wes avait accepté avec gratitude.

Wes descendait dans le motel de Jim depuis des années, et il le connaissait assez pour pouvoir éluder ses questions. Jim avait accepté sans broncher d'encaisser son chèque de cinq cents dollars, persuadé que Wes avait fait une fugue avec une fille quelconque qu'il avait engrossée. Il avait promis de ne pas téléphoner à Jo, et Wes l'avait cru sur parole.

Pendant tout ce temps, il n'avait cessé de sentir peser sur lui le regard de Nlesine qui le guettait par la fenêtre.

Le jour suivant, il avait acheté quelques vêtements passe-partout pour Arvon et Nlesine, puis avait trouvé le propriétaire d'une Ford 1938 prêt à la céder pour trois cents dollars comptant.

(1) Personnage d'un conte de Washington Irving qui dormit pendant vingt ans. *(N.D.T.)*

C'est ainsi que ce 16 novembre, sous un froid soleil brillant dans un ciel bleu, ils suivaient la route sinueuse de la Passe de Slumgullion dans une vieille Ford. Arvon et Nlesine étaient serrés sur la banquette avant à côté de Wes. Le visage des hommes de Lortas était tendu, soucieux.

« J'ai l'impression de vivre un rêve, pensa Wes. Mais ce doit être encore plus extraordinaire pour eux ! Un monde étranger, une époque étrangère au bout de la route. Et Lortas, pas même un point lumineux dans le ciel, qui tournait et tournait vers la mort, dans l'attente d'une visite qui ne viendrait jamais. »

Mais pour lui...

Jo, et son foyer.

Il essaya, mais sans succès, de faire prendre de la vitesse à la voiture. Il dut rester longtemps en seconde. Lake City avait disparu et, de chaque côté de la route, le monde se résumait en une profusion de canyons et de pins saupoudrés de neige.

Ce fut un voyage curieusement sans histoires.

Wes s'installa dans la routine de la conduite, et se surprit même à s'inquiéter parce que la voiture consommait trop d'huile. Il avait néanmoins conscience de se trouver impliqué dans un problème immense qui le dépassait. Un jour, les historiens écriraient peut-être que le destin de la race humaine s'était joué dans cette vieille voiture, et ce pourrait très bien être vrai. Si jamais on en faisait un film, Wes était persuadé que les acteurs qui interpréteraient Arvon, Nlesine et lui-même échangeraient des phrases grandiloquentes sur l'Homme, la Civilisation et les Étoiles. Chaque voiture de police représenterait une terrible menace, et la suspicion pourrait se lire dans les yeux de chaque piéton, de chaque automobiliste qui les croiserait.

En réalité, leur souci majeur fut de trouver de bons

repas. Ils avaient pris la Nationale 66 à Gallup et, bien que les États du Nouveau-Mexique et d'Arizona eussent beaucoup de charme, la nourriture correcte n'en faisait pas partie. Ils durent se contenter de hamburgers graisseux et de litres de café qui avait à peu près le même goût que l'eau distillée de la batterie de la Ford. Ils virent défiler, sans grande fascination, les *Trading Posts* (1) qui avaient poussé comme des champignons dans le désert et où l'on pouvait acheter pour seulement un dollar de véritables tam-tams indiens.

Nlesine se permit de faire remarquer qu'ils traversaient peut-être la partie la plus primitive de la planète et que Wes n'était qu'un sauvage qui n'avait pas encore entendu parler des astronefs et de tout ce qui existait ailleurs dans le vaste monde.

Vêtus de chemises kaki, de jeans et de blousons, Nlesine et Arvon semblaient moins étrangers que jamais. Et, de même que Wes, ils paraissaient surtout vivre dans l'attente de la douche qu'ils pourraient prendre à la fin de la journée.

Il était difficile de se souvenir des forces impersonnelles en lutte dans l'univers qui les entourait, des forces qui concernaient la Terre aussi bien que Lortas, à condition que la Terre ne se fasse pas sauter d'ici là. Le monde du présent, fait de tablettes de chocolat rance, de cigarettes à bout filtre et de boissons non alcoolisées prises dans les stations-service, était bien trop palpable.

Wes s'inquiétait pour l'argent. Il n'était pas riche, et cinq cents dollars allaient creuser un sérieux trou dans ses économies. Comment ces hommes pourraient-ils jamais le rembourser ?

Il rit tout haut.

Cinq cents dollars ! Donnerait-il autant pour sauver sa planète ? Le ferait-il ? Volontairement ?

(1) Comptoirs qui vendent les produits de l'artisanat indien. *(N.D.T.)*

Cinq cents dollars représentaient une grosse somme d'argent.

Il était plus facile de laisser quelqu'un d'autre s'en préoccuper à sa place. Quel avenir lui restait-il?

« Qui sait? pensa-t-il. C'est peut-être pour ça que l'homme est un animal en voie de disparition. »

Ils traversèrent la ville de Needles, marquant la frontière entre les deux États.

– Voici donc la Californie, constata Nlesine, guère impressionné. Ça ressemble à l'Arizona.

– Ne vous en faites pas, ça va changer, lui assura Wes.

Ils continuèrent à rouler.

Los Angeles s'étendait comme une pieuvre, étirant sur des kilomètres, au nord, au sud et à l'est, ses tentacules de snack-bars criards et de voitures puantes. A l'ouest se trouvait le Pacifique, et l'on ne pouvait s'empêcher de penser que là aussi, un jour, s'entasseraient des amas de maisons flottantes et de grands magasins construits en forme de pyramides.

Il n'y avait pas de transition abrupte entre le désert et la ville. La ville se contentait tout simplement de s'approcher, s'approcher encore – Bienvenue aux Vergers Fleuris, la Maison Individuelle de vos rêves – et c'est la ville, immense, de Los Angeles.

A un endroit, la route emprunte une petite colline, et l'on peut voir, en bas, la Vallée qui englobe le cœur de Los Angeles. Voir est bien sûr une façon de parler, car tout ce qu'en fait on distingue, c'est un voile grisâtre de brume, de brouillard et de fumée, cette délicate émanation urbaine que l'on appelle le « smog ».

– Et les gens vivent là sans porter de masque? demanda Nlesine, sincèrement étonné.

– Oui, j'en ai peur. Mais on s'en rend à peine

compte lorsque l'on est dedans. Il faut le voir d'en haut pour véritablement visualiser ce smog.

– Incroyable ! s'exclama Arvon qui sortit son mouchoir et le plaqua sur sa bouche dans un geste qu'il espérait anodin.

Wes conduisait sans vraiment penser à ce qu'il faisait. La circulation était dense, mais rien de comparable à celle d'un dimanche. Il avait conscience de l'admiration manifestée devant ses prouesses par ses deux compagnons qui, de toute évidence, s'attendaient à mourir à tout instant, et il y répondit en manœuvrant avec une désinvolture élaborée.

Il passa par Union Station où ils prirent l'autoroute de Hollywood. Il se faufila dans un flot de véhicules et se laissa glisser sur la voie de droite car sa vieille Ford ne pouvait pas participer à la lutte acharnée à laquelle se livraient les conducteurs sur les voies de gauche. Ils quittèrent le centre de Los Angeles – cette jungle de grisaille tombée en décrépitude lorsque la ville avait dévoré la Vallée, Santa Monica et une myriade d'autres endroits – puis suivirent la meute hurlante en direction de Hollywood.

Dans un laps de temps étonnament bref, il arriva à l'embranchement de Sunset Boulevard et il s'engagea dans la large avenue incurvée vers Westwood. L'atmosphère des lieux avait radicalement changé : à présent tout sentait l'argent.

C'était une journée typique de Los Angeles : fraîche mais pas froide, humide mais pas trop. Le soleil perçait vaguement à travers la brume, et partout où se tournaient les regards, ce n'étaient qu'immenses jardins étouffant sous une luxuriante végétation, parsemés de massifs de fleurs rouge vif. Les maisons, plus ou moins en retrait de l'avenue en fonction de la fortune de leurs propriétaires, prenaient la forme de blancs châteaux espagnols et de ranches imposants.

Des vieilles femmes, installées dans des stands au bord de la route, vendaient des cartes qui indiquaient à l'humain enfantin par le cœur et infantile par l'esprit, où se trouvaient les propriétés appartenant aux vraies vedettes de cinéma, ou du moins leur ayant appartenu la semaine dernière quand la carte actuelle avait été imprimée.

Il y avait plus de voitures qu'ils n'en avaient vu sur la route qui les avait conduits du Colorado en Arizona : luxueuses conduites intérieures noires pilotées par des Retraités, vieux tas de boue appartenant aux très jeunes ou aux très pauvres, voitures neuves étincelantes avec, au volant, de neufs et étincelants Parvenus, petites bagnoles de sport de marques étrangères se faufilant au milieu de la circulation, manifestant un écrasant mépris pour le commun des automobilistes.

C'était là !

Les mains de Wes se serrèrent sur le volant.

Il s'arrêta au feu, au croisement avec Beverly Glen. S'il tournait à droite, en direction de la Vallée, il serait chez lui en moins de cinq minutes.

« Jo. »

– Continuez tout droit, Wes, fit calmement Arvon.

Le feu passa au vert. La mine sombre, Wes resta sur Sunset Boulevard.

– Et maintenant, messieurs ? demanda-t-il d'une voix tendue.

– Le circuit touristique, répondit Nlesine. Calmez-vous, Wes. Dès que nous saurons ce que nous voulons savoir, vous pourrez rentrer chez vous et nous oublier. Je vous en fais la promesse.

Arvon lança un regard aigu en direction de Nlesine, puis sourit légèrement.

– Wyik est-il au courant ? demanda Wes.

Nlesine haussa les épaules et répondit :

– Vous vous serez échappé.

Wes sentit une bouffée de chaleur l'envahir. Son esprit était assailli de sentiments contradictoires. Ces hommes l'avaient gardé prisonnier, et pourtant, bon sang, il était de leur côté.

Le problème, comprit-il soudain, c'est qu'il se trouvait en équilibre entre deux mondes. Il n'était pas membre de la mission qui avait conduit les hommes de Lortas sur la Terre. Et, chose étrange, il ne faisait pas partie non plus de ce monde qui l'entourait, bien qu'il y eût passé toutes les années de sa vie.

Il se sentait étranger, et ce n'était pas très agréable.

Ils passèrent devant le panneau noir et blanc qui indiquait la direction de l'université de Los Angeles. S'il prenait à gauche, il grimperait vers Westwood Village où était son cabinet. Dieu, il ne lui restait probablement plus le moindre client! S'il en franchissait le seuil, miss Hill serait-elle là pour l'accueillir, comme d'habitude?

Il ne quitta pas Sunset Boulevard et dut à nouveau stopper à un feu rouge. Il regarda autour de lui, les voitures, les maisons, les arbres, la foule. Il y avait un journal – le *Mirror News*, pas le *Times* – dans un distributeur automatique de teinte orange. Il parvint à déchiffrer le titre imprimé en gros caractères noirs : LES RUSSES RÉPONDENT : PEUT-ÊTRE. Peut-être quoi? Il distingua même la photo d'une blonde dans le coin gauche. Mariée? Divorcée? Assassinée?

Le feu changea.

Il arriva au sommet de la colline.

Et soudain, la ville autour de lui sembla changer. Les vertes pelouses et les arbres se firent sable, les immeubles s'effondrèrent et ne furent plus que des squelettes d'acier se découpant contre le ciel. Le sable envahissait tout, des herbes drues poussaient sur les trottoirs, le revêtement de la rue se fissurait et des plaques de béton s'enchevêtraient comme de monstrueux dominos.

Le silence. Le vide.

Le vent et le sable.

La mort.

Il savait ce qu'il voyait : le monde de Centaure Quatre décrit par Arvon. Et aussi des centaines d'autres mondes dont il n'avait jamais entendu parler. Des mondes où des hommes avaient vécu, avaient ri, avaient aimé comme ils le faisaient maintenant, insouciants, dans cette ville qui à nouveau l'entourait de ses bruits assourdissants.

Wes frissonna et revint à la réalité. Non. Pas *à* la réalité. *De* la réalité.

Il regarda Arvon et Nlesine assis à côté de lui, et il sut qu'eux aussi voyaient Los Angeles telle que, un jour, elle serait. Eux aussi savaient qu'aujourd'hui ne se jouait que la toute première scène du premier acte de la tragédie de l'humanité.

Mais pourquoi, pourquoi étaient-ils venus trop tôt?

Les propres problèmes de Wes, simple goutte d'eau dans l'océan, s'évanouirent. Il était persuadé que ce monde, cette Terre, survivrait pour maîtriser l'espace. Puis la Terre ne trouverait que mort dans l'univers, et elle se croirait unique. Plus tard, viendraient la stagnation, l'agonie, puis la mort. La Terre ne serait plus qu'un îlot isolé, incapable de trouver ses homologues de Lortas qui pourraient lui insuffler une vie éternelle...

— Tournez ici, fit Arvon d'une voix calme.

Wes sursauta, chercha le clignotant, puis se souvint de la voiture dans laquelle il se trouvait. Il tendit le bras par la vitre et s'engagea dans l'allée qui menait à un luxueux motel, à quelques pas de Sunset Boulevard et à quelques centaines de mètres du Pacifique.

Ils passèrent deux semaines dans ce motel; et Wes ne fut jamais laissé seul.

Arvon et Nlesine sortaient à tour de rôle. Il leur arrivait d'emmener Wes avec eux, mais c'était très rare, car il y avait toujours le risque qu'il fût reconnu.

Nlesine réussit à se procurer de l'argent. Il ne dit pas comment, et Wes ne le lui demanda pas. Nlesine rayonnait dans un superbe costume anthracite, tandis qu'Arvon avait simplement l'air mal à l'aise dans un blouson assez discret assorti à des pantalons de toile.

Les chambres de motel se ressemblent toutes. Elles sont parfaites pour y passer la nuit, et il y avait eu une époque, avec Jo, où Wes les avait appréciées. Mais deux semaines, c'est long. Il étudia les trois tableaux d'une effrayante banalité : une rose, un gamin penché sur le pansement qu'il avait au bras, et un coucher de soleil blafard. Ensuite il examina les dessins des couvre-lits et finit par glisser pièce de monnaie après pièce de monnaie dans le téléviseur, mais sans en retirer le moindre plaisir.

Il supposait que les gens de Centaure Quatre avaient regardé le même genre de programme juste avant que leur planète n'explosât.

Il n'y avait rien de particulièrement mystérieux dans ce que faisaient Arvon et Nlesine. Ils se rendaient dans diverses bibliothèques, achetaient des magazines, surtout des magazines d'information, se débrouillaient pour obtenir des rendez-vous avec différents spécialistes en tout genre et s'arrangeaient pour les faire parler. Et ils prenaient des notes.

Nlesine découvrit une bibliothèque de prêt. Il y examina les romans, les parcourant rapidement. Il ne fut pas particulièrement rassuré par les éternelles histoires de sadiques, de surhommes, et de jeunes cadres aux dents longues qu'il y découvrit.

– Votre monde est vraiment comme ça ? demanda-t-il.

Wes haussa les épaules :

— En grande partie, oui. Mais j'espère qu'il reste encore des gens ayant d'autres conceptions de l'existence.

La situation n'avait rien de dramatique. Ils prenaient trois repas par jour, dormaient suffisamment et travaillaient d'arrache-pied. Les notes s'accumulaient.

Mais, petit à petit, l'issue inévitable approchait.

Arvon avait de larges cernes sous les yeux.

Nlesine devenait de plus en plus sarcastique.

Le deuxième jour de décembre, Arvon lança un livre contre le mur.

— J'abandonne ! s'écria-t-il.

Wes était assis sur le lit, les yeux baissés sur ses mains.

— J'ai essayé de vous expliquer, fit-il.

Arvon arpentait nerveusement le sol.

— Il n'y a pas de miracle. Ce monde ne possède pas d'astronefs et n'en aura pas avant un siècle. Et il pourrait même s'écouler plus de deux cents ans avant qu'ils ne découvrent le mode de propulsion interstellaire. Nous sommes foutus.

Nlesine se tourna vers Wes :

— Je pense, Wes, que vous êtes de notre côté. Je ne crois pas que vous iriez nous dénoncer pour kidnapping ou je ne sais quoi. Je vous avais promis de vous relâcher si nous ne trouvions rien. Et nous n'avons rien trouvé. Ce sont maintenant nos vies, et uniquement nos vies, que nous allons jouer. (Un peu crispé, il réussit à sourire et conclut :) Alors, mon vieux, pourquoi ne pas aller voir votre petite famille ?

Wes se mit à trembler, puis se ressaisit.

— Et vous ? demanda-t-il.

Nlesine haussa les épaules :

— Nous avons perdu. Nous ne retournerons jamais sur Lortas, et bien que je doute qu'on veuille nous écouter, je pense que Wyik essaiera de parler à votre peuple de notre monde et de la raison qui nous a amenés ici. Ils en riront, et ce sera un matériau de choix pour vos comiques, mais si on nous fait assez de publicité, peut-être qu'un jour quelqu'un se souviendra lorsqu'il découvriront ce qui les attend dans l'univers. (Il marqua une pause, puis reprit :) Quant à moi, je pense que je me trouverai une jolie fille et que je verrai si je peux écrire un roman ayant pour thème le futur. Il ne pourra être que très mauvais – un homme doit avoir des racines, et les miennes ne sont pas ici. C'est idiot de s'en inquiéter maintenant, non ?

Mais, soudain, Wes n'écouta plus. L'image de Jo avait envahi son esprit. Jo, la maison; les choses qu'il comprenait. Il avait soif de tout cela, et il voulait oublier les étoiles, les destins funestes et tout le reste.

Il se souvint à peine d'avoir dit au revoir.

Il sortit comme dans un rêve, monta dans la voiture et prit le chemin de Sunset Boulevard.

C'était aussi simple que cela.

Il ne pensait pas. Il conduisait, c'était tout.

Et la ville, autour de lui, n'était que chanson « Jo, Jo, Jo... »

19

Beverly Glen est une rue bizarre, contradictoire; une rue typique de Los Angeles. De Pico à Wilshire ce n'est qu'un patchwork assez terne de petits immeubles presque identiques. De Wilshire à Sunset Boulevard elle donne un avant-goût de Bel Air Road par ses immenses pelouses, ses plates-bandes de fleurs entretenues par des jardiniers japonais et ses grandes bâtisses luxueuses. Après le coude qu'elle fait à Sunset Boulevard, Beverly Glen change radicalement de caractère.

Venant de l'océan, Wes prit à gauche et rejoignit le flot de voitures qui grimpaient Beverly Glen, se dirigeant vers la Vallée.

Après avoir viré, il s'était senti chez lui. Il sourit, s'adressant à la rue qu'il avait choisie pour être l'arène de son existence. Jo ne s'y était jamais plu, et il savait pourquoi : c'était une rue démentielle.

Mais c'était le genre d'endroit qu'il aimait.

Ce n'était pas l'argent qui régnait sur cette partie de Beverly Glen, mais l'imagination et, plus encore, la diversification qui manquait tant à Los Angeles où les gens essayaient tellement d'être différents qu'ils finissaient par tous se ressembler.

Il y avait des balcons de formes étranges qui surplombaient l'étroite rue, des garages aménagés comme des studios, de modestes maisons en bois surmontées de hautes tours de pierre, des constructions modernes avec de larges baies vitrées où les gens semblaient vivre dans des cabines de douche, tirant ou ne tirant pas les rideaux, et des taudis loués à des lycéens pour une soixantaine de dollars par mois.

C'était l'atmosphère de ce lieu qu'aimait Wes. C'était ombragé, relativement calme, et il restait encore de grands espaces libres parce que les paysagistes ne s'étaient pas encore occupés de cette zone. Wes avait souvent vu des daims dans son jardin, de même que des lapins et de merveilleux colibris aux plumages étincelants et les éternels lézards californiens paressant dans les arbres.

Il aurait pu conduire les yeux fermés, même dans cette vieille Ford. Il avait l'impression étrange de n'être jamais parti, de revenir comme d'habitude de son cabinet pour déjeuner à la maison.

Il n'y avait pas de vaisseaux spatiaux dans Beverly Glen.

Il roula sur une phrase écrite en larges lettres rouges au milieu de la chaussée : BILL, N'OUBLIE PAS LE VÉLO DE JIMMY.

Il sourit, se demandant qui était Bill, et il se l'imagina faisant claquer ses doigts, puis demi-tour et se précipitant à la recherche du vélo de Jimmy.

C'était une bonne rue.

Il emprunta un de ces raidillons qui semblent suspendus à flanc de colline, grimpa péniblement en seconde et tourna à droite dans une allée à moitié dissimulée par une haie d'un vert éclatant.

Il était arrivé.

Wes sentit les larmes lui venir aux yeux et il se maudit pour sa sentimentalité. Il coupa le moteur, descendit de la voiture, respirant avec délice l'air humide de verdure comme s'il venait d'être créé pour lui seul. Devant lui, il vit sa propre voiture dans le garage. Et la maison, ses pierres, ses solives de bois — rien d'extraordinaire, peut-être, mais c'était la sienne, ou du moins le serait après le paiement des traites qui restaient.

Il tendit l'oreille et n'entendit rien d'autre que l'aboiement d'un chien dans le lointain.

Jo devait être seule.

Il franchit la pelouse, en courant vers la porte d'entrée. Il glissa sa clé dans la serrure, poussa le battant.

Il jeta un coup d'œil vers la cuisine, le salon, puis le patio de brique rouge. Et il fila par le couloir, excité comme un gamin, ouvrit la porte de la chambre à coucher.

— Jo ! s'écria-t-il.

Et il se figea.

Norman Scott se redressa dans le lit, le visage plus blanc que les draps.

— Wes, murmura Jo. Oh, mon Dieu, Wes.

Elle couvrit sa nudité, et enfouit son visage sous l'oreiller, sanglotant.

— Écoute, mon vieux, fit Norman avec un débit précipité. Écoute, mon vieux...

Incapable de trouver quoi que ce soit d'autre à ajouter, il se tut.

Wes restait debout, parfaitement immobile. Son estomac était noué et sa tête tournait. Il ne voyait pas, ne sentait pas. Rien du tout.

— Je... nous croyions que tu étais mort, souffla Norman. Pas un mot, rien de toi. Que pouvions-nous penser ? Nous ne savions pas, ne pouvions pas savoir...

— Ta gueule, fit Wes.

Il le dit doucement, sans colère. Il ne voulait pas entendre la voix de Norman. Rien de plus.

Jo ne le regardait pas.

— Je ferais mieux de partir, soupira Norman stupidement.

— Oui. Tu ferais mieux.

Wes ne le vit pas s'en aller; mais il se retrouva seul avec sa femme.

Il posa sa main sur l'épaule nue de Jo. Elle était froide, comme du marbre.

— Ne dis rien, lui enjoignit-il.

Les paroles que Jo s'apprêtait à prononcer s'étouffèrent dans sa gorge. Elle resta allongée, silencieuse et tremblante. Elle ne le regardait toujours pas.

— Tu l'aimes ? demanda Wes.

C'était une question sans importance. Il s'en foutait.

— Oui. Non. Je ne sais pas.

La voix de Jo était si faible qu'il l'entendait à peine.

Wes fouilla ses poches à la recherche d'une cigarette. Il l'alluma. Ses mains ne tremblaient pas. Il regarda autour de lui. Le lit — il se souvint qu'ils avaient couru les magasins pour trouver un matelas qui puisse supporter son poids tout en n'étant pas trop dur pour elle. Les murs recouverts de papier bleu clair. L'armoire avec ses costumes à lui, ses robes à elle. Un slip était accroché à la poignée de la porte de la salle de bains.

Il entendit la voix de Jo qui lui parvenait comme à travers un brouillard.

– Où as-tu été ? J'étais affolée. Que pouvais-je faire d'autre ? Il était si gentil, si attentionné. Wes, pourquoi m'as-tu abandonnée ? (Son ton se durcit, et elle ajouta :) Je t'avais bien dit de ne pas partir et de ne pas me laisser seule dans ce chalet minable ! Étais-je censée t'attendre tout l'hiver ? (Elle se remit à sangloter.) Oh, Wes... Oh, mon Dieu...

Wes n'écoutait pas.

Il posa les yeux sur elle. Elle avait un peu maigri, et ses cheveux s'étalaient sur l'oreiller comme un voile d'or.

– Faire bonne contenance et tout ça, s'entendait-il déclarer.

– Quoi ?

– Rien. Être adulte. Civilisé, hautement évolué.

Elle le regardait à présent.

– Non, je ne suis pas fou.

Il eut un sourire sans joie, se demandant ce qu'elle penserait s'il lui racontait où il avait été, ce qui lui était arrivé. Puis, il haussa les épaules.

Tout cela n'avait plus d'importance.

Il était un étranger ici. Ce n'était pas sa maison, et ce n'était pas la femme qu'il avait épousée. Comme tout le reste de sa vie, cela aussi devait lui être pris.

Il était seul dans cette pièce. Seul avec une étrangère.

Jo se glissa hors du lit, enfila une robe en tremblant, et repoussa ses cheveux en arrière.

– Donne-moi une cigarette, Wes.

Il ne l'entendit même pas.

– Je devrais peut-être te foutre une trempe, ou je ne sais quoi, mais ça n'en vaut pas la peine.

– Une cigarette, s'il te plaît.

– Norman prendra soin de toi. Tu n'auras à t'inquiéter de rien.

– Wes, je ne te comprends pas.

– Peu importe.

– Wes... je vais téléphoner à Horace. Tu as besoin de voir un docteur. Tu as une mine effroyable. Écoute, on pourrait reparler de tout ça un peu plus tard. Nous ne sommes plus au Moyen Age. Nous sommes tous deux des gens intelligents, et...

Wes pivota et se dirigea vers la porte.

– Wes!

Il sortit d'une maison étrangère pour déboucher sous un soleil étranger.

Il ne sentait plus rien. Ne voyait plus rien.

Il monta dans la Ford, s'engagea sur la rue en marche arrière, puis repartit en direction de... nulle part.

Lorsqu'il revint à lui, il s'aperçut qu'il était sur Olympic Boulevard et qu'il sanglotait. Une cigarette allumée pendait entre ses lèvres et elle s'était consumée trop loin, le brûlant. Il la cracha par la vitre sans même la toucher.

Il consulta un panneau de signalisation à un croisement : Vermont Avenue. Le centre ville, pratiquement. Il n'avait aucune idée de la façon dont il était arrivé ici, et il s'en moquait éperdument. Il tourna trois fois à droite, une fois à gauche et se retrouva en sens inverse, en direction de Santa Monica.

Il s'arrêta devant un supermarché et acheta trois bouteilles de White Horse.

– Vous allez faire la fête? lui demanda le caissier.

– Ouais. Au bal des débutantes.

Retour à la voiture. Beverly Glen à nouveau, puis Sunset Boulevard au milieu d'un flot de circulation.

Le motel.

Il descendit de la Ford. Frappa à la porte du bungalòw.

Pas de réponse.

Il frappa de nouveau.

– C'est Wes ! s'écria-t-il. Ouvrez-moi, bon sang !

La porte s'entrebâilla et Nlesine apparut, le paralyseur à la main.

– J'aimerais que vous vous en serviez, le pria Wes.

Nlesine le regarda, puis ses yeux cherchèrent les éventuels policiers. Il fit entrer Wes.

– J'avais peur que vous ne soyez partis, souffla ce dernier.

– Vous avez pris notre voiture, mon vieux. (Puis Nlesine remarqua l'expression de son visage.) Wes, qu'est-ce qui ne va pas ?

– Le monde s'est simplement écroulé un peu plus tôt que prévu. J'espère que vous allez accepter de vous saouler avec moi, parce que j'ai horreur de boire seul.

Puis Wes se tut, à court de mots. Il s'effondra sur le lit. Il n'arrivait même pas à pleurer.

Arvon referma soigneusement la porte.

Il vint poser sa main sur l'épaule de Wes.

Il lui parla dans sa propre langue, mais ce qu'il dit aurait pu être compris n'importe où, par n'importe qui.

– Allez, venez, fit Nlesine après un silence qui se prolongeait de façon insupportable. Ouvre une bouteille, Arvon.

Wes avait perdu ses lunettes, mais il n'en avait pas besoin pour ce qu'il avait à voir.

Le whisky descendit dans sa gorge comme de l'huile bouillante mais, à l'intérieur, il était glacé, glacé comme le vide qui sépare les mondes.

Ils s'attaquèrent sérieusement à cette première bouteille.

Le soir tombait lorsqu'ils l'eurent liquidée.

A partir de ce moment, leur chemin fut clairement tracé.

Ils entamèrent la seconde.

Wes leur raconta ce qui s'était passé. Il essaya de se montrer froid, détaché, mais il ne trompa personne, et surtout pas lui-même.

Tout en parlant, il pensait : « Je me demande ce qui est arrivé à Arvon et Nlesine sur Lortas. C'est tout cela qui fait qu'un homme cherche à oublier, qui l'attire vers les étoiles. Ce ne sont pas les grands sentiments, ni les abstractions de l'esprit. C'est tout cela, c'est la peur et la solitude qu'on ne peut jamais oublier, aussi loin que l'on aille, aussi longtemps que l'on voyage... »

– Un toast, messieurs, proposa Nlesine. Aux Sauveurs de l'Univers, aux Héros du Cosmos !

Ils burent.

Ils honorèrent de même les filles de Lortas (qui n'avaient leurs pareilles sur aucune autre planète !), Saint Wyik, le Bon Américain Moyen...

Tout allait merveilleusement bien, et Wes commençait à se sentir un peu mieux. Mais, l'inévitable se produisit : Arvon et Nlesine commencèrent à évoquer le bon vieux temps et, bientôt, ils riaient hystériquement, échangeaient de grandes claques dans le dos, perdus dans de lointains souvenirs auxquels Wes n'avait aucune part.

Il se retrouvait seul, à nouveau.

Il commençait aussi à dessoûler. Il se sentait malade. Il s'assit sur le lit et écouta, les yeux fixés sur le mur.

Il considéra sa vie.

Et il n'aima pas ce qu'il y vit.

Il n'était pas idiot. Il savait parfaitement qu'il s'était fait de Jo, pendant son séjour dans la grotte, une image idéalisée. Jo n'était pas ainsi, du moins plus depuis de nombreuses années. Mais un homme a besoin de croire en quelque chose, a besoin d'un foyer...

Bien sûr, c'était aussi sa faute. Il avait été fou de Jo. C'était elle ou personne d'autre. Il savait que ce n'était pas le genre de vie qu'elle souhaitait, mais à cette époque il ne s'en était pas soucié...

« Oh, tu es un grand homme, Wes. Vive toi ! »

Il se rappela Cincinnati, lui jeune garçon. Les neiges de l'hiver, les descentes en luge dans ces folles collines, esquiver les arbres, heurter les souches enfouies sous le blanc manteau. Le retour à la maison, ôter ses chaussures mouillées avec ses doigts gourds, sentir ses pieds ankylosés renaître à la vie sous la chaleur. Les nuits d'été, chaudes et moites, le ventilateur qui asséchait la transpiration. Écouter les trains siffler vers Northwood. Tout cela semblait être à des millions de kilomètres, à des millions d'années...

Le printemps et le base-ball, tous les après-midi, jouer jusqu'à ce qu'il fasse trop sombre pour distinguer la balle, là-bas dans le terrain vague au bout de la rue. La forêt et les pistes secrètes, verdoyantes, se balancer aux lianes au-dessus du torrent, pêcher les écrevisses sous les pierres. Septembre et le football. Savoir qu'on joue bien, que les filles vous regardent, ces filles belles, mystérieuses et inquiétantes, et rêver qu'un jour on épouserait l'une d'elles, et que, bien sûr, chaque nuit serait une orgie de plaisir et que la vie serait douce à jamais.

Tout paraît bien pâle ensuite. Le lycée n'est qu'une mixture grisâtre de café, d'œufs pleins de graisse et de mornes litanies de professeurs. Il se souvint d'un cancre lisant un poème de Sandburg et murmurant : « C'est un poème ça ? Si c'est un poème, alors moi, je suis Hercule ! » Et Tom qui devait revêtir une peau de léopard pour venir en classe, bondir sur une table et rugir : « C'est un poème, et je suis Hercule ! » Seulement, il ne l'avait jamais fait.

Ses années de médecine se passèrent un peu mieux,

et la recherche avait éveillé son intérêt. Le labo l'excitait – il lui arrivait de travailler toute la nuit. Mais Jo voulait de l'argent, et cela signifiait les nez qui coulent et le cabinet, les millions, les milliards de nez qui coulent, les journées interminables...

Était-il différent des autres ? Un cas unique ? Ou bien cela arrivait-il à tous les Américains ? Il essaya de trouver parmi ses connaissances des hommes qui fussent heureux, vraiment heureux. Il semblait que dès que l'on arrivait à bien connaître quelqu'un, on découvrait qu'il détestait son travail, ou le tolérait tout au plus, et ne cherchait qu'à décrocher... pour aller où ?

Et enfin, le Colorado. Ces fantastiques semaines passées dans la grotte où cinq hommes avaient dormi pendant quinze mille ans. L'histoire, la merveilleuse histoire d'un vaisseau qui avait touché les étoiles, lancé dans sa quête incessante...

C'était la chose la plus passionnante qui lui soit jamais arrivée. Et à présent, même cela se terminait sur un échec, un échec personnel, et ils se trouvaient là, trois paumés dans un motel, descendant bouteille après bouteille.

Nlesine avait presque fini la deuxième, et il fit claquer ses lèvres. Il restait encore quelques gouttes au fond, mais à peine de quoi faire un demi-verre. Nlesine n'en revissa pas moins le bouchon avec soin.

– Gardons ça pour plus tard, fit-il.

Puis il ouvrit la troisième bouteille.

Wes se leva brusquement du lit.

Il fixa intensément les deux hommes qui lui faisaient face, soudain tout à fait sobre.

Et rempli d'espoir.

Peut-être que...

– Attendez une seconde, souffla-t-il. Attendez une seconde !

20

Café noir, discussions, encore du café.

Puis un sommeil court, agité.

La gueule de bois, les haut-le-cœur devant les œufs au bacon, et encore du café. Plus qu'une chose à faire : retourner dans le Colorado. Et vite.

L'après-midi même, ils étaient à l'aéroport international de Los Angeles où ils prirent un avion pour Denver. Ce fut un vol plutôt agité, ce qui n'améliora pas l'état de leurs estomacs. A Denver, ils louèrent une voiture et prirent la direction de Lake City, empruntant la Passe de Slumgullion qui était assez verglacée.

L'escalade, le long des eaux noires et glaciales du torrent, fut rude, mais ils n'eurent qu'à peine conscience de la neige, du vent et du froid très vif. Engourdis, les visages rougis, et excités, ils grimpèrent vers la grotte et cognèrent à l'écoutille.

Pas de réponse.

— C'est nous, bon sang! gueula Nlesine en lortan. Le printemps est là; et nous savons que vous avez envie de cueillir des fleurs des champs. Allez, venez, bande d'encroûtés!

La porte s'ouvrit lentement sur Wyik, Hafij et Tsriga, arme au poing.

— Charmant accueil, lâcha Nlesine, s'avançant à l'intérieur. La joie que vous manifestez à notre retour nous touche profondément.

Wyik lui agrippa l'épaule :

— Ce n'est pas le moment de plaisanter! Qu'avez-vous découvert? Allez vite!

– Nous ne pouvons pas construire d'astronef, répondit Arvon. C'est impossible.

Les traits de Wyik s'affaissèrent.

Tsriga s'assit lourdement sur le sol.

Hafij ne sourcilla pas.

– Mais attendez une minute avant de vous suicider, intervint calmement Nlesine. Je crois qu'il nous reste encore une possibilité – et nous pouvons remercier Wes d'avoir pensé à quelque chose qui nous a stupidement échappé. (Il sourit de toutes ses dents.) Eh oui, ce minable étranger auquel personne ne faisait confiance. *Lui-même.*

Wyik se tourna vers Wes :

– Qu'est-ce que...

– Un instant !

Arvon se précipita vers les cinq niches creusées dans le mur. Il tomba à genoux, fouillant dans les cailloux, la poussière et les branches sèches qui s'étaient accumulés.

– Je ne le trouve pas, murmura-t-il.

– Ah, les femmes de ménage, marmonna Nlesine.

Il rejoignit Arvon.

– *Il faut* qu'il soit là...

– Je l'ai !

Nlesine le brandit; il était exactement comme ils s'étaient attendus qu'il soit.

L'espoir retrouvé, ils prirent place autour du feu, discutèrent longuement tout en dévorant un solide repas de gibier que les nouveaux venus apprécièrent bien plus que les trois autres qui s'en étaient gavés depuis des semaines.

Puis ils dormirent du sommeil de l'épuisement.

Le lendemain, Wes, Arvon et Nlesine reprirent le sentier qui descendait la montagne, leur trésor enveloppé dans un mouchoir épinglé dans la poche du manteau de Nlesine.

Deux jours plus tard, ils étaient de retour à Los Angeles.

C'est là que Wes se mit au travail.

Les préparatifs furent délicats, mais Wes était presque heureux en y travaillant. Pour une fois, il était arrivé à quelque chose dont il pouvait être fier, et pour une fois il s'attelait à une tâche qui l'intéressait vraiment.

Il n'y était pas arrivé seul, bien sûr, mais c'étaient ses réflexions qui avaient tout déclenché.

Il oublia Jo, oublia tout ce qui n'était pas le problème auquel il était confronté. Et c'était un problème à sa mesure. Un problème qui pouvait être résolu.

Il leur fallut presque deux ans.

Wes avait des amis du temps de ses recherches endocriniennes qui, maintenant, occupaient des postes clés dans les grands laboratoires. Ils l'aidèrent dans ses travaux et, bientôt, le tout ne fut plus qu'une opération de routine menée par une équipe de chercheurs spécialisés.

Il fallut beaucoup d'argent à Wes, mais il ne s'en inquiéta pas. Il vendit ses actions et ses titres avec un sentiment qui ressemblait à du soulagement.

Les étapes furent les étapes habituelles :

D'abord une analyse qualitative détaillée.

Puis une délicate analyse quantitative.

Et enfin un long processus de purifications, de tests comparés avec des dérivés du produit, d'expérimentations sur des souris blanches et des singes rhésus.

C'était un travail de longue haleine, mais qui n'exigeait pas de miracles.

La situation pouvait se résumer ainsi :

Il était impossible à la technologie actuelle de fabriquer un vaisseau spatial à partir des vagues plans qu'auraient pu tracer les hommes de Lortas. Et même si l'astronef avait encore existé — il n'était plus que poussière après quinze mille ans — nombre de problèmes se seraient révélés insolubles. En revanche, la substance qui avait permis aux hommes de Lortas de dormir pendant des siècles était un composé relativement simple. Comme Arvon l'avait dit à Wes, l'injection qui provoquait cet état d'animation suspendue était un extrait des tissus lymphoïdes de mammifères hibernants, telles les marmottes, combiné à un absorbant de vitamine D, à de l'insuline et à quelques dérivés courants. Si les laboratoires avaient possédé un échantillon pour l'étudier, aussi minuscule soit-il, ils auraient pu synthétiser le produit. Et Wyik n'avait pas utilisé la totalité de la substance : il avait laissé quelques gouttes dans le container autoréfrigérant qu'il avait rescellé avant de le reposer sur le sol de la caverne. Et il était resté là, préservé à une température proche du zéro absolu, tandis que s'écoulaient les millénaires...

Il était étonnant qu'aucun d'eux n'y ait pensé avant que Wes n'ait observé Nlesine qui rebouchait la bouteille de whisky dans laquelle restaient encore quelques gouttes. Après cela, grâce à l'expérience de Wes dans le domaine endocrinien, le résultat de ces recherches était prévisible. Les modifications saisonnières du fonctionnement des glandes pituitaires chez les hibernants lui étaient bien connues, et lui fournirent une excuse toute prête lorsqu'il exposa son idée aux laboratoires.

En moins de deux ans, ils avaient réussi.

— Fais attention avec ce truc, Wes, le prévint Garvin Berry, responsable du projet, lorsqu'ils eurent synthétisé une certaine quantité du produit. Avec ça, les animaux de labo s'éteignent comme des chandelles.

— Nous ferons attention, lui assura Wes.

Ce ne fut pas plus difficile que ça.

Tous trois occupaient un banal appartement à Santa Monica. Wes ne rejoignit pas directement Arvon et Nlesine. Il avait quelque chose à faire avant.

La précieuse substance, enfermée dans une bouteille de verre épais, reposait sur le siège à côté de lui pendant qu'il conduisait. Elle paraissait étrangement ordinaire, même à Wes et, avec un peu d'imagination, elle aurait pu passer pour une bouteille de lait qu'il aurait achetée dans une épicerie de Westwood et qu'il ramènerai à Jo...

Mais c'était une bouteille de lait qui lui avait coûté plusieurs milliers de dollars.

Et il n'y avait plus de Jo.

Plus de maison.

Il s'y était habitué, supposa-t-il. La souffrance l'avait quitté, ne laissant qu'un vide, quelque part en lui, là où sa vie passée aurait dû se trouver. Il n'en voulait pas à Jo, ni à Norman. Il n'avait pas eu besoin de leur aide pour faire de sa vie un énorme gâchis.

Si seulement il avait eu assez de volonté pour faire ce qu'il avait eu envie de faire au lieu de se plier aux désirs de Jo.

S'il avait insisté pour avoir des enfants.

S'il avait pris sa vie en main pendant qu'il en était encore temps.

Si, si, si.

Et au diable, tout cela ! Ses mains se serrèrent sur le volant. Il n'aurait pas tout raté. Il avait réalisé dans son existence au moins une chose qui en valût la peine. Et il n'avait pas encore terminé.

Comme dans un rêve, il entama son pèlerinage.

Une brume estivale s'élevait au-dessus de la route, encombrée de véhicules de toutes sortes, qui longeait la côte. Les plages de sable fourmillaient de gens qui se faisaient dorer au soleil. Les stands de hamburgers et de hot dogs faisaient des affaires d'or. Les petites villas du bord de mer, ces villas qui durant l'hiver étaient si sombres, humides et désolées, avaient toutes leurs volets ouverts, des voitures dans leurs garages.

Il s'arrêta devant *Le Point* et pénétra à l'intérieur.

– Docteur ! (L'un des garçons se précipitait vers lui, un sourire aux lèvres.) Ça fait des années qu'on ne vous a pas vu ! Comment va Mme Chase ?

– Très bien, merci. (Comme c'était étrange de s'entendre à nouveau appeler « docteur » ! Les morceaux de sa vie étaient-ils encore éparpillés ici, attendant qu'il se baisse pour les ramasser ?) Pourriez-vous m'apporter un scotch sur la terrasse ?

– Tout de suite, docteur. Ça fait plaisir de vous revoir.

Wes sortit sur la terrasse et s'assit à une table ombragée. Il entendait jouer les flots au-dessous de lui, clapotant et murmurant en léchant la plage, s'enroulant autour des rochers noirs. Il leva les yeux vers l'océan d'un bleu étincelant sous le ciel limpide. Il y avait des bateaux de pêche, taches sombres dans le soleil, mais surtout il y avait solitude et paix.

Il observa les mouettes qui planaient au-dessus des hauts-fonds, plongeant soudain vers un banc de poissons. Au bord de la mer, quelques oiseaux examinaient le sable mouillé avec grand sérieux, se reculant avec précipitation pour éviter d'être éclaboussés par les vagues qui se brisaient.

Wes ôta ses lunettes et ferma les yeux, tenant son verre à la main. Le murmure du Pacifique était infiniment apaisant. Jo et lui étaient venus souvent ici, dans cette autre vie, s'étaient enivrés, avaient ri aux éclats, avaient fait des folies. « Si seulement on pouvait revenir en arrière, pensa-t-il, revenir aux printemps de l'enfance, aux cœurs légers et aux nuits insouciantes qui dureraient toujours... »

Si.

Il reposa son verre et, comme hypnotisé, contempla les flots bleus. « Nous sommes tous des étrangers sur cette terre, songea-t-il. Nous sommes comme des poissons hors de l'eau, battant les rochers de nos nageoires. »

– Wes, mon vieux, fit-il à voix haute. Tu es un drôle de bonhomme.

Il paya son verre et laissa un pourboire beaucoup plus large que nécessaire.

Il remonta dans sa voiture et reprit la route de la côte, puis celle de la colline de Santa Monica. Il traversa Wilshire en direction de Westwood. Arrivé là, il trouva une place en face de son cabinet, glissa de la monnaie dans la fente du parcmètre, et resta assis sur le siège, à regarder. Il avait, bien sûr, donné congé à miss Hill, mais quelque obscure impulsion l'avait poussé à continuer à payer le loyer du cabinet. Il parvenait à déchiffrer la plaque noir et or posée sur la porte de l'immeuble : WESTON J. CHASE, DOCTEUR EN MÉDECINE.

Son deuxième prénom était Jasper, et il l'avait toujours détesté. Il se souvint qu'un jour Jo avait fait graver, par plaisanterie, une fausse plaque ainsi intitulée : W. JASPER CHASE, DOCTEUR EN MÉDECINE. Il sourit. Dieu, c'était si loin.

Il ne s'apercevait pas du temps qui passait, mais il s'aperçut que l'aiguille du parcmètre était dans la zone rouge. Il démarra, direction Olympic Avenue, vers Beverly Glen.

« Les frontières de mon existence. »

Il tourna sur Sunset Boulevard, là où commençait Bel Air, puis roula dans l'ombre paisible de Beverly Glen. Il chercha des yeux l'inscription qui demandait à Bill de ne pas oublier le vélo de Jimmy, mais elle avait, bien entendu, été effacée. Il prit le raidillon, puis vira à angle droit dans l'allée qui avait été celle de sa maison.

Il coupa le contact et descendit de la voiture. Il resta là, à demi caché par la haie. Si quelqu'un de la maison avait regardé, il aurait vu Wes. Il ne fit pas un mouvement, n'attirant pas l'attention sur sa présence, mais ne se dissimulant pas pour autant.

Il se demanda s'il souhaitait vraiment qu'on le vît.

L'air était humide, parfumé de verdure. Le gazon était aussi beau que celui d'un court de golf. Jo entretenait le jardin avec soin. La maison de bois et de pierre reposait, tranquille, protégée par les ombres de l'après-midi.

Jo était-elle là ?

Il l'avait vue plusieurs fois pendant ces deux années, mais toujours en présence de leurs avocats. Elle n'avait pas de soucis et semblait heureuse.

« Contente d'être débarrassée de moi, probablement. »

Non, c'était injuste. Il connaissait Jo. Elle n'aurait jamais admis avoir été blessée, même si cela avait été le cas. Elle ne le lui aurait certainement pas dit.

Il s'imagina approchant de la porte, sonnant. Jo ouvre, ne paraissant pas à son avantage. Elle se passe les mains dans sa chevelure blonde, souhaitant ne pas avoir oublié de mettre du rouge à lèvres.

— Wes !

— Jo... j'ai réfléchi... à beaucoup de choses. Je peux entrer quelques instants ?

Elle hésite une fraction de seconde.

— Tu es seule ?

— Bien sûr, idiot. Entre, Wes.

Il entrerait. Et ensuite ?

Le reprendrait-elle ? Le souhaitait-il ? Oh, l'attirance physique existait toujours, et ça faisait deux ans qu'il ne l'avait pas touchée. Franchir simplement le seuil...

Pourraient-ils tout recommencer ?

Wes connaissait la réponse à cette question. Ils pourraient recommencer – on peut toujours recommencer. Mais comment cela finirait-il ?

Il connaissait également la réponse. Il était comme il était, et elle était comme elle était. Ça n'avait jamais vraiment marché, et ça ne marcherait jamais.

Il n'avait pas bougé. « Tu n'es qu'un imbécile, pensa-t-il. Tu attends que ce soit elle qui vienne à toi. »

Si elle l'aperçut, elle n'en montra rien.

Il n'alla pas plus loin.

Les ombres s'étaient étirées. La nuit était tombée. Wes vit briller les étoiles dans le ciel.

– Adieu, Jo, murmura-t-il.

Il regagna la voiture et démarra.

Lorsque, cette fois-ci, il arriva à Santa Monica, il se rendit à l'appartement où Arvon et Nlesine l'attendaient.

– Ho ! s'écria Nlesine reposant un roman qu'il était en train de lire. Tu as été attaqué, ou quoi ?

– Ou quoi, admit Wes.

Arvon empoigna la lourde bouteille de verre et y appliqua un baiser sonore.

– Tu l'as !

– Oui, c'est prêt. Gary m'a assuré que c'était une réplique exacte de la substance que nous lui avons donnée en échantillon. J'espère qu'il ne se trompe pas.

– Il n'a pas le droit de se tromper, fit Arvon.

– Ah, l'incurable optimiste, murmura Nlesine en se passant la main sur son crâne chauve. Ça ne fait probablement pas plus d'effet que du Nembutal.

Ils se préparèrent eux-mêmes à dîner, Nlesine faisant la preuve de son talent nouvellement acquis sur des spaghetti. Ils étaient excellents, le vin aussi, mais tous trois se sentaient étrangement déprimés.

Ils étaient arrivés au bout du chemin.

– C'est une véritable histoire de fous, fit Arvon à la

fin du repas. Nous nous sommes réveillés après quinze mille ans de sommeil dans une grotte du Colorado, au moment précis où tu te glissais à l'intérieur pour te protéger de l'orage. Aucun être humain ne s'était probablement approché de cet endroit pendant tous ces siècles. Et il a fallu que ce soit sur toi que je tombe, que tu meures presque de peur et que toute ta vie s'en trouve gâchée.

— Je n'ai pas eu besoin de vous pour ça, répliqua Wes.

— C'est possible. Mais nous étions là, et... après quinze mille ans il a fallu que ce soit encore trop tôt ! Je suis à présent convaincu que la Terre est bien le monde que nous cherchions. Vous nous ressemblez tant, Wes, que seuls des courants culturels identiques ont pu être à l'origine de nos deux peuples. Mais nous avions échoué jusqu'à ce que tu aies cette idée géniale. On dirait que tu nous as sauvés, Wes... et bien plus que cela. Mais...

Il s'interrompit.

— Mais tu n'en retireras rien, termina Nlesine pour Arvon.

— J'ai l'impression que vous me croyez plus altruiste que je ne le suis réellement, dit lentement Wes. Je n'ai pas fait tout cela par pure bonté d'âme. Je ne l'ai pas fait non plus pour cette superbe abstraction appelée le monde. Je suis un animal égoïste, messieurs.

— Ah, il y a un prix à payer.

Nlesine sourit, comme si cela le rassurait.

— Effectivement.

Les hommes de Lortas attendirent.

Wes prit une profonde inspiration :

— Je viens avec vous, déclara-t-il.

21

Ils n'étaient plus aussi pressés à présent, et ils prirent leur temps pour regagner le Colorado. Ils traversèrent de nuit l'Arizona et le Nouveau-Mexique, s'arrêtant le jour dans des palaces à air conditionné.

Lake City, en pleine saison touristique avec la venue des pêcheurs de truites, était beaucoup plus animée que pendant l'hiver.

Ils laissèrent la voiture au Pine Motel avec un mot pour Jim Walls qui avait encaissé le chèque de Wes lorsqu'il était pour la première fois redescendu de la grotte. Puis ils continuèrent à pied sous le magnifique soleil du Colorado, longeant les eaux rapides du Gunnison. Les montagnes se dressaient autour d'eux comme pour les attirer par la magie de leurs cimes inaccessibles et du vert éclatant des forêts de conifères.

Ils quittèrent la route et s'engagèrent dans l'étroit sentier broussailleux qui suivait le torrent. Il n'y avait pas de voitures garées près du cours d'eau, et c'était aussi bien.

Ils traversèrent la vallée de vert et d'or, laissant sur leur droite les flots tumultueux. Tout en escaladant le chemin de montagne, Wes se surprit à examiner quelques mares d'eau noire et à imaginer les truites qui s'y dissimulaient en agitant leurs nageoires...

Ils grimpèrent encore, dépassèrent les pins frais et les trembles élancés, se frayant un passage à travers une jungle de fougères et de fleurs sauvages. Puis ils laissèrent derrière eux les sapins, et le paysage n'offrit plus le moindre arbre.

Lorsqu'ils arrivèrent en vue de la caverne, ils étaient

en pleine forme, un peu fatigués. Wes, lui, était soucieux. Qu'allait dire Wyik ?

Ils s'avancèrent sous l'abri rocheux.

La porte s'ouvrit pour les accueillir.

Ils étaient de retour dans la grotte.

Nlesine brandit triomphalement la bouteille :

– Nous avons réussi ! s'écria-t-il.

– Nous le devons à Wes, ajouta Arvon.

Sur les lèvres de Tsriga, et même sur celles de Hafij, jouait un étrange petit sourire.

Wes s'éclaircit la voix :

– Je... je suis revenu avec eux, déclara-t-il.

Puis il se tut brusquement. « Ils sont assez grands pour s'en rendre compte, espèce d'idiot ! »

– Je suis revenu, reprit-il, parce que... parce que je... j'espère vous ne verrez pas d'inconvénient à...

– Ferme-la, fit Wyik sans rudesse.

– Quoi ?

– Serais-tu aveugle, Wes ?

Wes, abasourdi, regarda autour de lui. Rien ne semblait avoir changé. Le sol inégal, le bois pour le feu, divers petits objets, les niches creusées dans le mur du fond...

« Hé, une minute ! »

Il n'y avait que cinq alcôves auparavant : Wyik, Arvon, Nlesine, Tsriga, Hafij.

Maintenant il y en avait *six*.

Wyik lui prit la main et le visage du commandant se détendit pour laisser échapper un de ses rares sourires.

– Nous espérions que tu viendrais avec nous, Wes, fit-il. Après tout, tu es des nôtres à présent.

Wes avait la gorge serrée.

Ce n'était pas uniquement la niche, ni la grande aventure qu'elle impliquait. Non, il y avait quelque chose d'encore plus important.

On désirait sa présence. « Mon Dieu, pensa-t-il. Quelqu'un m'aime, quelqu'un souhaite que je l'accompagne. »

C'était une agréable sensation.

« Bon sang, je ne vais pas me mettre à pleurer comme un gosse ! »

– Merci, murmura-t-il. Merci infiniment.

Puis il sortit de la grotte, en direction du lac glaciaire qui brillait sous les pâles rayons du soleil. C'était un instant où un homme avait besoin d'être seul avec ses pensées.

La nuit précédant le grand départ, Wes était assis dehors sous les étoiles, frissonnant un peu au vent léger, écoutant les bruits produits par un animal quelconque caché dans les buissons en dessous de lui.

Arvon sortit de l'abri rocheux et vint le rejoindre.

– Nous étions souvent assis comme cela sous les étoiles de Lortas, dit-il. C'est dur de penser que toutes les filles qu'on a connues sont mortes depuis quinze mille ans.

Wes hocha la tête, bien qu'il lui fût difficile de s'habituer à cette idée.

– C'est drôle, dit-il. Je pense toujours à vous comme si vous alliez retourner chez vous, sur le monde que vous avez quitté – mais ce n'est pas tout à fait ça, n'est-ce pas ?

Arvon ramassa un caillou et le lança en direction de l'animal invisible qui réagit par une débauche de mouvements.

– Lortas n'aura pas disparu, à moins que toutes les prédictions se soient révélées fausses. Mais ce ne sera plus la Lortas que nous avons connue – pas après quinze mille ans et quelques. Ce serait presque comme si tu avais quitté la Terre à la fin de l'Age de Pierre pour y revenir maintenant. Le fossé ne sera toutefois pas aussi profond. Les choses avaient déjà ralenti avant que nous ne quittions Lortas, comme elles se ralentiront sur la Terre d'ici quelques siècles.

— Mais vous n'en serez pas moins des étrangers.

— Nous serons tous dans le même bateau, Wes.

Wes continua à parler. Il se sentait nerveux et avait besoin d'être rassuré, en avait sérieusement besoin. « Nous pourrions ne jamais nous réveiller, pensait-il. Ou nous réveiller sur une Terre devenue un désert radioactif. Les probabilités, infimes... »

— Je crois que tu n'as pas saisi l'essentiel, expliqua Arvon. Bien sûr, nous parlons de probabilités, de statistiques et tout le reste. Bien sûr, nous avions très peur la première fois, peur que ce monde soit comme les autres, comme tous ceux que nous avons trouvés, disséminés dans l'univers. Mais, Wes, vous ne vous êtes pas fait sauter — et vous aviez le niveau technologique pour le faire, et les occasions aussi. Ce qui me paraît incroyable, c'est combien ton monde ressemble au nôtre. Bon sang, je ne me sens pas plus étranger ici que toi actuellement — un peu différent physiquement, peut-être, mais ça ne m'empêche pas de marcher dans les rues de Los Angeles sans me faire remarquer.

Wes sourit intérieurement. Malgré ses affirmations, il y avait encore quelques petites choses qu'Arvon ignorait sur la Terre.

— Sans vouloir te vexer, fit-il, je crois que n'importe qui, ou n'importe quoi, pourrait vivre à Los Angeles sans se faire remarquer.

Arvon haussa les épaules.

— D'accord, tu as raison. Mais ce n'est pas par accident que nous sommes aussi semblables, Wes. Ce monde est, fondamentalement, comme l'était Lortas il y a très longtemps. Il y a des différences, et des différences importantes, mais ce sont justement ces différences qui redonneront un jour un souffle nouveau à nos deux mondes si nous parvenons à les faire se rencontrer. Mais, en ce moment, ce sont les similitudes qui comptent. Je sais que la Terre ne se détruira pas elle-même. Je sais qu'elle se lancera vers les étoiles. Et je sais que nous n'allons pas échouer.

Wes alluma une cigarette.

– Même si ce ne sont que des vœux pieux, je te remercie de les avoir exprimés, dit-il.

Les deux hommes restèrent silencieux sous la splendeur des étoiles.

Wes leva les yeux sur le ciel nocturne. « Un jour, peut-être, je serai là-haut, parmi les soleils, dans les ténèbres et le silence... »

Il était très tard lorsqu'ils regagnèrent la grotte.

Wes se remémora cette autre fois, lorsque Arvon l'avait porté vers l'abri, lorsque Arvon lui était apparu comme une créature de cauchemar, il y avait des millions d'années de cela.

Il ne regarda pas derrière lui, bien qu'il sût qu'il ne reverrait jamais le monde qui attendait au pied du sentier de montagne.

Lorsqu'il s'étendit sur le sol, il perçut les ronflements sonores de Nlesine.

« Comme il est étrange que nous ayons tous voulu passer une bonne nuit de sommeil avant de nous endormir pour cinq cents ans... »

Ses paupières se fermèrent.

Le matin retentit de leurs plaisanteries un peu forcées.

Ils avaient toujours pris soin de dissimuler à l'extérieur toute trace de leur présence; ils n'avaient donc plus rien à faire. Ils prirent un copieux petit déjeuner, tous mangeant un peu plus que nécessaire. Après tout, leur prochain repas serait dans cinq siècles.

Ils scellèrent l'ouverture de la grotte.

Wes sortit sa seringue hypodermique et la nettoya à l'alcool.

Il était nerveux, mais ses mains ne tremblaient pas.

— Très bien, Wes ! lança Wyik. Allons-y. Fais attention à nous donner exactement la même dose, et allonge-toi bien dans ta niche avant de te faire l'injection, car l'effet est immédiat !

Plutôt guindés, ils se serrèrent tous la main.

Personne ne l'exprima, mais tous pensaient la même chose. « Et si ça ne marche pas ? Et si le labo a commis une erreur et que ce soit la fin ?... »

Wyik se glissa dans son alcôve et s'installa.

— Je suis prêt, fit-il.

Wes lui passa un coton imbibé d'alcool sur le bras, ouvrit le lourd container de verre et remplit la seringue avec exactement un centimètre cube du produit. Les effets de la drogue s'accroissaient en fonction de la quantité et il fallait être très attentif...

Il enfonça l'aiguille avec dextérité, pressa le piston.

Les yeux hantés, désespérés de Wyik se voilèrent, se fermèrent. Il dormait. Wes l'examina. Il ne semblait plus respirer, sa poitrine ne se soulevait plus. Il lui saisit le poignet. Oui, il sentait battre le pouls mais il ralentissait, ralentissait...

— Au suivant ! fit Nlesine.

Wes s'efforça de se concentrer sur sa tâche, de ne plus penser à rien d'autre. Il alla de niche en niche.

Mais un coin de son esprit refusait de se taire.

« Vous tous, vous tous, pensa-t-il. Vous, Wyik, Nlesine, Arvon, Tsriga et Hafij, vous avez tous perdu quelque chose, de même que j'ai perdu quelque chose. Que s'est-il passé au cours de vos existences sur Lortas qui vous ait conduits ici ? On ne peut être poussé que par des ressorts internes. Toi, Nlesine, étais-tu un bon écrivain ? Toi, Arvon, si ta vie était creuse, as-tu cherché à venir la combler ici ? Tsriga, tu étais presque un enfant lorsque tu es arrivé sur ce monde, mais tu seras un homme lorsque tu rentreras chez toi, et j'espère que tu trouveras la femme que tu mérites. Et toi, Hafij, quelle solitude t'a-t-elle poussé à prendre les étoiles pour demeure ? Quant à toi, Wyik, étrange Wyik, cherches-tu aussi à fuir ? D'où viennent les sombres remous de ton âme ? »

Il avait terminé.

Wes éteignit toutes les lampes, sauf celle qu'il tenait à la main. Il remplit la seringue pour la dernière fois. Puis, avec un petit sourire, il referma soigneusement le container de verre.

Il se glissa dans son lit de pierre.

La grotte était sombre et vide, la voûte au-dessus de lui semblait peser le poids des siècles.

Et pourtant, il n'était pas seul. Les hommes qui dormaient dans le noir qui l'entourait le comprenaient. Eux aussi avaient perdu quelque chose, tout perdu, et eux aussi cherchaient...

Il s'injecta la drogue, éteignit la torche.

Ombres et ténèbres...

Puis l'oubli, doux et profond.

Des sons.

Rien d'autre.

Qui s'élevaient dans son esprit comme une fumée bleutée, à la senteur de bois. Une voix qui s'écoulait dans un murmure.

Un langage inconnu. Étrange. Lequel ?

Ah ! Du lortan. Il s'en souvenait.

La voix de Wyik.

Et soudain, tremblant, il ouvrit les yeux. De la lumière. Qui le blessait. Il referma les yeux, puis les ouvrit à nouveau. Il sentit la pierre sous lui, son cœur battre dans sa poitrine, la vie qui lentement coulait dans ses veines...

— Je suis réveillé ! s'écria-t-il dans un croassement. Je ne suis pas mort ! Je suis réveillé !

Une main sur son épaule. Celle de Wyik.

— Doucement, le calma le commandant. Prends ton temps. Inutile de se presser. Tout va bien.

Wes resta étendu, immobile, récupérant. Il avait froid. Il porta la main à sa poitrine et des lambeaux d'étoffe pourrie tombèrent. « Je suis nu, pensa-t-il. Comme un nouveau-né.

Il réussit à sourire.

Quelques minutes plus tard, il se glissa hors de la niche et se redressa. La tête lui tourna et il crut qu'il allait tomber, mais il parvint à reprendre son équilibre. « Mon Dieu, je suis un vrai squelette ! » Wyik aussi était pâle et décharné, et ses yeux profondément enfoncés dans leurs orbites étaient brillants de fièvre.

La faim !

— Dehors, murmura Wes. Tu as regardé dehors ?

— Non. J'ai essayé d'écouter, mais je n'ai rien entendu. J'attendais.

L'un de leurs compagnons remua, gémit. Tsriga.

— Attendons de pouvoir tous sortir, décida Wyik.

Wes s'assit sur le sol, frissonnant. C'était dur de penser, dur de revenir du royaume des morts. Il se demanda comment Arvon avait fait pour récupérer si vite, il y avait si longtemps. Combien de temps ?

Mais il était vivant.

Lorsqu'ils furent tous prêts, Wyik ouvrit la lourde porte avec précaution.

Lumière. Lumière et silence.

Ils s'avancèrent hors de la caverne et regardèrent.

Rien n'avait changé. Le ciel, les rochers, les broussailles, le torrent...

Wes sentit le désespoir l'étreindre de son poing glacé.

— Que s'est-il passé ? balbutia-t-il. Tout est pareil. Mon Dieu, le produit n'a pas marché.

Arvon secoua la tête.

– C'était déjà ainsi, avant, fit-il. Un endroit perdu, haut dans la montagne – pourquoi changerait-il ?

Plus d'espoir ?

Ils ne distinguaient pas la moindre silhouette humaine. N'entendaient aucun animal. Pas un bruit à part les gémissements du vent.

« Mort. Cet endroit est mort. La Terre aussi... »

– Attendez !

Wes entendit. Ils entendirent tous.

Un grondement dans le lointain, comme celui du tonnerre.

Qui s'approche.

Un rugissement furieux, un cyclone de bruit...

Ils le virent.

Au-dessus d'eux.

Un vaisseau, un prodigieux vaisseau, une montagne de métal et de verre qui éclipsait le soleil. Son ombre s'étendit sur eux. Il était immense, si haut dans le ciel, si beau...

Et il disparut.

Seul restait le roulement de tonnerre qui se répercutait à travers la montagne.

Hafij pleurait.

– Un vaisseau, un vaisseau spatial, répétait-il sans cesse, s'étourdissant de ces mots.

– Nous avons réussi, balbutia Arvon.

« Nous avons réussi, nous avons réussi. »

Wes se souvenait, tous se souvenait : « Aucune culture humaine connue n'a jamais pu ni trouver ni établir des contacts amicaux avec une autre culture humaine appartenant à une planète différente. Si l'on découvrait un monde où les hommes étaient sensés, si des relations pouvaient exister entre ces deux mondes et si les flots des idéaux, des espoirs et des rêves pouvaient sourdre entre eux...

» Alors, peut-être que l'homme, un jour, deviendrait autre chose qu'un animal en voie d'extinction... »

Ils burent l'eau fraîche et pure du lac glaciaire. Ils rirent, plaisantèrent et pleurèrent, n'osant pas y croire, mais bien obligés d'y croire.

Ils s'avancèrent sur le sentier, avec le torrent à leur côté qui cascadait, cascadait...

Les sapins, les pins, les trembles.

La chaude vallée estivale, toute de vert et d'or, débordante de couleurs et de chants d'oiseaux.

Ils allaient vers un monde nouveau, vers un espoir nouveau.

Et Derryoc les accompagnait, et Seyehi, et Lajor, et Kolraq, qui tous souriaient. Wes sentit ses yeux se gonfler de larmes. Jo était là également, Jo et la vie qui aurait pu être et n'avait pas été.

Le soleil était vie. Le soleil était promesse.

Wes ne pensait pas à son monde, ni à Lortas, ni à l'univers.

« Je n'ai que quarante ans. Ce n'est pas si vieux. Il me reste encore de nombreuses années devant moi, le temps d'avoir des enfants, de connaître le bonheur, les joies de l'existence. Que quarante ans, que quarante ans, il me reste encore... »

Tous se dirigeaient vers l'inconnu.

Aucun d'eux n'avait de foyer.

Mais ils savaient, à présent, que les vents du temps étaient patients et soufflaient pour l'éternité.

Ce n'était pas la fin.

C'était le commencement.

POLAR

Cette collection présente tous les genres du roman criminel : le policier classique avec des auteurs tels que Ellery Queen, Boileau-Narcejac, le roman noir avec Raymond Chandler, Ed McBain et les œuvres de suspense illustrées par Stephen King ou Tony Kenrick.
C'est un panaroma complet du roman criminel qui est ainsi proposé aux lecteurs de J'ai lu.

BOILEAU-NARCEJAC	***Les victimes*** *1429/***2**
	Maldonne *1598/***2**
BLOCH R. & NORTON A.	***L'héritage du Dr Jekyll*** *3329/***4** Inédit (Novembre 92)
BROWN Fredric	***La nuit du Jabberwock*** *625/***3**
CHANDLER Raymond	***Playback*** *2370/***3**
COGAN Mick	***Black Rain*** *2661/***3** Inédit
CONSTANTINE K.C.	***L'homme qui aimait se regarder*** *3073/***4**
DePALMA Brian	***Pulsions*** *1198/***3**
GALLAGHER Stephen	***Du fond des eaux*** *3050/***6** Inédit
GARBO Norman	***L'Apôtre*** *2921/***7**
GARDNER Erle Stanley	*Perry Mason :*
	- L'avocat du diable *2073/***3**
	- La danseuse à l'éventail *1688/***3**
	- La jeune fille boudeuse *1459/***3**
	- Le canari boiteux *1632/***3**
GARTON Ray	***Piège pour femmes*** *3223/***5** Inédit
GRADY James	***Steeltown*** *3164/***6** Inédit
HUTIN Patrick	***Amants de guerre*** *3310/***9** (Octobre 92)
KENRICK Tony	***Shanghaï surprise*** *2106/***3**
	Les néons de Hong-kong *2706/***5** Inédit
KING Stephen	***Running Man*** *2694/***3**
	Chantier *2974/***6**
	Marche ou crève *3203/***5**
LASAYGUES Frédéric	***Back to la zone*** *3241/***3** Inédit
LEPAGE Frédéric	***La fin du 7e jour*** *2562/***5**
McBAIN Ed	***Le chat botté*** *2891/***4** Inédit
MAXIM John R.	***Les tueurs Bannerman*** *3273/***8**
NAHA Ed	***Dead-Bang*** *2635/***3** Inédit
	Robocop 2 *2931/***3** Inédit
NICOLAS Philippe	***Le printemps d'Alex Zadkine*** *3096/***5**
PARKER Jefferson	***Pacific Tempo*** *3261/***6** Inédit
PEARSON Ridley	***Le sang de l'albatros*** *2782/***5** Inédit
	Courants meurtriers *2939/***6** Inédit
PÉRISSET Maurice	***Le banc des veuves*** *2666/***3**
QUEEN Ellery	***La ville maudite*** *1445/***3**
	Et le huitième jour *1560/***3**
	La Décade prodigieuse *1646/***3**
	Face à face *2779/***3**
	Le cas de l'inspecteur Queen *3023/***3**
	La mort à cheval *3130/***3**
	Le mystère de la rapière *3184/***3**
	Le mystère du soulier blanc *3349/***4** (Décembre 92)

Science-fiction

Depuis 1970, cette collection est leader du genre en France. Tous les grands de la S-F sont présents : Asimov, Van Vogt, Clarke, Dick, Vance, Simak mais également de jeunes auteurs qui seront les écrivains de premier plan de demain : Tim Powers, David Brin... Elle publie aujourd'hui des titres Fantasy, genre en plein redéploiement aux Etats-Unis.

Science-fiction

BRIN David	**Marée stellaire** 1981/**5** Inédit
	Le facteur 2261/**5** Inédit
BROOKS Terry	**Le glaive de Shannara** 3331/**8** Inédit (Novembre 92)
CANAL Richard	**Swap-Swap** 2836/**3** Inédit
CARD Orson Scott	**Abyss** 2657/**4** Inédit
CARROLL Jonathan	**Le pays du fou rire** 2450/**4** Inédit
CHERRYH C.J.	**Chasseurs de monde** 1280/**4**
	Les adieux du soleil 1354/**3**
	Les Seigneurs de l'hydre 1420/**4**
	Chanur 1475/**4**
	L'Opéra de l'espace 1563/**3**
	L'épopée de Chanur 2104/**3**
	La vengeance de Chanur 2289/**4** Inédit
	Le retour de Chanur 2609/**7** Inédit
	Les légions de l'enfer 2814/**5** Inédit
	Cyteen 2935/**6** & 2936/**6** Inédit
	Volte-face 3144/**5**
	Forteresse des étoiles 3330/**7** (Novembre 92)
CLARKE Arthur C.	**2001 : l'odyssée de l'espace** 349/**2**
	2010 : odyssée deux 1721/**3**
	2061 : odyssée trois 3075/**3**
	Les enfants d'Icare 799/**3**
	Avant l'Eden 830/**3**
	L'étoile 966/**3**
	Rendez vous avec Rama 1047/**7**
	Rama II 3204/**7** Inédit
	Les fontaines du Paradis 1304/**3**
	Les chants de la terre lointaine 2262/**4**
	Base Vénus :
	- **Point de rupture** 2668/**4** Inédit
	- **Maelström** 2679/**4** Inédit
	- **Cache-cache** 3006/**4** Inédit
	- **Méduse** 3224/**4** Inédit
	- **La lune de diamant** 3350/**4** Inédit (Décembre 92)
CURVAL Philippe	**Le ressac de l'espace** 595/**3**
	La face cachée du désir 3024/**3**
DANIELS Les	**Le vampire de la Sainte Inquisition** 3352/**4** Inédit (Déc. 92)
DE HAVEN Tom	**D'un monde l'autre** 3186/**5** Inédit
	Le Mage de l'Apocalypse 3308/**5** Inédit (Octobre 92)
DICK Philip K.	**Dr Bloodmoney** 563/**4**
	Les clans de la lune alphane 879/**3**
	L'homme doré 1291/**3**
	Le dieu venu du Centaure 1379/**3**
	Blade Runner 1768/**3**
DICKSON Gordon R.	**Le dragon et le georges** 3208/**4** Inédit
FARMER Philip José	**Les amants étrangers** 537/**3**
	L'univers à l'envers 581/**2**
	Des rapports étranges 712/**3**
	La nuit de la lumière 885/**3**
	Le soleil obscur 1257/**4**
FERGUSSON Bruce	**L'ombre de ses ailes** 3226/**5** Inédit

McMASTER BUJOLD Lois	**Mike Vorkosigan** 3288/**5** Inédit
MARTIN George R.R.	**L'agonie de la lumière** 2692/**5**
MERRITT Abraham	**La nef d'Ishtar** 574/**3**
	Le gouffre de la lune 618/**4**
	Un visage dans l'abîme 886/**4**
MOORE Catherine L.	**Shambleau** 415/**4**
MORRIS Janet E.	**La grande Fornicatrice de Silistra** 1245/**3**
MORROW James	**L'arbre à rêves** 2653/**4**
	Notre mère qui êtes aux cieux 3131/**5** Inédit
NOLAN et JOHNSON	**L'âge de cristal** 3129/**3**
NORMAN John	**Le tarnier de Gor** 3168/**4**
	Le banni de Gor 3229/**4**
	Les prêtres-rois de Gor 3351/**5** (Décembre 92)
POHL Frederik	**A travers la Grande Porte** 3332/**4** Inédit (Novembre 92)
POWERS Tim	**Les voies d'Anubis** 2011/**5**
	Sur des mers plus ignorées... 2371/**4** Inédit
	Le Palais du Déviant 2610/**4**
	Le poids de son regard 2874/**6** Inédit
ROBINSON Kim Stanley	**La Côte Dorée** 2639/**6** Inédit
	Le géomètre aveugle 2922/**4** Inédit
SADOUL Jacques	**Les meilleurs récits de Weird Tales** 2556/**6**
SILVERBERG Robert	**L'homme dans le labyrinthe** 495/**4**
	Les ailes de la nuit 585/**2**
	Les chants de l'été 1392/**3**
	Pavane au fil du temps 2631/**4** Inédit
	Le château de Lord Valentin 2656/**8**
	La saison des mutants 3021/**5** Inédit
	Opération Pendule 3059/**3** Inédit
	Tom O'Bedlam 3111/**5**
	Lettres de l'Atlantide 3167/**2** Inédit
	Thèbes aux cent portes 3227/**4**
SIMAK Clifford D.	**Demain les chiens** 373/**3**
	Dans le torrent des siècles 500/**4**
	Le pêcheur 609/**4**
	Chaîne autour du soleil 814/**3**
	Au carrefour des étoiles 847/**3**
	Une chasse dangereuse 903/**4**
	Les visiteurs 1194/**3**
	Projet Vatican XVII 1367/**4**
	Le chemin de l'éternité 2432/**4** Inédit
	La Confrérie du Talisman 2760/**4** Inédit
SIMPSON Pamela	**Du sang sur la piste temporelle** 3145/**5** Inédit
SPIELBERG Steven	**E.T. l'extra-terrestre** 1378/**3**
	Gremlins 1741/**3**
STEINER Kurt	**Le disque rayé** 657/**2**
STURGEON Theodore	**Les plus qu'humains** 355/**3**
	Cristal qui songe 369/**3**
	Les talents de Xanadu 829/**3**
	Le cœur désintégré 3074/**3**
TEPPER Sheri S.	**Un monde de femmes** 2907/**5** Inédit
	Rituel de chasse 3244/**7** Inédit
VANCE Jack	**Cugel l'astucieux** 707/**3**

La bande dessinée est aujourd'hui admise partout. On l'enseigne même à la Sorbonne. La série J'ai lu BD est la première collection de poche consacrée à ce genre. Elle réédite les bandes dessinées françaises et étrangères les plus célèbres : 230 titres. Les dessins ne sont pas réduits mais remontés ; ainsi un album de 48 pages donne 128 à 160 pages dans J'ai lu, et le papier, d'une qualité supérieure permet, la reproduction des couleurs. J'ai lu BD est le panorama de la bande dessinée d'aujourd'hui.

ARNAL C.		**Pif le chien** BD81/**4**, BD107/**4**, BD135/**4** Couleur
BARBE		**Cinémas et autres choses** BD30/**2**
BARDET & DERMAUT		Les Chemins de Malefosse :
		1 - Le diable noir BD19/**5** Couleur
		2 - L'attentement BD71/**5** Couleur
		3 - La vallée de misère BD129/**5** Couleur
BEAUNEZ		**Vive la carotte !** BD160/**5** Couleur
BERNET & ABULI	Torpedo :	**1 - Tuer c'est vivre** BD25/**2**
		2 - Mort au comptant BD113/**2**
BINET	Les Bidochon :	**1 - Roman d'amour** BD4/**3**
		2 - Les Bidochon en vacances BD48/**3**
		3 - Les Bidochon en HLM BD104/**3**
		4 - Maison, sucrée maison BD121/**3**
		5 - Ragots intimes BD150/**3**
		6 - En voyage organisé BD183/**3**
		7 - Assujettis sociaux BD205/**3**
		8 - Vent du soir BD231/**3**
		Les Bidochon se donnent en spectacle (la pièce) BD189/**4**
	Kador :	**Tome 1** BD27/**3** **Tome 2** BD88/**3**
		Tome 3 BD192/**3** **Tome 4** BD224/**3**
		Forum BD237/**3**
BOUCQ		**Les pionniers de l'aventure humaine** BD34/**6** Coul.
BRETÉCHER		**Les naufragés** BD185/**3**
BRUNEL	Pastiches :	**Ecole franco-belge** BD46/**5** Couleur
		Ecole américaine BD115/**5** Couleur
		Ecole franco-belge - 2 BD211/**5** Coul.
COLLECTIF		**La bande à Renaud** BD76/**4** Couleur
		Baston / La ballade des baffes BD136/**4** Couleur
		Rocky Luke BD166/**4** Couleur
		Parodies BD175/**4**
COMÈS		**Silence** BD12/**5**
		La belette BD99/**5**
DEGOTTE		**Les motards** BD201/**3**
		Les motards 2/Et les motards, mon cher Watson BD210/**3**
DRUILLET		**Les 6 voyages de Lone Sloane** BD60/**5** Couleur
EDIKA		**Débiloff profondikoum** BD38/**3**
		Homo-sapiens connarduss BD156/**3**
		Yeah ! BD188/**3**
		Absurdomanies BD216/**3**
		Sketchup BD228/**3**
		Désirs exacerbés BD232/**3**
FOREST		**Barbarella** BD49/**5** Couleur

FRANQUIN — **Idées noires** BD1/**3**

Gaston Lagaffe :
- **1 - Gala de gaffes** BD17/**3** Couleur
- **2 - Gaffes à gogo** BD39/**3** Couleur
- **3 - Le bureau des gaffes** BD70/**3** Couleur
- **4 - Gaffes en gros** BD100/**3** Couleur
- **5 - Gare aux gaffes** BD126/**3** Couleur
- **6 - Gaffes d'un gars gonflé** BD152/**3** Couleur
- **7 - En direct du passé de Lagaffe** BD173/**3** Couleur
- **8 - De gaffes en Lagaffe** BD190/**3** Couleur
- **9 - Lagaffe fait des dégâts** BD208/**3** Couleur
- **10 - Lagaffe, gaffeur** BD221/**3** Couleur
- **11 - Lagaffe, sachant gaffer** BD229/**3** C.
- **12 - Gâté, Lagaffe** BD240/**3** (Oct. 92) C.

Spirou et Fantasio :
- **1 - L'ombre du "Z"** BD141/**6** Couleur
- **2 - Le dictateur et le champignon** BD155/**6** Couleur
- **3 - Le nid des Marsupilamis** BD186/**5** Couleur
- **4 - Les voleurs du Marsupilami** BD200/**6** Couleur
- **5 - Il y a un sorcier à Champignac** BD215/**6** Couleur
- **6 - Le voyageur du Mésozoïque** BD223/**6** C.
- **7 - Panade à Champignac** BD233/**5**
- **8 - le gorille a bonne mine** BD245/**5** Coul.(Décembre 92)

FRED — **Magic Palace Hôtel** BD72/**4**

GELUCK — **Le chat** BD142/**3**
Le chat-2 BD230/**3**

GIARDINO — **Max Fridman/La porte d'Orient** BD162/**4**

GILLON — **La survivante-1** BD111/**6** Couleur
La survivante-2 L'héritier BD184/**6** Couleur

GOOSSENS — **Le romantisme à la valise est revenu** BD213/**3**

GOTLIB — **Pervers Pépère** BD8/**3**
Rhââ Lovely-1 BD21/**3**, BD55/**3** & BD131/**3**

Gai-Luron :
- **1 - ou la joie de vivre** BD43/**3**
- **2 - en écrase méchamment** BD75/**3**
- **3 - rit de se voir si beau en ce miroir** BD169/**3**
- **4 - Et le jeune lecteur du Var** BD209/**3**
- **5 - ... fait rien qu'à copier** BD238/**3**

Hamster Jovial et ses louveteaux BD83/**2**
Rhâ-gnagna-1 BD159/**3** & BD195/**3**
Ecrits fluides, rires glaciaux BD226/**4**

GOTLIB & ALEXIS — **Dans la joie jusqu'au cou** BD93/**3**

GOTLIB LOB & ALEXIS — **Superdupont** BD33/**3**

GOTLIB & LOB — **Super dupont/Oui nide iou** BD244/**3** (Décembre 92)

HARDY & CAUVIN Pierre Tombal :
- **1 - Les 44 premiers trous** BD182/**3**
- **2 - Histoire d'os** BD225/**3**
- **3 - Mort aux dents** BD236/**3**

JODOROWSKY & ARNO — **Alef-Thau - L'enfant-tronc** BD164/**6** Couleur

JUILLARD & COTHIAS — *Les 7 vies de l'épervier:*
- **1 - La blanche morte** BD77/**4** Couleur
- **2 - Le temps des chiens** BD144/**4** Couleur

LACAMP, GALLIAND & BORDIER — **Fleur de prunus ...** BD235/**6** C.

LAMBIL & CAUVIN — *Les tuniques bleues :*
Les bleus de la marine BD154/**4** Couleur
Des bleus en noir et blanc BD179/**5** Couleur

LAUZIER		**Zizi et Peter Panpan** BD23/**5** Couleur
LEANDRI		**Ma moquette est bleue** BD222/**3**
LELONG	Carmen Cru :	**1 - Rencontre du 3e age** BD14/**3**
		2 - La dame de fer BD64/**3**
		3 - Vie et mœurs BD119/**3**
		4 - Ni dieu ni maître BD180/**3**
		5 - L'écorchée vive BD219/**3**
LIBERATORE & TAMBURINI		RanXerox :
		- à New York BD3/**5** Couleur
		- Bon anniversaire Lubna BD161/**5** Couleur
LOUP		**La vie des maîtres** BD197/**3**
LUCQUES		**Best of Zizi** BD177/**3**
MACHEROT		**Chlorophylle contre les rats noirs** BD51/**4** Couleur
		Chlorophylle et les conspirateurs BD163/**4** Couleur
MAESTER		**Athanagor Wurlitzer/Obsédé sexuel** BD202/**3**
		Sœur Marie-Thérèse des Batignolles-1 BD220/**3**
		Athanagor Wurlitzer/Obsédé sexuel 2 BD234/**3**
		Sœur Marie-Thérèse des Batignolles-2 BD242/**3** (Nov. 92)
MAKYO & VICOMTE		Balade au Bout du monde :
		1 - La prison BD59/**5** Couleur
		2 - Le grand pays BD130/**5** Couleur
MALLET		**Les petits hommes verts** BD44/**4** Couleur
MANARA		**HP et Guiseppe Bergman** BD20/**5**
		Le déclic BD31/**4**
		Nouvelles coquines BD80/**4**
		Le parfum de l'invisible BD105/**4** (Edition parfumée)
		Jour de colère BD128/**6**
		Rêver, peut-être BD199/**6**
		Candide caméra BD241/**4** (Octobre 92)
MANDRYKA		**Le Concombre masqué** BD110/**4** Couleur
		Le retour du Concombre masqué BD165/**4** Couleur
MARGERIN		**Ricky VII** BD140/**4** Couleur
MARTIN	Alix :	**1 - Les légions perdues** BD68/**6** Couleur
		2 - Le prince du Nil BD92/**5** Couleur
		3 - Les proies du volcan BD178/**5** Couleur
		4 - L'enfant grec BD218/**5** Couleur
	Lefranc :	**1 - Les portes de l'enfer** BD82/**5** Couleur
		2 - L'oasis BD138/**5** Couleur
MOEBIUS & JODOROWSKI		**L'Incal Ce qui est en bas** BD139/**5** Couleur
MOORE & BOLLAND		**Batman - 1 Souriez !** BD 176/**5** Couleur
MORCHOISNE MULATIER & RICORD		**Ces Grandes Gueules...**
		...qui nous gouvernent BD16/**4** Couleur
		...de la télé BD170/**5** Couleur
NOWLAN & BARR		**Batman -2 L'œil du serpent** BD217/**5** Coul.
PETILLON	Jack Palmer :	**- Mr Palmer et Dr Supermarketstein** BD13/**5** Couleur
		- La dent creuse BD78/**5** Couleur
		- Une sacrée salade BD168/**5** Couleur
		- Un détective dans le yucca BD239/**6** Coul.
PICHARD & LOB	Blanche Epiphanie :	**- Blanche Epiphanie** BD61/**4**
		- La déesse blanche BD137/**4**
PRATT	Corto Maltese :	**- La ballade de la mer salée** BD11/**6**
		- Sous le signe du Capricorne BD63/**6**

	- Corto toujours un peu plus loin BD127/**6**
	- Les Celtiques BD174/**6**
	- Les Ethiopiques BD207/**5**
PTILUC	**Destin farceur** BD147/**5** Couleur, Edition grignotée
QUINO	**- Encore Mafalda** BD54/**4** Couleur
	- Mafalda revient BD134/**4** Couleur
	- La bande à Mafalda BD181/**3**
	- Le monde de Mafalda BD198/**3**
	- Le petit frère de Mafalda BD214/**4**
RAYMOND	**Flash Gordon - La reine des neiges** BD47/**5** Couleur
ROSINSKI & VAN HAMME	Thorgal :
	1 - La magicienne trahie BD29/**5** Couleur
	2 - L'île des mers gelées BD74/**5** Couleur
	3 - Les 3 vieillards du pays d'Aran BD98/**5** Couleur
	4 - La galère noire BD123/**5** Couleur
SERRE	**Les meilleurs dessins** BD6/**5** Couleur
	Humour noir BD35/**5** Couleur
	A tombeau ouvert BD86/**5** Couleur
	Les animaux de compagnie BD212/**5** Couleur
SERVAIS & DEWAMME	**Tendre Violette** BD42/**5**
SOKAL Canardo :	**1 - Le chien debout** BD26/**5** Couleur
	2 - La marque de Raspoutine BD89/**5** Couleur
STEVENS	**Rocketeer** Edition intégrale BD91/**5** Couleur
TABARY	**L'enfance d'Iznogoud** BD9/**5** Couleur
TARDI Adèle Blanc-Sec :	**- Le démon de la tour Eiffel** BD56/**4** Couleur
	- Le savant fou BD120/**4** Couleur
TARDI & MALET	**Brouillard au pont de Tolbiac** BD36/**4**
TARDI & FOREST	**Ici même** BD62/**6**
TILLIEUX Gil Jourdan :	**- Libellule s'évade** BD28/**4** Couleur
	- Popaïne et vieux tableaux BD69/**4** Couleur
	- La voiture immergée BD112/**4** Couleur
	- Les cargos du crépuscule BD145/**4** Couleur
	- L'enfer de Xique-Xique BD171/**5** Couleur
TRONCHET	**Raymond Calbuth** BD193/**4** Couleur
VAN DEN BOOGAARD	**Léon-la-Terreur** BD45/**5** Couleur
	Léon-la-Terreur atteint des sommets BD118/**5** Coul.
VARENNE	**Erma Jaguar** BD191/**4**
VEYRON	**L'amour propre** BD7/**5** Couleur
	Bernard Lermite BD50/**3**
	L'éternel féminin dure BD153/**6** Couleur
	Executive woman BD194/**6** Couleur
	Ce n'est plus le peuple qui gronde... BD243/**6** C. (Nov. 92)
VUILLEMIN	**Les sales blagues de l'Echo-1** BD203/**6** Couleur
	Les sales blagues de l'Echo-2 BD227/**6**Coul.
WALTHERY Natacha :	**- Natacha, hôtesse de l'air** BD22/**4** Couleur
	- Natacha et le Maharadjah BD52/**4** Couleur
	- La mémoire de métal BD101/**4** Couleur
	- Un trône pour Natacha BD132/**4** Couleur
	- Double vol BD151/**4** Couleur
	- L'île d'outre-monde BD206/**4** Couleur

1116

Achevé d'imprimer en Europe (France)
par Brodard et Taupin à la Flèche (Sarthe)
le 21 septembre 1992. 1307G-5
Dépôt légal sept. 1992. ISBN 2-277-21116-8
1er dépôt légal dans la collection : octobre 1980
Éditions J'ai lu
27, rue Cassette, 75006 Paris
Diffusion France et étranger : Flammarion